雨花忠魂

雨花英烈系列纪实文学

金子

杨峻德烈士传

蒋亚林 著

江苏凤凰文艺出版社
JIANGSU PHOENIX LITERATURE AND ART PUBLISHING, LTD

图书在版编目（CIP）数据

金子 : 杨峻德烈士传 / 蒋亚林著 . — 南京 : 江苏凤凰文艺出版社 , 2018.10（2023.5重印）
（雨花忠魂 . 雨花英烈系列纪实文学）
ISBN 978-7-5594-2385-6

Ⅰ . ①金… Ⅱ . ①蒋… Ⅲ . ①纪实文学 – 中国 – 当代 Ⅳ . ① I25

中国版本图书馆 CIP 数据核字 (2018) 第 123461 号

金子：杨峻德烈士传

蒋亚林 著

出 版 人　张在健
责任编辑　黄孝阳　傅一岑
封面设计　马海云
责任印制　刘　巍
出版发行　江苏凤凰文艺出版社
　　　　　南京市中央路 165 号，邮编：210009
网　　址　http://www.jswenyi.com
印　　刷　阳谷毕升印务有限公司
开　　本　880 毫米 ×1230 毫米　1/32
印　　张　6.75
字　　数　181 千字
版　　次　2018 年 10 月第 1 版
印　　次　2023 年 5 月第 4 次印刷
书　　号　ISBN 978-7-5594-2385-6
定　　价　32.00 元

“雨花忠魂·雨花英烈系列纪实文学”
丛书编委会名单

万里长空且为忠魂舞

中共江苏省委书记　娄勤俭

天地英雄气，千秋尚凛然。雨花台，这片深深浸染着英烈鲜血的山岗，曾见证了几代仁人志士信仰至上、慨然担当的英雄壮举，也铭记着无数革命先烈舍身为民、矢志兴邦的不朽事迹。在这里，彪炳日月、名垂青史的革命烈士就有1519人；也是在这里，还有更多鲜为人知的英烈故事，无法铭刻于碑文，没有见诸史册，像一粒粒晶莹的雨花石，深埋在雨花台殷红的泥土里。理想之光不灭，信念之光不灭。英烈们的背影虽然早已远逝，但他们的集体“影像”已定格在永恒的瞬间，那就是义无反顾、慷慨赴死，前赴后继、为国捐躯，用热血和生命铸就了信仰丰碑，在血与火的洗礼中撑起了民族脊梁，谱写出一部又一部壮怀激烈、气吞山河的“英雄交响曲”。

英雄是旗帜，革命英雄是民族的共同记忆。习近平总书记指出：“对中华民族的英雄，要心怀崇敬，浓墨重彩记录英雄、塑造英雄，让英雄在文艺作品中得到传扬，引导人民树立正确的历史观、民族观、国家观、文化观。”为缅怀英烈伟绩、弘扬崇高风范，培育和践行社会主义核心价值观，培养爱国主义、集体主义精神和社会主义道德风尚，江苏省委宣传部、江苏省作家协会组织创作了《雨花忠魂·雨花英烈系列纪实文学》丛书，以文字、文学、文化的形式，讲述英烈的感人故事，表现英烈的高尚情操，诠释英烈的不朽精神。邓演达、贺瑞麟、石璞、刘亚生、吴振鹏、许包野……这一个个闪亮耀眼的名字，如同一座座高耸入云的丰碑，始终矗立在一代代共产党人的灵魂深处。这套丛书，为更好地传承弘扬"雨花英烈精神"提供了生动教材，也为教育党员干部走进历史、追寻英烈，激励党员干部不忘初心、牢记使命，永葆革命本色提供了精神之"钙"。

英烈风骨犹存、感召后人；历史启迪心灵、照亮未来。牺牲在雨花台的我党早期领导人恽代英曾说："我们吃尽苦中苦，而我们的后一代则可以享到福中福。为了最崇高的理想——共产主义，我们是舍得付出一切代价的。"可以告慰雨花英烈的是，经过近七十年的不懈奋斗，近代以后久经磨难的中华民族，迎来了从站起来、富起来到强起来的伟大飞跃，一幅国家富强、人民幸福、民族复兴的壮美图景正在祖国大地上全面展开。

与伟大祖国历史进程同步伐，江苏发展站到了新的起点上。深入贯彻习近平新时代中国特色社会主义思想，努力把习近平总书记为我们描绘的"强富美高"新江苏蓝图化为美好现实，推动高质量发展走在前列，迫切需要我们传承红色基因，用好红色资源，学习雨花英烈的崇高理想信念、高尚道德情操和为民牺牲的大无畏精神，不忘初心，砥砺前行。我们缅怀革命先烈，就要从前辈先贤身上汲取养分和力量，让他们曾经的牺牲和付出，成为今天前进的动力源泉，砥砺我们以永不懈怠的精神状态推进改革再深入、实践再创新、工作再抓实；我们讴歌革命先烈，就要用“雨花英烈精神”，激励全省人民更加主动担当新使命，意气风发创造新未来，不断开辟新时代中国特色社会主义在江苏实践的新境界。这，正是我们对革命先烈最好的礼敬与告慰。

沧海横流，英雄显本色；落花如雨，正气贯长虹。“万里长空且为忠魂舞”，“雨花英烈精神”必将长留在时光的长河和人民的记忆中。

是为序。

目 录

第一章 早春的山笋

古镇人家

到东南沿海省份福建，你可能去的是海滨名城厦门，去的是省会城市福州，如果再往下跑，你可能去一下风景胜地武夷山、历史文化名城泉州，除此而外，你还有兴趣往哪里跑呢？ 你会去一个县级城市建瓯吗？

可能性不大。

建瓯在福建省的西北部，是一座周边多山、盛产竹子的城市，距离福州二百多千米，属闽北。 二百多千米在高铁时代的今天须臾即可到达，但在 20 世纪初叶本书主人公杨峻德所生活的以木船、竹筏、驴车为主要交通工具的闽北山区，则相当于万里之遥，不颠簸辗转月余，怕是难以抵达。

在这里，我要说的是吉阳，建瓯下属的一个镇，在建瓯的西北。这里山路弯弯，山深林密。一百多年前从建瓯去吉阳，多数乘船，走旱路的只能骑驴或坐牛车。水路是一条叫崇阳溪的河，发源于闽北武夷山区，清清碧碧，阳光下，水色莹莹发亮，一眼能看到水底平缓的河床、河床上的沙石，以及一丛丛带状的被水流裹挟着往下游方向倒伏过去的青黑色的水草。崇阳溪哗啦啦往南流，一路拉扯上南浦溪、松溪等大大小小伙伴，喧哗热闹，浩浩荡荡，流到建瓯城，改了下称呼，叫作建溪，再往东南走，走成了闽江，走到了福州城，走入浩瀚无际的东海怀抱。

当年从建瓯坐船去吉阳不能直达，坐到建瓯境内的徐墩镇码头要换乘。徐墩跟吉阳一样也是镇，但它命好，崇阳溪从它身边蜿蜒流过，因此镇上人的出行比吉阳人方便了许多。吉阳镇在徐墩镇的西边，崇阳溪流到徐墩镇拐弯向北了，不通吉阳镇，因此你要去吉阳镇，对不起，请下船。下一步有两种选择，坐竹筏，或者走旱路。从吉阳流过来的是一条小河，河水远没有崇阳溪浩大壮阔，河水浅，河流细而弯曲，不能航船，只能行竹筏。秋冬少雨，或遇上干旱，竹筏行走也难，经常断航。坐竹筏，要付两文脚力钱，但人轻松，做小生意的，一担笋干、两篓茶叶往竹筏上一放，扭脸在一张小竹凳上坐下，吸一锅子烟，看看山，山是青的，青得有深有浅，深的是树林，浅一些的是竹林。时不时有一片光秃秃的灰褐色，那是山的崖壁。也看看云。平常忙得四脚朝天，这刻学着有闲的富人坐着看云，挺惬意。也看看水。山上流下来的水清得跟油似的，把两边的山峰映进来，把天上的云映进来，清清楚楚，画的画一般，撑竹筏的人一篙子点下去，水面起了花，云碎了，山峰也碎了。也可以随便跟人搭搭话，说说雨水，说说收成，说说山虎伤人的事。不知不觉，十几里水路就过去了。这些都是乘竹筏的好处。断航了，或者舍不得花钱，就走山路。山里的路没有规整的，高高低低，弯弯曲曲，前面的人离你并不远，却踩到了你肩上，后面的人跟你说着话，却落到了你脚下，再一扭脸，月亮竟然挂在腰间。转过一面崖，爬过两道坡，再往前，山峰渐渐退隐，出现一片起伏的丘冈，丘冈连接着大一片小一片的田地，田地里这儿长的稻子，那里长的甘蔗，远远的有村庄房屋出现了，黑一块，灰一块，灰黑中夹着一块块白，一撮一撮的，绵延开去，显然是村落或乡镇了。再往前走，景象看得清楚了，有一棵又一棵挺向天空的古树，有高低错落的门楼屋脊风火墙，路变得宽阔平整起来，路口立着一座牌坊。石头的基座已经风化，立柱飞檐斑驳残破，走到跟前抬起头细看，楣额上镌刻着三个古朴的大字："吉阳镇"。

这个镇，就是杨峻德的故乡。

吉阳镇是一个小镇，虽然小，但根基深厚。方志上说，其祖先可上溯到南宋，当时为避中原战乱，开封府的两大家族背井离乡，辗转数千里迁徙到此。这两大家子数百人，数百颗种子落入这片沃土，生生不息，绵延不绝，于是便有了一个村，便有了今天的吉阳镇。吉阳，一个祥瑞的称呼，走进它的地盘，用中华古老的勘舆理论加以衡量，你立刻会发现，它前临溪流，背倚大山，实属千里难寻的风水宝地。据史书记载，就这个区区小镇，历代考中进士的，竟多达三十又五，关于这一点，镇上历朝历代遗留下来的牌坊碑刻可作佐证。因此说这座古镇人杰地灵真是名副其实。

古镇散落在一片向阳的坡地上，房屋多为传统的竹竿厝与红砖厝。厝是福建语，即房屋的意思。竹竿厝与红砖厝是福建传统民居中的两种建筑形式，前者是把房屋建成一排，像一根长长的直通通的竹竿，后者是指红砖墙瓦顶的一类构建形制。它们都是就地取材，墙壁直接用石头垒，有的上面还加盖阁楼，用竹子或木板做墙，顶上盖瓦。年深日久，红瓦变暗了，青瓦变黑了，瓦行间都长起了老高老高的蒿草，引得飞鸟经常光临觅食上面的草籽。穷苦人家的房屋都是泥巴墙，风吹雨淋，墙面坑坑洼洼，和在泥里的稻壳草屑露出头。石头墙是牢靠，但背阴处都生出青苔，石头缝里探出一棵棵绿草。街面不宽，从东到西整个铺的山上开采下来由石匠凿出的条石，两块条石头对头，横着往前铺，条石两端墁的碎石。山区雾气大，四五月份大清早，街头上隔几步看不清人脸，条石湿淋淋，水洗过一般。挑着一大担山货赶集的乡民，脚上一双草鞋，纷至沓来，络绎不绝，满街都是“沙啦啦”的草鞋声。

小镇背倚玉屏山。玉屏山是一座青青翠翠的山，远看像翡翠。山上长满了竹子和树。这里因为雨水充足，空气湿润，土地肥沃，竹子和树长得特别茂盛。小镇前面流过的河叫玉溪河，玉溪河由玉屏山上流下来的一道道山溪汇聚而成，清而且亮，蜿蜒曲折，由西北方向哗啦啦流下来，溪面上载有一只只小船、一只只竹筏，竹筏小船上坐着人，堆着货物。玉溪河流到小镇前，步伐立刻放缓下来，因为这里有码头，小船竹筏要在这里停下，稻米麦面、山笋茶叶、竹器木器、鸡鸭猪畜等，但凡小镇人日常生活少不了的玩意儿，都会在这里上上下下，十分热闹。码头是石头砌的，没在水中的石阶长满了青苔，青苔上爬着螺蛳。石阶一级一级升上去，升入一个圆拱门。站在竹筏或小船上仰头看那圆拱门，蓝天白云衬着，显得多高呀，多气派呀。走到跟前，虽发现拱门上的青砖已有些黯淡斑驳，但嵌在门头上的匾额仍完整无缺，上面勒着四个绿漆填成的阴文隶书：“吉阳码头”。出圆拱门往前百余步，就上了街，一条东西向的街。这里是吉阳镇的腹地。杨峻德出生时的1900年，吉阳镇就这一条街，但很热闹，东西两边挤挤挨挨排了几十家店铺。有米行、油坊、酱园、肉案、茶庄、饭庄、布料行、染坊、盆桶店、竹器店、山货店、铁匠店、烧饼油条店、理发店、中药房、棺材铺，等等。在这当中，山货店最多，笋干、木耳、干香菇、野山栗，竹筐子装着，一筐一筐放在店门口。也有卖黄鼠狼皮的，卖狐狸皮的，卖虎皮的，一张张挂着，十分招眼。这些五行八作的店多数都是连家店，门面小，开间小，门口不一定有招牌幌子，多年开下来，做什么生意，店里有哪些货，不光镇上人，周围四乡八里的人都很清楚。

每月都有集，镇上最热闹的就是逢集。到了这天，周围山村的人都乘着竹筏，赶着驴车，挑着箩筐，挎着篮子赶来。街面本来就不宽，这一下就更窄了，人涌涌的。集市一直到中午才慢慢散。集市散了，山货卖掉了，山民们的口袋里多少有了些钱，眼睛亮堂了，脸上有了光，于是走到街上一家家店里，割一块肉，量几尺布，挑买几只新碗。贪口福的，走进一家酱园，买一包用荷叶包着的甜酱菜，也有少数人只顾自己快活的，钻进一家吃食店，买两只肉包，或一块烧饼两根油条，吃得嘴歪歪的。还有些人，家里要娶媳妇，嫁姑娘，或者添丁加口，生了小孩，要打制戒指、手镯、长命锁之类的，从箱子里翻出祖上留下的仅有的一点老货，掖在贴身口袋里，一路走到吉阳街上，手时不时伸到腰间摁摁，那点宝贝硬硬的还在，跨进一家金银首饰店，慢慢地掏出，紧紧攥在手里，抬眼望住坐在操作台上闷头做活的人道：

“老板忙着呢？想请你打两样小东西。”

被呼作老板的人头从操作台上抬起，瘦长脸，大骨架，架一副眼镜，客气道：

“不忙不忙，客官要做什么，尽管吩咐。”

就把一包巾帕子包着的散碎金银递上去，放在戥子上称。

客官走进来的这爿店，是吉阳镇唯一的一家金银首饰打制店。

这爿店，就是杨峻德的家，那位被呼作老板接过巾帕子的人，就是杨峻德的父亲。

父母的高度

杨峻德的父亲杨益衡，打制金银首饰手艺极好。十五岁学徒，二十岁满师。满师那一年，师傅见他打出的簪子、耳环、手镯之类的玩意儿，灵巧可爱，让人喜，高兴地对他说：“你不要再跟着我窝在一起浪费时光了，趁早回老家弄个铺子开开，图个长远吧。”杨益衡觉得师傅的话在理，就回吉阳镇开了这爿金银首饰打制店。杨益衡待人真诚，做事实在，打制金银首饰收取的费用不高不低，镇上人慢慢接受了他，从此以后，他开铺子接活儿，天天打簪子、打镯头、打项圈、打耳环、打长命锁……再又娶妻生子，一晃过去了许多年。

杨峻德在家排行老二，有个哥哥。哥哥杨克忠，比他大八岁。杨峻德小时候不叫峻德，与兄排行，叫克宽。克宽这个名，是镇上的私塾先生陈志给起的。陈志老师肚子里装着《大学》《中庸》《论语》《孟子》，对人说话常常是"之乎者也"，是镇上最有学问的人。为了起"克宽"这个名，他捻着胡须，来来回回踱了良久，着实动了一番脑筋。名字起好后，他把内中蕴含的深义对杨益衡作了讲解，只可惜杨益衡古书没读过一本，无法将它听懂，只能毕恭毕敬地站在旁边，鞠躬如也地连连称是。杨益衡想到当年大儿子克忠的名字也是陈志老师起的，如今又这么麻烦人家，心里很不过意，特地为陈老师整日里一刻不离手的长烟杆打制安装了一截银烟嘴。

克宽五岁开始记事。在他的记忆中，家里每天早上店铺一开门，父亲就在那张放满乱七八糟东西的台子前坐下，这一坐下就不再起身，一直坐到晚。父亲整天忙不完，手里不是举着小锤，就是抓着钳子，不是握的剪刀，就是拿的锉。总是在一个铁墩子上敲，不停地敲，叮当叮当！叮当叮当！叮当叮当个没完没了。"叮当"才结束，又忙着点火，嘴里衔一根铜管"噗噗"地吹，把火吹到镊子夹着的金子上、银子上。"噗噗"声很响，吹得腮巴鼓起，眼睛睖起。干嘛这么吹呀？父亲说，经这一吹，火就不再是火，火就成了焰，焰比火凶，劲道大，能把金子银子烧软、烧化，让它变个样儿。

"老这么烧，它们不疼吗？"五岁的克宽傻傻地问。

"不，不疼。"父亲继续"噗噗"地吹。

"火烧它不疼，烧到手为什么疼？"

父亲笑了："傻宽子，金子是金子，跟人不同，人是血肉做的。"

"人变成金子，就不怕疼了吗？"

父亲眼眨了眨:“有这样的人，戏台上看到过，那个刮骨疗伤的关云长，他就不怕疼，是个大英雄!”

父亲忙得没完没了，到吃中饭的时候也不起身，母亲经常把饭碗端到他面前的台子上。他这么整天坐在台子上不动身，好像两条腿给了台子，他的身子跟台子长在一起了，分不开来了。

克宽稍大一些才明白，父亲这么忙碌，是为了养活这个家，维持一家人的生计。父亲起早贪晚叮当叮当打簪子、打耳环、打项圈、打长命锁，经手的那些金呀银的都不是自己的，都是人家的，父亲只是给人家做活，为人家加工，最终只能赚一点辛苦钱。

辛苦钱其实并不好拿。一次，镇上米行的陈老板家嫁女儿，要父亲打一套金银首饰。首饰打好了，父亲丢下手里的活亲自送上门。陈老板将打好的首饰扒拉来扒拉去扒拉了半天，对父亲说:“我是开米行的，工钱就用米抵给你吧。今儿你是空手来的，罢了，过一天你带一只米袋来，直接到我们米仓里扒米!”

父亲本来是想拿钱的，听陈老板这么一说，心想，米也好，反正家里要吃米的。过了一天，父亲抽不出空，就让母亲过去扒米。克宽在家坐不住，见母亲出门，立刻要跟着一起去。到了米行，陈老板摸摸克宽头，问母亲，这是小叮当呀?都这么大啦。克宽把头歪开。他不喜欢人家叫他小叮当。父亲整天对着铁墩“叮当叮当”地敲打，街上人叫他“老叮当”，克宽与哥哥克忠就承接了一个“小叮当”的外号。克宽每次听到人家这么叫，都头一扭，对人家翻眼睛。陈老板被克宽翻了一眼，哈哈笑起来:“噢，不像你老子，有脾气呀，不简单，不简单。”

米扒好了拎出来，母亲打开米袋抓了一把看看，又举到面前闻闻。不对呀，好像有股霉味。就跟陈老板提出换一个米囤。陈老板不乐意了，头一仰，打起哈哈:“挺好的米呀，雪白雪白的，怎么嫌好嫌歹的?”

母亲说:“这米有霉味，不能吃了。”

陈老板急了:“你瞎讲呀，怎么有霉味? 怎么不能吃? 也就陈了些，多淘一下，不碍的，不碍。 给你再加些，再加些好了吧? 挺好的米呀，雪白雪白的。”

嘴里说着，让手下伙计给母亲的口袋里又加了些，硬把母亲打发了。

克宽本来就不喜欢陈老板，这一刻见陈老板这么欺负母亲，就不再是喜欢不喜欢的问题，而是有些恨了。

克宽自小性格有些外向，好动。 母亲希望他向哥哥学习，多在家里待待，帮大人做些事。 比克宽大八岁的哥哥克忠，跟弟弟完全不同，他乖巧听话，性格安静，喜欢做事，看到地脏了，立刻拿笤帚扫，看到缸里没水了，立刻拎着木桶到外面拎水——水是用剖开的竹子一段一段从老远的山上引下来的。 再没有事了，哥哥就坐在爸爸的操作台旁，看爸爸“噗噗”地吹火，看爸爸“叮当叮当”地敲打，时不时还帮爸递一下这，拿一下那。 克宽做不到这些，有些贪玩。 父亲的腿跟操作台长在一起了，母亲的腿还在自己身上，外面的事都是母亲跑动得多，因此，克宽一看到母亲出门，立刻就跟上来。 母亲不乐意，对他说:“你要向你哥哥学，多在家待待。”

克宽歪头笑道:“妈妈不是怕狗吗? 我陪你去，路上遇到狗可以替你打狗!”

母亲生性胆小，特别生克宽的二妹带出了病，瘦小的身子越发弱，胆子变得更加小。 母亲听儿子这么说，就高兴地答应了。

克宽最喜欢跟母亲上后山。 后山就是玉屏山，推开家里窗子就可以看到，但隔着窗子看跟爬上去看完全两回事。 母亲上山是采蘑菇，摘木耳。 溪沟里有倒伏的大树，黑乎乎的，横七竖八，陈年累月树皮烂了，树干朽了，上面长出了黑黑的木耳与红红的蘑菇。 春天还可以掰竹笋。 竹丛里厚厚地落一层隔年的竹叶，黄黄的已有些腐烂，用脚往前扫，往两边踢，碰到一个竖起的硬硬的东西，那就是一支新笋。 菇、笋、木耳，弄回去不光可以做菜，晒干了还可以送到收购店里换钱。当然，克宽不可能把这些放在心上，他心野，只顾一个劲地玩耍。听大人说，山上有野兔，有黄鼠狼，有獾，有松鼠，有野鸡，还有狼。松鼠最可爱，看到你了也不跑，转头望住你，眼睛像玻璃珠子一般亮，尾巴高高翘到天上，一抖一抖地动，你想靠近它，对不起，“呼”地一闪，不见了。野鸡会叫，声音炸炸的，震得林子里的树叶不住打颤。野鸡的翎毛多长多大呀，展开来五色斑斓，彩光闪烁，好看极了。黄鼠狼很讨厌，它到处打洞倒不怪它，可恨的是，见人就放下一个臭屁，然后溜之大吉。狼不多，据说被猎户逼到深山里去了，不过，千万不要碰到它。听妈妈说，它专拣小孩子叼，因为小孩子的肉嫩。妈妈上山是为了采蘑菇，摘木耳。蘑菇是一种红蘑菇，木耳是一种黑木耳。妈妈带着克宽只在山边上走，不到山的深处。山的再上面还有路，母亲说，那是采药人走的，一般人不去那里。克宽跟着母亲上山不过瘾，他很想往山的深处走，他想爬到山顶上看看。玉屏山虽爬过好几次，但从来没有到过顶。登上玉屏山顶，再往前，会有什么呀？那边还有人吗？那边跟这边有什么不同？一天，他拿这些问题问母亲，母亲没想到儿子问这样的问题，想了想说：“山那边，还是山呀。”

“再那边呢？”克宽追问。

“再那边？还是山。大山连着的呀。”

“再过去呢？”

“再过去，妈不晓得了。”

克宽的目光紧紧望着玉屏山顶。很显然，他对母亲的回答不太满意。就是这座山，它把人们箍住，让人们过不去，去不了远方，他心里有些不服气。

克宽还经常上街玩。街头上有个宝莲寺，逢到集市，那里有唱戏的，耍猴的，玩蛇的，卖狗皮膏药的。克宽喜欢看打卖拳，有个人挺着肚皮，将一把刀往肚子上剁，剁得咚咚响，丝毫无伤。克宽喜欢听戏，那些戏里的故事听大人说过，但这么哼呀唱的演出来，克宽觉得新鲜好玩。他不喜欢玩蛇，他觉得蛇是个怪异的东西，阴兮兮的，让人发疹。看过一次，就再也不想看了。

克宽有个经常玩耍的好地方：步月桥。这是一座古桥，在玉溪河上，站在镇街口，远远地可以看到它。听老人们说，它是明朝的，至今已有三百岁。桥很长，克宽跟小朋友们试过，从北桥头一口气跑到南桥尾，会跑得呼哧呼哧大喘气，脸红通通地像猴屁股。这座古桥很特别，整个桥上都有顶，顶上盖的瓦。在桥上玩，雨天淋不到雨，夏天晒不到太阳，刮大风吹不着。在桥上可以捉迷藏，斗鸡，玩石头剪子布。累了，可以看看菩萨。菩萨供在桥中央一间小木屋里，菩萨身上颜色褪了，但五颜六色大致还能辨出。听大人们讲，它是观世音。

克宽出门玩经常带着妹妹。克宽有一个大妹，一个小妹。大妹阿桂跟大哥克忠一个类型，内敛，安静，总是待在家里。小妹阿芳有些像克宽，活泼，好动，喜欢往外跑。克宽带她到外边玩，阿芳高兴得了不得！母亲见克宽到了吃晚饭的时间不归家，就责骂克宽，阿芳护着二哥，竟撒娇卖痴地为二哥辩护，让克宽心里特别受用。

塾师眼中的蒙童

七岁那年，克宽进了私塾读书。

他是杨家兄妹四个中唯一进私塾读书的。大哥杨克忠年长他八岁，在家跟随父亲学手艺。杨益衡想到自己两个儿子，也该有个识文断字的，尤其老二不受拘束，性格泼野，不适合走他的老路一辈子守着操作台子，加之父子三人都上同一条船也不妥帖，因此考虑再三，决定送克宽上私塾。

“真让我上私塾呀?”克宽做梦都没有想到，高兴得一下蹦起来。

克宽太眼馋同年的孩子背着书包去私塾读书学习了。吉阳镇最好的私塾是张老爷家的张家私塾。张家私塾在张家宗祠。张家宗祠门楼很高，一直高到云天之中，门头上有飞檐翘角，有雕花的四方青砖，雕的是蝙蝠、梅花鹿、仙鹤、寿桃。克宽麻着胆子钻到祠堂里看过，里面很大，很暗，许多地方阳光照不到，很多门阖着，只能巴着门缝看。教私塾的陈老先生授课的学堂选择的是边上两间。学童们都穿得干干净净整整齐齐坐在一张张学桌前，桌上放着书、描红本、砚台。克宽巴着窗缝听过里面读书，并记住了两句：“黎明即起，洒扫庭除。”克宽回家跟母亲闹过要上学。母亲对克宽说：“读书要费钱，你们兄妹几个都在吃闲饭，全家靠你爸一个人挣钱养活，很难呀。想读书，等将来条件好些了再说，这刻不能对你爸讲。”克宽听母亲这么说，只好不再提起。这如今父亲对他这么说，他简直觉得是做梦！

进私塾的第一天，要行拜礼，由先生带着拜孔圣人孔子。焚香，敬香，跪下去，对着孔圣人的牌位，一磕，二磕，三磕。克宽一开始有点害怕，一开始不知道那牌位上写的什么，之后才明白是孔圣人。拜过孔圣人，就拜先生了。陈老先生青布长衫，戴一副圆圆眼镜，在一把太师椅上端端地坐着，克宽在他脚前的一只拜垫上跪下，一磕，二磕，三磕。

旧时的私塾分家塾、族塾、村塾、义塾几种。克宽上的是族塾，是镇上富豪张老爷家的。杨家跟张家无亲无故，进人家私塾是有条件的，杨家每年春天必须出一个劳力上他家茶山替他家采二十天茶叶，秋收季节，到他家水稻田里替他家割二十天稻子。此外，四时八节还要给先生送束脩。杨益衡全部答应，上山采茶，下地割稻，自然都落到了克宽母亲的头上。克宽一开始糊里糊涂，之后才知道这些，这也好，因为这些都化成了克宽刻苦学习的动力。

塾师陈老先生叫陈志，年届不惑，是光绪年间废除科举制度前一年的最后一批贡生。他心存高远，志在闻达，大半辈子一直孜孜于八股经文，圣贤书卷，但时乖运蹇，在科举的路上总走得不顺，始终未能实现“十年寒窗苦，一朝天下闻”的理想。光绪帝废除科举后，陈志虽深受打击，但他接受儒家思想熏陶几十年而形成的“学而优则仕”的根本立场不动摇，坚持读书，继续沉湎于传统经典，有感于故乡民众之愚蒙，知识之匮乏，于是回到吉阳开馆授教，做起了张家私塾先生。

因为克宽课上听课认真，学习成绩好，品性优，陈志很喜欢他。对于新进的学童陈志都特别注意，他发现这个小小年纪个子不高的孩子，上课身子坐得正正的，胸挺着，一堂课下来，坐姿不会有什么大的改变，不像有些孩子，身子歪着，肩膀一个高一个低，腿叉得远远的。陈志觉得，坐得端正是基于态度端正，态度端正才能学得进，学得好。克宽背《百家姓》，背《千字文》，背《神童诗》，许多孩子背下一段背不了全篇，记住了头忘掉了尾，气得陈志吹胡子瞪眼，用戒尺打手，临了喊克宽起来背，克宽站起来，从头背到尾，一点不打顿：

天子重英豪，文章教尔曹；
万般皆下品，唯有读书高。
少小须勤学，文章可立身；
满朝朱紫贵，尽是读书人。
学问勤中得，萤窗万卷书；
三冬今足用，谁笑腹空虚。
自小多才学，平生志气高；
别人怀宝剑，我有笔如刀。
……

陈志听得摇头晃脑，连连夸赞："好得很！书就要背成这样。少小须勤学，杨克宽勤学了，所以功课作得好。你们勤学了吗？学而时习之，口诵心读，坚持不断，书才会背得好，背得熟，知道了吗？"

克宽不光书背得好，字也写得端正。陈志老先生每天给学童一人写一张仿。"仿"，类似于后来的描红本，即写字的样本，学童写大字时照着临。有的学童不爱好，磨墨的手脏兮兮的，一张仿还没有写下来，就弄上一个墨团，字又写得歪歪倒倒。克宽写的仿总清清爽爽，每个字完全按照老师给的样子，一点一撇，一横一捺，工工整整，像模像样，让人看得舒服。一张仿上，陈志老师会给他画上几个赞许的红圈，极少有字被标上“×”。

在学堂里，克宽与他的同窗张金宝关系不好。记得克宽第一天上私塾，陈志忘记了他的名字，问克宽叫什么。克宽身子笔直地站起，把自己的名字报了一遍。陈志听了手捻胡须若有所思，可能隐隐想起了这名字与自己的关系。正准备要克宽坐下，坐在后面位置上的张金宝笑嘻嘻地大声插嘴道：“他不叫杨克宽，他叫‘小叮当’！”

张金宝后脑勺上拖一根小辫，是开办私塾的张老爷家侄孙，张家出了名的“惯宝宝”，在学堂一向不守规矩，吆三喝四，学童们背后叫他“张小辫子”。陈志皱起眉头望住张金宝：“有现成的名字不叫，何以叫作‘小叮当’？”

张金宝肉乎乎的脸发出光泽，高喉咙大嗓门道：“他爸是打首饰的‘老叮当’，他是老叮当的儿子，所以叫‘小叮当’！我们平常都这么叫！”

陈志脸一沉：“如此给人起绰号，无礼无教，非君子之所为，书读到鼻孔里去了。以后再不许这么叫，听到吗？”

从此以后，张金宝在学堂里真的不敢这么叫了。

克宽不喜欢张金宝，不仅仅因为他进学堂的第一天张金宝叫他小叮当，更主要的是因为张金宝在学堂里那副老子天下第一的样子，似乎陈老师都不在他话下。你凭什么这样？你是凭你后脑勺上拖的那条狗尾巴小辫子？凭你家钱多，有大片的田、大片的山林、大片的茶园？还是凭陈志老师是你家请来的，这偌大的宗祠是你张家的？你家在镇上再怎么有钱有势，也不能不把人当人。可他就是不把人当人。下学回家，学童们都是各人背各人的书包，可张金宝不是，他的书包总让其他同学背，自己空着个手晃膀子。除了耍大老爷派头，他还欺负人。有个同学叫孙仲琏，因为家里穷，四时八节拿不出像样的东西给老师做束脩，孙仲琏就在学堂里做塾童。所谓塾童，就是课余给老师扫地抹桌做杂事，用这份劳动抵代给老师的束脩。孙仲琏老实，张金宝经常欺负他。克宽最看不下的是那次墨汁事件。那天陈志走进教室给大家讲《论语》中的“学而”，发现学桌间的走道上黑乎乎一大摊墨，旁边桌腿上还溅了好些墨点，问是谁搞的。坐在下面的学童一个个大眼瞪小眼，都不吱声。陈志立刻不高兴了，戒尺拍到桌上道：“这是学堂，不是杂耍班子，如此无法无天，成何体统？成何体统？谁搞的，上来把它擦了！”坐在下面的张金宝见这情状，立刻扭脸支使隔着一行坐着的孙仲琏：“你去呀，快去把它擦掉呀。”孙仲琏畏畏葸葸望着大家，似欲站起，又有些迟疑。陈志脸转向孙仲琏：“是你所为？”张金宝笑嘻嘻道：“是他，他把砚台里的墨汁碰翻了。”克宽实在看不下去了，挺然站起说：“报告老师，情况不是这样，这地上的墨汁，是张金宝刚才跟人打闹，把孙仲琏桌上的砚台打翻的，跟孙仲琏没有一点关系。不信，你可以问问大家。”

陈志把张金宝叫起，板着面孔问：“是这样吗？”

张金宝低下头。

陈志叫起一个学童问：“是这样吗？”

学童点头。

陈志仰头，摇头，又仰头：“圣贤之书你们是怎么读的？君子立身于世，贵在有德，这基本的精神都忘了吗？如此污人清白，君子所不齿！”

最终把墨汁揩掉的当然不是张金宝，但这事让他大大丢了脸面。在学堂，长期以来他可是吆五喝六的人物，大家都是围着他滴溜溜转，可自从杨克宽进来，特别是墨汁事件之后，情况发生了变化，有些学童不再追着张金宝玩了，日久天长，杨克宽身边竟然有了几个要好的伙伴。张金宝面对这种局势自然是恨，但这种恨只能闷在心里，不好直接露出，更不敢对克宽发作，因为说不清为什么，这个“老叮当”的儿子“小叮当”进学堂一段日子后，他的内心深处莫名其妙地对他有些怯意。

陈志本来就喜欢克宽，墨汗事件让他又看到了克宽正直敢言的一面，对他越发刮目相看。

一晃七年过去了，克宽跟着陈志不光读完了《大学》《中庸》《论语》《孟子》，而且对《诗》《书》《礼》《易》《春秋》，以及《左传》《公羊传》《谷梁传》《古文观止》等都能口诵心读，得其要领。科举的应试文虽不再流行无须去学，但对联、策论等日常较多用到的文体，都已驾轻就熟，做出来很像个样子。陈志老先生一直觉得天不变道亦不变，光绪虽把科举废了，但“学而优则仕”的规则永远不会变，只要肯读书，会读书，读好书，照样能够成大事，做一个人上人。以他几年来对克宽的观察，他越来越觉得克宽是个好苗子，他年纪虽不大，但言行举动远远超出一般孩子，只要进一步加以引导教育，将来定有出息。陈志当年去京城应试跑过许多大码头，深感吉阳乃区区一小镇，封闭落后，如今世易时移，山外大城市已兴起新式教育，学生们除了攻读经书，还学西洋之学，比如物理、天文、社会、体育等。因此，一个男儿要在当今立身处世，有所作为，必须走出大山，到城里的新学堂里学习一下，不然不能适应新形势的需要。1913 年腊月里的大冬前，学堂放假在即，陈志老师把克宽留下，向他说了这些想法，要他回家跟父母商量，开春之后争取到县城读书。

“到县城读书，我能行吗?”克宽听了老师的话很兴奋，瞪大眼问。

“你能行，去上建瓯的梨山高等小学。”

“梨山高等小学?”

“对，梨山高等小学。”

“我进得去?”

“要参加考试，有些类似于过去的乡试，择优录取。”

克宽有些心虚:“我怕我考不了。”

“以老夫之见，你能行。回家跟父母好好说说。”

克宽回家说了，可父母不允。父亲觉得，书读了几年，字认识不少了，平头百姓家的孩子，能读个信，写个条子，够了。克宽没办法，回头把结果告诉老师。陈志一声浩叹:“山野之人，目光短浅呀，一个好男儿，怎么能只满足于写个便条，读个信呀？”

过了大冬，学堂放假了，陈志不愿使自己的得意门生就这么失去发展壮大的机会，亲自上门劝说克宽的父亲。克宽的父亲杨益衡当时正用小锤子在铁墩子上敲打一只金簪子，见陈志亲自上门，连忙起身迎接。陈志宽衣坐下，一边品用杨益衡给他沏的大红袍，一边把今日的来意一条一款说了。杨益衡倾耳细听，知道陈老先生这么做，全为克宽好，全为他杨家好，连忙说了一些“犬子克宽这几年能有长进，全靠先生教诲，杨某感谢不尽”之类的话，接着也不绕弯，把自己的想法和盘托出。陈志合上杯盖，捻着胡须，大摇其头道：“这不妥，甚为不妥。古人云，三岁看大，七岁看老。贵公子拜到我门下，这几年我看着他长大，以老夫的经验应该不会看走眼，贵公子不同于那些碌碌庸常之辈，绝对是个可塑之材，让他进入城里的新学堂进德修业，继续读书，将来定能成就大事，为你们杨家光宗耀祖，赢得荣誉。因此，望你三思，切切不要坐失良机，耽误了公子一生的前途。”

杨益衡起身给陈志续水，躬身含笑道：“成大事何尝不想呢，只怕我们这种小门小户人家，没有这份造化。说实在，能谋到一份好差事，挣到一碗干饭吃，就阿弥陀佛了。”

陈志扬脸感叹：“小门小户怎么啦？朱元璋生于佃户之家，崛起于草莽之中，不是做了皇帝？王侯将相宁有种乎？人生在世，当志存高远，不可自己颓败了志气。”

杨益衡没有想到陈志老师一下变得如此激动，眼巴巴地望住他道：“不瞒你陈老师说，但我们打听了一下，听说这城里的新学堂不像私塾，花销多，费用高，我们家的日子本来就不宽裕，再供他进城读书，实在有些难处。”

陈志坚定地说：“难处肯定有。孔夫子曾经说，君子固穷，这话什么意思？就是说，穷并不可怕，君子再穷也不失其志，穷而愈坚，不坠青云之志呀。风物长宜放眼量，凡事都要从长计议，千万不能只顾眼前，满足于做点小生意，混口饭吃呀。”

一次不见效，陈志心有不甘，隔了几天又上门，最终把克宽的父亲说通了，说服了。

1914 春夏之交，克宽随父进城参加建瓯梨山高级小学招生考试。这是克宽长这么大第一次进建瓯县城，第一次参加正规考试，他有些紧张，但心里一点不害怕。为什么要害怕呢？丈夫拥书万卷，何假南面百城，克宽不敢说读书破万卷，但腹中的诗书也不在少数。试卷发下来，克宽奋笔书写。巡回行间的考官在核对考试证时，见他姓名栏里填写的是“杨占魁”三字，奇怪地责问：“你不是杨克宽？”

克宽两眼大大地望住考官，毫不犹豫道：“我是杨克宽，但我从今天起，改叫杨占魁。”

“为什么改名？”

“因为我要考第一，我要独占魁首！”

考官是一位瘦瘦的戴着眼镜的年轻老师，听克宽这么说话，立刻眼睛发亮，禁不住在克宽肩上拍了一掌：“好样的，有志气！但愿你成功！”

令父亲杨益衡意想不到的是，他的儿子杨克宽在这场梨山高级小学全县招生考试中，总分第一，独占鳌头。

一个月后，当他获得这一喜讯时，激动得立刻丢下手里的活，带着克宽去向陈志报喜，同时心中暗下决心：我们杨家即使穷得揭不开锅，也要让克宽把书读完、读到底！

第二章 青春的抉择

在梨山高等小学

1914 年秋，杨克宽进入了建瓯县梨山高等小学。

克宽上一次进城是参加考试，考试一结束就回去了，城里是个什么样子，全没细看，等于一走而过。这一次跟上次大不相同，克宽成了城里的新学生，他要在学校宿舍里住下来，在这座城里生活几年了。父亲杨益衡知道儿子从小到大生活在山里，进城有一种特殊心情，因此给克宽置办好了一套日常生活用品后，带他上街转了转。建瓯城是他早年学徒的地方，他对城里很熟悉。他带克宽看了老城墙，看了城门楼，看了鼓楼。鼓楼的正门上有一块石匾，上有“雄镇南天”四个楷书大字。鼓楼上那高高架着的圆圆的很大的东西是什么？克宽问。

那是一架钟，父亲告诉他。

钟？代替日晷记时的钟？天呀，居然有磨盘大，上面有一长一短两根大针，围绕大针的周围有一个个刻度。

父亲告诉克宽，这钟每到一个整点，都会“当当”报时，声音很响，半个县城都能听到。

克宽对着大钟望了半天，脖子都仰酸了。

克宽问父亲，孔庙远不远，说陈志老师跟他们讲过，建瓯有孔庙，学堂开学，先生们都带着学生到孔庙焚香祭拜。父亲告诉他孔庙不远，就带他去看了。庙里的主建筑叫大成殿，气势轩昂，十分壮观。正中间是孔子塑像，两旁分别是颜回、曾参、孔伋、孟轲。大成殿明间正中悬着两块匾，上面分别是清圣祖康熙和德宗光绪的御书“万世师表”与“斯文在兹”。站在空旷无比的大成殿里，仰望古圣先贤的塑像与前朝皇帝的御书，十五岁的克宽胸中生出一种从未有过的特别心情。

父亲还带他逛了街市。

到底是县城，街道又宽又长，陶渊明说的“宛辔憩通衢”，说的可是这样的大街？商店一家连一家，都挂着幌子，所谓商贾如云，可能就是这副样子。父亲告诉他，在这条街上，过去有东洋人开的店，还有黄头发蓝眼睛的西洋人开的店，他们建的房子跟建瓯人建的不同。

新学期开学了，宽大整洁的教室，大玻璃窗，一排排整齐的桌椅，这些跟张家宗祠里的私塾有着天壤之别。一切都是新鲜的，美好的，生机勃勃的。学校里不光有男生，还有女生，男生女生分班上课。梨山小学是高小，听说在初小学校，男生女生是合在一个教室里上课。也学“国文”，“国文”课本里的文章多数选自《论语》《礼记》《左传》，克宽早已滚瓜烂熟。让克宽觉得大开眼界的是，在“西文”中，他看到许多从来没有看过的文章，比如《鲁宾逊》《英民之特性》《海伦》《达尔文》，等等。此外还有“数学”“自然”“社会”“伦理”等课程，由不同的老师教，十分新鲜有趣。

让克宽意想不到的是，上第一堂国文课，走进教室的竟是考试那天指责他把名字写错，接着又拍他肩膀将他夸赞一番的年轻考官。他的样子很特别，瘦瘦的，身板笔杆儿一般挺直，白皙的鼻梁上架一副眼镜，光光亮亮的头发梳得一丝不苟，一身很合体的中山装。整个看上去不像县城人，完全是大城市的派头。他走上讲台，首先自报家门：“我叫欧阳俊，是你们的国文老师。此外，我还是你们的班级辅导员。从今以后，希望大家团结一心，携手共进！”

克宽很喜欢欧阳老师，他年轻，有朝气，是个很让人亲近的大哥哥。

一次作文课，欧阳老师将大家带出教室，带到县城大街上。克宽与同学们感到奇怪，作文课怎么跑到外面来上啦？欧阳老师要干什么？

欧阳老师把大家带到鼓楼前，对大家说：“鼓楼是建瓯城里的标志性建筑，在这上面还有一架钟，大家先好好看看，我们今天的作文要写它。”

克宽对鼓楼与大钟并不陌生，因为之前父亲带他看过。大家都很兴奋，围着鼓楼转圈子，反复看。看得差不多了，欧阳老师要大家集中，站在中间对大家说：“我知道，我们班同学中有一半是本县城的，对鼓楼与上面的大钟早已司空见惯，即使其他周围乡镇的同学，在这之前可能也都看过不止一次，可你们知道这座鼓楼与这架大钟的历史吗？我想大家不一定知道。我们地处福建省，大家有没有考虑过，福建省为什么取名‘福建’？告诉你，这是取的福州与建瓯这两个地名的首字。为什么取建瓯的首字？因为建瓯在东汉时期是福建最早设置的五县之一，一向被称为‘闽国古都’‘八闽首府’，有着极高的地位。鼓楼，是建瓯古城的重要建筑，自东汉以来，一直矗立在这里，至今已有一千多年，它是建瓯古城历史文化的活化石。至于鼓楼上的这架大钟，它倒不是古迹，而是当今的产物。关于它，还有着一段发人深省的故事。也就在三年前，本县主政的一位知县——此人姓甚名谁不必细说，因为此公还在异地做官，我们不必去找不必要的麻烦——他在本城做知县时，巧立名目，作奸犯科，侵吞田赋巨款，被省议员勘查发现揭发出来，追还赃银五千两充公。后经裁定，这笔赃款用来重修镇安楼，也就是今天的鼓楼，并购置大钟一架，安置在鼓楼之上。大家想想，大钟高居楼上，除为全城报时之外，还有什么别的深义？今天这堂作文课，我把大家带出来，一是让大家进一步细致观察建瓯古城的历史文物，同时也让大家深入思考一些社会问题，以便作文时言之有物，有感而发，不至于废话连篇。”

克宽没有想到这架大钟承载着这样的历史往事，与同学们站在一起仰望大钟，脑子里想了很多很多，回去洋洋洒洒，写了一篇题为《警钟长鸣》的作文。欧阳老师看了后，发现文章独辟蹊径，援引《诗经·硕鼠》中的诗句，反复咏叹“无食我黍”“无食我麦”，有一定的思想深度，这对于一个十五岁的孩子来说，实在难能可贵，就把克宽的作文拿到课上进行了点评，杨克宽的名字一下在全班叫响了。

克宽的同桌叫汤忠，圆圆的脸，厚嘴唇，一副忠厚诚实的模样。同桌不久，两人就成了好友。汤忠家就在县城，早出晚归。到了星期天，汤忠怕克宽在宿舍冷清，要他到他家玩，克宽也不认生，去了。汤忠的父母在街上开店，对克宽很热情，每次都留克宽吃饭。

校园里有一片大操场，克宽在课间经常与大家一起踢球，跳沙坑，打篮球。阳光金灿灿，风爽爽地吹到脸上，心情特别地好。

学校将近一千名学生，来自不同的乡镇、不同的家庭，着实让克宽长了见识。到了放学的时候，克宽只要走出教室，总会看到学校门口停着两三辆马车、三四顶轿子。马车上驾辕的都是高头大马，毛光发亮，马车的木轱辘很高，车子的一些把手上包着黄铜。轿子都垂着帘，轿门框上镶有银饰，轿夫仄着身坐在轿杠上，歪头望着远远的教室里走过来的学生。克宽第一次看到这情形不明白怎么回事，之后听汤忠说了才知道，这是有钱有势的人家派下人来接在校读书的公子或小姐回家，女生坐轿子，男生坐马车。克宽发现，女生上轿时，有轿夫给她打起帘子；男生坐的马车，一路蹄声嘚嘚，让克宽想到“玉鞭金镫骅骝蹄，横眉吐气如虹霓”的古诗。听汤忠说，这些公子小姐的家就在县城，有的离学校不远。克宽无法想象，自己好手好脚的，又不残废，干吗要这样？到冬天，克宽看到了更奇的情景。那些坐轿的女生一走到轿子跟前，轿夫立刻把一个东西送到她们手上。克宽不知道是什么，汤忠告诉他：“暖壶，焐手的。”克宽恍然大悟，暖壶他见过，有铜的，有银的，他爸给人家打过。克宽心中禁不住想，这是什么人家呀，也太奢侈太豪华了，吉阳镇即使张老爹家，也不能达到这种程度。克宽想去想象一下这种人家的生活，只觉得自己想象力匮乏，脑子里一片空白，什么也想象不出来。想象不出来，是因为那种生活跟这世界上绝大多数人过的日子差距太大，太不一样了。都是生活在这个世界上，为什么人跟人会有这么大的差距？为什么？克宽想不通，问汤忠。汤忠笑道：“这有什么奇怪，人家家里做大生意，祖上有钱呀。”克宽觉得有道理，但又觉得不完全有道理。

克宽做作文课代表，一次他把收齐的作文本送到老师办公室，欧阳老师留他谈话，克宽谈到上述问题，欧阳老师说：“朱门酒肉臭，路有冻死骨，古已有之，这是中国阶级分野的具体表现，建瓯有，福州有，北京有，在你的家乡吉阳也有。天赋人权，出现这种巨大的差异是一种不公，所以社会要变革，要实行民主共和。”

社会变革，民主共和，克宽将这些概念记在了心中。

十六岁的心

克宽进入梨山高等小学第二年，也就是 1915 年，全国掀起了“倒袁反日”运动。运动的兴起缘于袁世凯与日本人签订的“二十一条”。1914 年第一次世界大战爆发后，中国因提出的德国直接将山东主权交还给中国的要求被拒绝，于是决定对战争保持中立。当时美国注意力已转移至欧洲，而英国则希望日本能成为远东的盟友。日本于是在8月对德宣战，出兵侵占了德国在中国的势力范围——山东半岛。1915年，日本向中国提出二十一条要求，并要求中国政府“绝对保密，尽速答复”。其条款的核心内容是：本由德国占领的山东半岛全部转让给日本，并由日本享有一切权力与利益；凡山东省内并沿海一带土地及各岛屿，中国政府概不以任何名目转让或租借给他国。在整个事件发展的过程中，袁世凯一方面命外交部同日本谈判，一方面暗中逐步泄露内容，希望获得英美支持抗衡日本，迫使日本做出让步。中国国内亦出现反日情绪，日本则以武力威胁中国。至5月7日，日本政府向中国发出最后通牒，限令于9日前答复。最终袁世凯政府在5月9日晚十一时接受“二十一条”中一至四条的要求，并于5月25日完成签字。

埋头于课堂书本的克宽本不知道这些。那天上国文课，欧阳老师走进教室，脸色少有地显出严峻，眼镜后的双眸闪耀着怒火。课文讲了没几句，话锋一下转到了国家与主权，将袁世凯签订“二十一条”的事对大家说了。欧阳老师瘦削白皙的脸上闪着红光，激动道：“这是卖国的行径，是一桩奇耻大辱的事，你们到街上报亭里买张今天的报纸看看，上面铺天盖地的都是抗议谴责的声音。北京的学生都上街游行了，我们虽处边陲之城，也是国家之青年、时代之青年，怀着一腔爱国的热血，能视若无睹吗？不能！”

像烈火干柴，同学们一下被点燃了。

克宽是班上的宣传委员，班级黑板报由他负责。欧阳老师讲过话后，他的心中立刻燃烧起一团烈火，当天由汤忠和另外几名同学配合，以捍卫国家主权，反对卖国的“二十一条”为主题，突击赶出了一期黑板报。这期黑板报文章的标题都是标语口号式，文末带有巨大的惊叹号，整个黑板报像投向袁世凯的一支镖枪、一枚炸弹。

5月12日有消息传来，建瓯中学学生会组织学生上街贴标语，散传单，开展了各种形式的抵制日货活动。克宽闻讯后，觉得梨山高等小学也应积极行动，立刻找到欧阳老师，听取欧阳老师的意见，分别成立宣传队与日货收查队，举着“捍卫主权，抵制日货”的旗帜，走上街头，一方面大张旗鼓地进行爱国主义宣传演讲，一方面走进一家家店铺，对东洋商品，无论贵贱，一经发现，全部集中焚毁。一些老板目光短浅，重利忘义，不肯配合，克宽就对他们宣传教育，少数商家充耳不闻，冥顽不化，到最后甚至开口骂人，与学生动起手来，克宽则带领同学们高呼“国家利益至上！投降卖国可耻！”的口号，群起而攻之。

经过两天突击行动，共收缴了三板车日货，建瓯中学派人主动与梨山高小联系，最终决定将所有收缴而来的日货集中到临江门焚毁。临江门在建瓯老城的西边，紧靠大河，是一片广场。焚烧日货前，建瓯中学的学生代表进行了慷慨激昂的演讲，欧阳老师率领梨山高等小学的学生合唱了梁启超作词的《爱国歌》：

泱泱哉！吾中华。
最大洲中是大国，
廿二行省为一家。
物产腴沃甲大地，
天府雄国言非夸。
君不见，
英日区区三岛尚崛起，
况乃堂堂吾中华。
结我团体，
振我精神，
二十世纪新世界，
雄飞宇内畴与伦！
……

烈火熊熊，黑烟腾腾，全城收集而来堆积如山的各种日货尽数扔入火中，顷刻间化为灰烬。克宽与汤忠一同站在队伍前，一张张青春的脸在火光中闪着红热的光。

经过这一场抵制日货运动，克宽与同学们的爱国热情被激发起来，对社会问题的关注度大大提高，课间经常三五成群聚在一起议论国事，谈论形势。欧阳老师对他们思想觉悟的提高非常赞赏，并不时引导他们对一些热点民生问题开展讨论，同时做出大的方向上的指导。在全班同学中，欧阳老师发现克宽勤于思考，思想敏锐，能言善辩，在同学们当中具有一定影响力，对克宽特别器重，经常与他单独谈心——谈人权，谈民生，谈贫富不均，谈社会变革，谈孙中山的三民主义，不止一次把克宽带到家中，向他推荐书刊文章。在这段时间，克宽利用课余时间，阅读了梁任公的《少年中国说》《新民说》、孙中山的《民权初步》《实业计划》、陈独秀的《敬告青年》。《敬告青年》是克宽在欧阳老师家一本叫《新青年》的杂志上读到的，文中说“青年如初春，如朝日，如百卉之萌动，如利刃之新发于硎，人生最可宝贵之时期也。……予所欲涕泣陈词者，唯属望于活泼之青年，有以自觉而奋斗耳！自觉者何？奋其智能，自觉其新鲜活泼之价值与责任，而自视不可卑也。奋斗者何？奋其智能，力排陈腐朽败者以去，视之若仇敌，若洪水猛兽，而不可与为邻，而不为其菌毒所传染也。”这些如鼓点般的文字，使克宽燃烧，使他激情澎湃，年轻的心空中飞翔起一群思想的大鸟。欧阳老师还把他喜欢的一批国外论著与文学作品推荐给克宽读，如赫胥黎的《天演论》、卢梭的《民约论》、亚当·斯密的《原富》、歌德的《少年维特之烦恼》、雨果的《巴黎圣母院》等。广泛的阅读，使克宽间接地丰富了生活经验，扩大了视野，提高了思想，对社会人生有了新的思考与认识。

克宽觉得欧阳老师给他打开了一扇门，使他看到了一片阳光灿烂的高地。多年来，克宽在陈志的熏陶教育下，一直以“学而优则仕”为信条，如今他仍然坚守着这一信条，对各门功课的学习一丝不苟，从不松懈，成绩在班上名列前茅，坚信通过自己的努力，最终一定不会辜负陈志老师对他的厚望，出人头地，进入“仕”的行列。可是经历了抗议“二十一条”卖国条约的学生运动，特别是受了欧阳老师一段时间的启发教育后，克宽的思想发生了改变。他感到，两耳不闻窗外事，一心只读圣贤书，固然会学有所成，在社会的某个领域谋得不错的位置，但这是旧时代青年只考虑一己利益的做法，这种做法置社会发展于不顾，置百姓生计于不顾，是错误的。《辛丑条约》为什么容许帝国主义列强在北京驻军？人家强盗式地用脚踩着你的脖子了，政府为什么还向对方保证，不许自己的人民起来反抗？再看眼前，东瀛日本，一个蕞尔小国，为什么胆敢垂涎中国，把贪婪的魔爪伸到我山东地域？一切都因中国的积贫积弱，在国际上没有地位。一个国家积贫积弱下去，最终要被人家欺凌、瓜分，生活在这个国家的公民，无论你愿意与不愿意，势必要成为亡国奴。你是个“仕”，你有吃有住有穿，口袋里有“哗啦啦”响的银子，就不是亡国奴了吗？否！撑死了也就是个生活得比别人优渥一点的亡国奴，亡国奴的本质没有变。克宽觉得，作为新时代的青年，不能仅仅抱定“读书致仕”这一目标，应该立大德、明大志、做大事，为这个社会做贡献。在私塾里跟着陈志老师，他熟读了“四书”“五经”，此刻他想到了《大学》里“克明峻德”这句话。陈志老师给大家讲过：克，即能够的意思；明，意为彰显；峻者，本义为山，此处作高也、大也解；峻德，即大德，高尚无比的德行。此语的意思是：君子立身于世，首在立德，立大德，立高尚之德；只有以此为目标，方能成大事，造福于社会。

一连几日，“克明峻德”这句古语在克宽脑海中盘旋。一日，他在教室后的黑板报旁贴出一纸告示：“杨克宽更名为‘杨峻德’告全班同学书”。从此后，他将自己所有作业本上的名字用白纸条贴去，改写成“杨峻德”。老师与同学们一开始不大接受，经常还叫他原名，每当这时，他总微笑着望住对方道：“我已经更名，我叫杨峻德，以后请叫我杨峻德。”

日久天长，大家记住并叫起了他的新名字：杨峻德。

对父亲一生的感慨

1917年春天的一天，克宽——不，我们谨遵本传主的意愿，从此叫他杨峻德吧——杨峻德正在上自然课，学校的一名工勤员走近教室，向正在授课的自然老师招手。自然老师放下正在板书的粉笔，走到门口听工勤员说了几句话，回身用目光在教室里搜寻，最后落向杨峻德，并向他招手。杨峻德走到讲台前，自然老师脸色沉重地望住他，一只沾有粉笔灰的大手意味深长地在他肩上拍了拍，目光转向候在门口的工勤员，对杨峻德说，你跟他去吧。

工勤员把杨峻德引到教室前的花圃旁，停下脚步望住他问："你叫杨克宽？"

杨峻德望住对方，克宽这个称呼已有好长时间没人叫了。他默默地点点头。

工勤员眼中显出悲悯与同情，低沉道："小伙子，刚才学校接到一个你老家打来的电话，校务室要我转告你，你爸爸不在了。"

杨峻德一愣："不在了？什么不在了？"

"就是死了。要你赶紧回家奔丧。"

天呀，父亲去世了？父亲好好的，怎么突然去世了？这是一个晴天霹雳，十七岁的杨峻德一下惊呆了。

杨峻德教室没有回，立刻跑到宿舍换了一双鞋，把压在箱底仅有的一点零花钱灌入衣袋，跑到校门口又回头，到教导处开了一张出门证，出校门上大街，一口气奔到建溪码头，买了一张开往徐家墩的小火轮票。

杨峻德直到登上小火轮的甲板，在临窗的一个位子上坐下，才感觉到自己胸口的疼痛。胸口疼痛跟他这一路跑得太急有关，但更主要的是父亲猝然而去这一天塌下来的噩耗对他心灵构成的打击。从工勤员对他说出那句话起，父亲就一下走到了他的面前，与他相隔仅仅一尺，面对面望着，眼睛一眨不眨，目光深深的，一直望到杨峻德的心里。这是一种隔世的凝望，这凝望有一种力量，它将杨峻德穿透、摇撼，使他情感奔涌，内心崩溃。船窗上的玻璃花了，杨峻德两眼“哗哗”地流泪，泪水顺着脸颊淋漓而下，落到衣襟上，落到大腿上。窗外是流淌的建溪河，水很清，流很急，此刻那一河的水在杨峻德的眼中白花花都成了泪。父亲今年多大？父亲是1872年重阳节前一天生的，到今天四十五周岁不到，四十五岁正当人生之壮年，可以有生活的规划，可以做很多事，他怎么一下就走了，走得这么早这么匆忙这么急，把妈妈大哥大妹二妹和我一下就丢下了什么都不管什么都不顾了呀爸爸？爸爸，你这是怎么啦？这不像你不是你。你从来都为这个家为我们大家着想的呀，爸爸呀你难道真的就一点办法都没有真的就走投无路啦爸爸呀？小火轮嘟嘟往前开，窗外天蓝云白，阳光灿烂，两岸的山是青的，翠的，发出油油的光，山腰里不时举出一支火把，那是开得红艳艳的映山红。但杨峻德心灵的天空雨雪霏霏，一片阴暗，所有曾经的鲜花和绿叶都已凋谢，满眼一派霜秋肃杀。

傍晚时分，杨峻德赶到家。

家让他不认识了，里里外外白花花的，拉的挂的都是白布白幡，靠墙戗着一个个花圈，鼓手班子呜呜哇哇的器乐声老远就能听到。这情景杨峻德并不陌生，从前在家里时一年都会看到好几次，可没想到，这事今天却临到自己家里。

屋里坐满了人，许多平时走动不多的近亲远亲都过来了。大嫂腰间扎着孝带，里里外外张罗忙碌。大哥见弟弟回来，一把抱住哇哇大哭，杨峻德鼻头发酸，眼中跟着盈满泪，但他没有让泪水流下。大哥告诉他，父亲病了将近半年，也抓了药，只是一直没有认真看，一直坚持着做活，直到上个月，病情加重了，才整个歇下来。本以为歇上一段日子会好的，没想到，昨天夜里突然呕血，折腾到鸡叫头遍，就走了。大哥说着说着，又咧着嘴哭起来，杨峻德抚住大哥肩，用手拍拍。大哥稍稍平定下来，立刻带着杨峻德到父亲面前磕头。

杨峻德在父亲遗体前站了许久。父亲让他认不出了。阴阳隔开，父亲的样子怎么会发生这么大变化？脸像一张黄纸，那么高大的一副身架，此刻被拘限在棺材里，似乎一下短小了许多。

烧了纸，杨峻德立刻要去见母亲。母亲本就有病，身体很弱，父亲这突然一走，从精神到肉体整个垮掉了，躺在床上起不来，哭得嗓子早已失了声。听到小女儿阿芳嘴凑到耳边用哭沙的声音叫她，说宽仔哥回来了，这才用被角揩揩红肿的泪眼，一只手撑着床，挣扎着想起身。杨峻德见状，连忙伸手将被角捺住，说："妈，你别动，你身体弱，就躺着，好好躺着。"母亲哪里起得来，才用了一点劲，眼前一黑，早倒回被窝里直喘。

吊孝了两天，第三天破孝。坟地由大哥与族长请来的阴阳先生选好了，镇上三个专司丧事的人帮助破土开坑。出殡按镇上风俗，杨峻德头上戴着白孝帽，腰间扎着白孝巾，大哥在前摔瓦盆，瓦盆子碎裂的声音闷闷的，黑灰里迸出几粒红红的火星。一路上杨峻德跟着大哥，一人手里抓一根哭丧棒，母亲由嫂子与大妹搀扶着走在后面。白幡飘飘，唢呐声吹打声不断，纸钱时不时一把一把撒到空中，雪花似的飞。到路口，烧稻草，烧大钱。到坟穴跟前，阴阳先生举行仪式，最后令杨峻德跟随大哥一先一后跳进穴坑，下跪磕头，暖一下坑，这之后，棺材就由两副绳索系着，轻轻地慢慢地放下去，撂钱，覆土。

安葬结束，客人散了，家里立刻安静下来。特别地静，静得有点空空的，静得有点让杨峻德不能适应。多少年了，杨家一直有一种声音，叮当当，叮当当，那是父亲一年三百六十天在不停敲打金银器的声音，那声音时高时低，时缓时急，清脆响亮，富有节奏，一声声传得很远很远。它是杨家所特有的，是杨家的招牌，一条街的人都熟悉，如今这声音断掉了，没有了，不光杨峻德，杨家每个人，甚至左右街坊都觉得心里空落落的。杨峻德在家里转悠，前所未有地审视着这个家。父亲为这个家辛辛苦苦了一辈子，到临了落下什么啦？什么也没有落下，空空如也，家徒四壁，只剩下他的一张遗像挂在墙上。父亲默默无闻地走完了一生，他那坐了几十年的操作台如今空下了，再也看不到他弓背埋头操作的架势了，看不到他架一副眼镜，一手用镊子夹着簪子钗子或手镯儿什么的，一手举着小锤不断敲打的样子。父亲待人处世极认真，能吃苦，勤快，手艺活儿做得一流，吉阳镇但凡与他熟悉的，大概没有人不对他竖大拇指，是个标标准准的优秀劳动者，可他这一辈子过的都是清苦日子，家里从来没有富裕起来过。特别是这两年，为了供自己在建瓯读书，父亲更是加班加点地做活，一家人跟着节衣缩食，勒紧裤腰带。父亲生病了，有没有请最好的医生看？是不是为了省钱慢待了自己？该好好休息休息养养身体的时候，他一定没有歇，一定还在咬着牙做活，杨峻德想到这一切，觉得自己这个做儿子的很对不起他。由父亲辛苦的一生，杨峻德想到吉阳镇上那些拥有大片山林田地的富豪，想到建瓯城里那些高楼深院的大户之家，他们冬天抱着暖壶，夏天打着凉扇，不要吃苦，不要受累，却腰缠万贯，锦衣玉食，过着大富大贵的日子，同样是人，同样活在这个世上，这是多么巨大的差异呀。

当晚，杨峻德被阿芳叫到母亲床头，母亲对他说："宽仔呀，明天你就回校吧，不要不放心家里，妈有你嫂嫂与妹妹照顾着，躺两天就能起来。店里的事你不要操心，你哥把你爸的手艺都学到家了，他跟你爸做了一年多了，由他管店没问题。你爸前些日替你推算过，过不了半个月你就要毕业考试了，这场考试，是一个大关。妈希望你好好过，千万不能辜负了你爸。你爸病重时我想让你哥召你回来，他怕误了你学业，硬是不肯。为了你爸，你赶紧回校温书吧。"

听着母亲的话，杨峻德眼中涌出泪，眼前又一次闪现出父亲的脸。

第二天，杨峻德离家上路了。

大哥与二妹把他送到徐家墩码头。杨峻德对大哥说："爸不在了，家里的日子会变紧起来，这一个家全落在你肩上，做弟弟的却只顾自己一个人读书，很是不安。"

大哥说：“没有什么，你尽管安心读书。”

小妹阿芳插嘴：“我跟姐商量好了，我们一同上山采蘑菇，晒干了卖钱。山上还有草药，也可以卖！”

杨峻德扭脸翻她一眼：“你玩还玩不过来呢，还有心情上山采蘑菇？”

阿芳调皮地冲二哥做个鬼脸：“二哥这么不放心，干脆早点娶个嫂子进门，好帮着大哥理理这个家！”

大哥对阿芳虎起脸：“小孩子家，瞎说什么。”

阿芳立刻噤了声。

到了徐家墩码头，刚巧赶上到建瓯的班船，杨峻德不敢耽搁，匆匆走上甲板，同时向大哥小妹挥挥手，要他们回家。不一会，汽笛一声长鸣，船就开了。

早到的婚事

1917 年 7 月，杨峻德由梨山高等小学毕业，与汤忠等同学一同参加福建省立第五中学（建瓯中学）招生考试。考试成绩 8 月中旬公布，要等上一个月，杨峻德于是收拾行李被褥，与同学们告别回乡。

让杨峻德意想不到的是，回家不几天，大哥就要带他去后山的李家送彩礼。

送彩礼？为谁送彩礼？杨峻德蒙住了。小妹阿芳站在旁边笑：“还为谁呢，为你呀！”

原来一年前父亲就为他相好了这门亲。李家是山里的一个篾匠之家，虽小门小户，但属于规矩人家。李篾匠与杨益衡都是熟人，偶尔还在一起喝个酒，心气相近，很谈得来。李篾匠知道杨益衡家老二在建瓯读书，是个斯文人，杨益衡也看过李篾匠家二姑娘，模样整齐，懂情懂礼，于是请人一搭桥，就把这门婚事定下了。

这真是天上掉下来一个雷，杨峻德哪能接受？好男儿立身处世，当先立业，后成家。业未立，却先钻入一己的小窝，这是井底之蛙，鼠目寸光，绝对没有什么大出息。“克明峻德”，这才是人生的大境界。

杨峻德脸一扬，忍不住地对大哥杨克忠说：“笑话，我是个学生，目前正是我读书求知的时期，怎么能结婚？”

大哥正色道：“有什么不可以，学生里也不是没有结过婚的，结过婚，照样可以上学堂。”

杨峻德笑着直摇头：“不，这不可能，你们怎么可以这样自说自话？ 把婚退了。 我才十八，还有很多事要做，十年后再议此事。”完全一副坚定不移的架势。

这么重大的事，弟弟居然嬉皮笑脸不当回事，杨克忠心里不高兴，但这是自己的亲弟，打小就这德性，跟他急不起来。 他点起一锅子烟吸了几口，头抬起，巴巴地望住弟弟，苦着脸说：“我也估计到你有想法，但这是爸在世时定下的，都下过定礼了，怎么能推翻呢？ 没这个道理。 而且，李家姑娘是个好姑娘，你嫂子代你看过，包你喜欢。 年纪比你小两岁，属相相配，模样又好，又能做事，真是打着灯笼都难找。”

杨峻德觉得荒唐，大摇其头道：“哥，我想说的我都说了。 对不起，这事我真的不可能做任何配合。”

大哥傻了眼。

躺在病床上的母亲知道这些情况后，急得让阿芳把杨峻德叫到床头，流着眼泪对他说：“宽仔呀，你这是怎么啦？ 你不能犟呀。 你爸定这门亲，都是为你好，为这个家好。 李家的姑娘是个好姑娘，你不能辜负了人家呀。 古话说的，读书明理，你这几年书读下来，怎么变得不听话了呀？ 你这么做，对不起李家不说，让你爸在天之灵也不得安呀。”说着说着，哭起来。

杨峻德什么话也不说，他知道，此刻说什么母亲也听不进去，他一声不响，拿过手巾给母亲揩泪。

杨峻德陷入了苦闷。 他两手枕在脑后，僵直地躺在床上，眼睛瞪着虚空。他想起了《少年维特之烦恼》，维特的烦恼虽与自己不同类型，但都是青春道路上的栅栏。它挡着你的路，你想照直向前走，走向那片阳光灿烂的花地，它却逼迫你转弯。

怎么办？

杨峻德想到了欧阳老师。要是把这情况向他说说，他肯定会想出一些办法，指明一个方向。可是欧阳老师远在建瓯，无法向他求教。

杨峻德想到了师塾里的陈志老师。他的思想虽没有欧阳老师新锐，但毕竟见多识广，经验丰富，为什么不去请他指指路子？可是陈志老师给他的建议完全令他失望。陈志沉吟少许，捻着胡须说："父母命，不可违，这是《弟子规》中的话。生为人子，不可大逆不道，你就从了吧。成了家，可继续进德修业，研读经籍嘛。"

杨峻德虽很失望，但不得不洗耳恭听，执弟子之礼。杨峻德后来想想，陈志老师说的话也不无道理，不可以怪他。

回到家，面对大哥的央劝，母亲的眼泪，大妹二妹困惑的目光，嫂嫂低头做事的沉默，杨峻德陷入沮丧的泥淖，失眠，厌食，一个人独处。但坚守了不几天，杨峻德妥协了，因为他的眼前总一次次浮现出父亲的眼睛，耳畔响起陈志老师那番具有传统思想力量的话语，尤其，每天承载着来自家里方方面面的巨大压力，杨峻德不得不妥协了。

婚礼完全按照本地的风俗办理，送礼饼、公鸡、蹄膀，过彩礼，送花轿，办起轿酒……名目繁多细碎，杨峻德完全不懂，算盘珠子一样任人拨弄，像做梦一样，自己居然做起新郎官了。古人语，洞房花烛夜，金榜题名时，这本是人生的两大幸事，可杨峻德全没有一丝兴奋可言，整个像个局外人。他骑着山里毛驴，胸口戴着红花，别别扭扭地跟在一路"吱咯吱咯"响的花轿后面。花轿旧书上叫彩舆，细看去，方形宝顶，三面玻璃明窗，前面绸缎绣花帷幕，轿板周围雕刻着人物花鸟，看上去十分美观。新娘叫什么？是叫李贵珍吧？对，李贵珍。也真不像话，差点把人家名字忘了，难怪小妹阿芳责怪他，连自己的媳妇都不往心上放!

吹吹打打放爆竹，来了不少客人，办了好几桌酒。新郎新娘先拜天地，再拜父母，杨峻德的父亲不在，就对着父亲的牌位和端坐在椅子上的母亲下拜。母亲从衣袋里掏出一只红缎子小荷包，打开，从里面取出一对戒指，对杨峻德说："这对戒指是你爸在世时亲手为你们打的。它是足金的，成色好，不含一丝杂质。他打的时候说过，选这种成色好的金子给你们打戒指，是希望你们要像这金子，一生一世做好人，做正派人，做勤劳善良的人，两人的感情没有一丝丝杂质，相亲相爱一辈子。"

杨峻德说："请妈妈放心，孩儿记住了。"

李贵珍也跟着应承。

母亲将戒指分别给他们戴到手上。

结婚是在 8 月中旬，转眼到了 8 月底，中学招生发榜，镇上的邮差将一份录取通知书送到首饰店，杨峻德被福建省立第五中学，即建瓯中学录取了。这是意料之中的事，但杨峻德接到大红的录取通知书，仍然高兴异常。父亲去世后，母亲希望他高小毕业后回家，与哥哥一同撑起这个家，可哥哥杨克忠知道弟弟心气盛，眼界高，想做一番大事，不满足于在家敲敲打打做个金银首饰匠，因此尽管这个家整个落在自己一个人肩上压力很大，但他无怨无悔，对母亲说："让宽仔继续读书吧，这一会我们在家咬咬牙，日子过得清苦些，将来宽仔发迹了，杨家好借他的力呢。"母亲当然明白这个道理，只是不忍心让大儿子一个人吃苦，但他既然这么表态，也就不再多说什么了。

学校即将开学，杨峻德收拾行李上路。大哥觉得这回自己再给弟弟送行不妥，应该让弟媳去送，但又想到弟弟成婚后，跟弟媳的关系清汤寡水，一点不热乎，怕他俩路上尴尬，而二妹阿芳是个热闹人，一向跟她二哥黏乎，贵珍进杨家门后，已跟她有说有笑热乎起来，因此就要阿芳陪贵珍一同送杨峻德一程。

上船之前先是一段旱路。两只包，一只大包，一只小包，大包本来大哥交给阿芳拎的，可才走出镇，贵珍就要跟阿芳换，将大包拎到自己手里。太阳有些辣，走出不多远身上就出汗了。阿芳见二哥只顾一个人走在前面，把二嫂撂下一截子，就喊：“哥忙的什么事呀，就不能等着我们一起走呀！”

杨峻德停下脚步往后看：“不是我不等，是你们太慢了。”

阿芳嗔怪：“你站着说话腰不疼，也不看看，我跟二嫂手里都拎着包，哪像你，空手白脚晃膀子！”

杨峻德被二妹说得不好意思起来，讪笑道：“照你这一说，我倒成了剥削阶级啦？好了，对不起，对不起，都给我，都给我，我来拎，让你们空手白脚晃膀子。”向阿芳要，阿芳手一松，包给他。向贵珍要，贵珍不给。

阿芳泼辣辣地说：“你就给他，别惯得他认不清东南西北！”

贵珍低眉顺眼，仍然不给。

到了徐家墩码头，杨峻德要她们回，她们不回，陪他等着班船。杨峻德问了窗口里的人，里面回答，小火轮出了一点故障，正在崇安往这里开的路上，需要等上一段时间。杨峻德又要她们回，阿芳不说话，两眼望着二哥，嘴头子悄悄朝二嫂那边努了努，意思要他主动跟二嫂说说话，接着就不声不响地退开了。远远地，阿芳见二哥跟贵珍一句话不说，陌生人似的，就急，冲二哥瞪眼睛挥小拳，那边杨峻德只当没看见。

终于小火轮来了，杨峻德走上甲板。

小火轮开动起来，杨峻德往岸上看了一眼，发现阿芳跟贵珍还站在岸边。两个人，一个高些，一个矮些，稍矮些的是贵珍。杨峻德久久地望着她们，心中禁不住升腾起一片愧意，一股柔柔的大水涌满胸中……

表　彰

1917 年 9 月，杨峻德进入福建省立第五中学，即建瓯中学。

建瓯中学是福建省的一所名校，它的前身是创建于 1686 年（清康熙二十五年）的建溪书院。1686 年，瓯宁知县邓其文到建瓯上任，在早已毁没的宋代建安书院的原址上兴建了建溪书院。邓其文曾一度在书院设立义学，聘请名师，教授家贫无力就学之少年。1906 年（清光绪三十二年），建宁知府白增煜将建溪书院改制为“建郡中学堂”，设理化、算学、英文、尺牍、英语等科目。后又更名为“建瓯中学校”“福建省立第五中学校”“福建省立建瓯中学校”。学校以“公、勇、严、勤”为校训，提倡公心博爱，爱人、爱家、爱校、爱乡、爱国，推崇大勇精神，注重张扬个性，勇于为天下先，不计功败毁誉，不图富贵闻达，处处心存国家民族。

从梨山高等小学到建瓯中学，杨峻德步上了人生新台阶，走进了一片新天地。小学同学中，有一批人与他一同进入了建瓯中学，汤忠不仅与他同校，而且同班。杨峻德向汤忠猛击一掌，开心道：“好朋友不分开，天缘呀！”

杨峻德入校时因品学兼优，分班后被推选为副班长。在班上，他注意配合与协助班主任做好班上的各项管理工作。高二第一学期，杨峻德曾主持发动过一场捐献活动，在全年级引起极大反响，在同学中赢得了很好的声誉。那是邻班的一个叫张余的同学在球场上摔倒造成粉碎性骨折，医院指出需及时更换股骨，如不及时，会造成终身残废。可该同学家本来就经济困难，偏偏破屋又遭连夜雨，刚刚又遭受了一场火灾，家里几乎一贫如洗，东挪西借了一点钱，远远达不到手术所需要的数字，一时陷入窘境。杨峻德是在课间与汤忠闲聊时得知这一情况的。汤忠虽存同情之心，但一筹莫展，杨峻德说：“这是一件大事，它关系到张同学的未来，关系到他的一生一世，我们不能空怀同情，应该想想办法！”

事隔一天，杨峻德与汤忠首先在本班将张余同学的不幸进行宣传，随即发出“请伸出友爱之手，捐上我们的零花钱”的号召，在班上开展了一场捐献活动。杨峻德的倡议立刻得到班上同学的响应，大家纷纷捐出自己的零花钱。但一个班的捐款毕竟有限，杨峻德与班上同学商量，决定将这一倡议以演讲宣传的方式，先在本年级再向其他各年级推行。校方得知这一情况后，觉得这一倡议与校训所倡导的博爱精神相吻合，立刻予以支持。于是很快在全校范围内热火朝天地开展起一场“解危困，献爱心”活动，各年级各班级同学们的捐款像滚雪球一样越滚越大，最终确保了住在医院的张余同学及时进行了股骨更换手术。

张余同学顺利地进行了手术后，杨峻德得知他落下了课程内心焦虑，又以自愿报名与集中评议相结合的形式，在全年级选择了几名国语、算学、理化、英语等学科学习成绩优异者，去医院给张余补课，使他跟上了学习的步伐。出院后在家休息了一段时间，张余已能扶床走动，很想让家人每天送他到校上课。杨峻德与汤忠得知情况后，经与张余父母商量并得到同意，由他们两人一人分别背一段路，背着张余到校上课。本年级的同学见此情形，深受感动，立刻成立了接送小组，在杨峻德的统一安排下，分两人一组，每天负责接送张余到校上课与放学回家。

转眼到了年底。新年元旦前夕，学校总结一学年工作，召开了优秀学生先进事迹表彰大会，对杨峻德的爱心行动进行了表彰，并授予“最仁爱的人”特别奖。获奖者要在会上即兴讲话，杨峻德上台对校长鞠躬后接过奖章，转身对台下的同学们讲：

“此刻站在这台上的是我杨峻德，其实更应该走上讲台接受这奖章的是我的同班同学汤忠，因为是他首先发现了张余同学股骨更换遭遇困难的事，是他主动找我说起并对张余同学表示了极大的同情。之后我们一同商量，才有了这场献爱心活动。因此我觉得，这一枚奖章更应该授予我的同班同学汤忠。此刻站在前台的是我，其实更可贵的是坐在台下的无名英雄汤忠！”

台下响起热烈的掌声。

杨峻德稍停了停，继续说：

“古圣先贤说，君子当克明峻德。峻德者，大德也，也就是要有大爱之心，爱身边的人，爱世界上的人。世界很大，我们局限于一隅，那我们就从身边做起，从点滴的小事做起，将博爱的精神向身边的每个人传送。当然，仅仅做这种爱的传递是不够的，真的不够，很不够。立足校园，放眼四野，当今社会，军阀混战，南北分裂，《辛丑条约》未远，山东又遭践踏，身为一名弱质学子，痛国家之败亡，伤民众处水火，只能徒攥空拳，无力一扫世间不平事，悲哉！悲哉！”

杨峻德的发言像脱缰的野马，由大爱的话题一转而为激昂慷慨地针砭时弊，台下在座的同学们先是莫名惊诧，接着报以热烈的掌声。这掌声像大江涌潮，一浪紧接着一浪，声震屋宇，经久不歇。

校长的警告

1919 年，中国这艘古老沉重的历史巨轮缓缓驶进了一个特别关口。

这一年，是中国现代史上摧枯拉朽之年，这一年在北京爆发了波澜壮阔的伟大的“五四”爱国运动。

刚刚过去的 1918 年 11 月，持续了四年之久的第一次世界大战终于结束，作为战胜国之一的中国一片欢腾。新年之后的一月，第一次世界大战的战胜国在巴黎召开“巴黎和会”，中国代表在会上提出废除外国在中国的势力范围，撤退外国在中国的军队和取消不平等的“二十一条”。但操纵巴黎和会的列强以种种荒谬的理由拒绝中国代表的合理要求，竟然决定将德国在中国山东的权益转让给日本。此消息传到国内，久积在中国人民胸中的怒火像火山一样爆发。5 月 4 日，北京十三所高校的三千多名师生齐聚天安门广场，举行学界大示威，高呼“还我青岛”“收回山东主权”“取消二十一条”“外争主权，内惩国贼”等口号，要求拒绝在“巴黎和约”上签字，惩办亲日派官僚曹汝霖（签订“二十一条”时任外交次长）、陆宗舆（签订“二十一条”时任驻日公使）、章宗祥（当时驻日公使）。学生们的游行队伍从天安门广场出发，出中华门，向东郊民巷使馆区行进，途中受到中国巡捕阻拦，游行队伍转弯向北，来到赵家楼胡同曹汝霖住宅。愤怒的学生们高喊“内惩国贼”，痛打了正在曹府的章宗祥，放火点燃了曹宅，引发了著名的“火烧赵家楼”事件。

这是一场伟大的反帝爱国运动，这场运动由北京兴起，很快如火如荼地向全国各地蔓延。建瓯中学紧跟形势，积极响应，以杨峻德为首的一批爱国学生，与县里其他学校通联，立刻成立了建瓯学生联合会（简称县学联）。杨峻德因在广大同学中具有影响力，被推选为学联领导人。在学联大会上，杨峻德对大家说：“学校固然是读书学习之地，但祖国受辱蒙羞之时，身为时代学子，如果一味地埋首书案，置国家前途民族利益于不顾，这就是一种自私的狭隘，一种愚弱的行径。我以为，不仅我们自身要投身到这场爱国运动中去，而且要请求我们的校长为国家与民族利益计，领导大家参加到这场运动中去。具体的做法是，让全校师生写上一封联名信，寄给北京的执政府，敦促他们废除‘巴黎和会’不合理条约。”

杨峻德的讲话赢得了大家的赞同。

当天，学生联合会派代表去向校长方云鹤请求，可是方校长却以事务繁忙为由不予接见，出来与他们对话的仅仅是他的秘书。秘书完全否定学生联合会的做法，板着一副面孔对他们教训：“国家的事，由国家专门的机构人员负责，要得着你们问吗？你们问得了吗？你们知道里面的复杂性吗？你们是学生，读书学习是你们的天职。不好好读书，却去做一些无用功，简直是幼稚！这不仅是给学校添乱，也是给社会添乱！”

从校长室出来，大家很失望。县学联副主席王仲琎气愤道：“他不支持也罢，我们有腿有脚有嘴巴，我们自己可以组织起来，像北京的大学生们那样，上街游行演讲散传单！”

杨峻德说：“我完全赞同。大家注意看这两天的《京报》《晨报》《国民公报》，上面有对全国各地抗议游行示威的报道。我们应该成立演讲团、宣传组、日货搜查队，立刻走上街头行动起来。”

5月7日上午，建瓯县学联组织了四百多名学生上街游行，大家举着各校自制的红旗，旗子上写着“废除‘二十一条’，还我青岛！”“惩治卖国贼，挖出罪魁祸首！”“中华主权，不容侵犯！”“坚决抵制日货！”“揭穿日本国的狼子野心！”一路高呼着口号，从学校出发走上大街，走到县衙，一直走到鼓楼。在鼓楼下，杨峻德很高兴地看到了欧阳老师，原来欧阳老师带着梨山高等小学的一支学生队伍也参加了游行。大街上有很多市民停下脚步为他们鼓掌喝彩，竖大拇指。

次日，汤忠带着一名女生来见杨峻德，告诉他，她是女生班的施雅琼，与他住在一条街，她有一条建议想对他提。

杨峻德问：“什么建议？”

施雅琼一动不动地望住杨峻德，神情大胆而直率，明眸中带着盈盈的笑：“你干吗这么如临大敌般的严肃？”

杨峻德一愣：“是吗？”脸上故作松弛状，转脸笑问汤忠：“我是不是板着一副面孔？”

汤忠直摇头：“没，没有，很正常。”

施雅琼调皮地冲汤忠一噘嘴唇：“拉倒吧，我早注意他了，根本不是这样的。”

杨峻德拱手一揖：“对不起施同学，”脸上立刻堆起笑容，“这样可以了吧？知道了，以后只要见到施同学，一定春风桃李，笑靥如花。请问，有什么宝贵建议？”

施雅琼不止一次听过杨峻德演讲，知道他能言善辩，但没想到还这么幽默，禁不住玉手掩面笑弯了腰，笑得白净的脸上泛出淡淡的红晕。笑过了，站直了身子从书包里掏出一份报纸：“这是今天的《晨报》，上面有陈独秀先生的《告北京市民宣言》，我觉得非常好。其实陈独秀先生对北京市民讲的话，也适用于其他城市，因此我想，我们可以抓住这份材料，上街进行宣传演讲。”

杨峻德接过报纸浏览了一遍陈独秀的《告北京市民书》，略作思索了一下说：“直接拿它散发不尽理想，我们是不是可以依据它的内容，写一份《告建瓯市民书》，印成传单，上街演讲散发？”

汤忠竖起大拇指：“这个想法好！”

杨峻德立刻去找学联几位负责人，把他的想法告诉大家，最终商量决定，由杨峻德负责起草一份《告建瓯市民书》，通过义捐集资印刷的方式，印制两千份。同时由全校作文比赛获大奖的王仲琏创作街头剧《卖国贼的下场》，施雅琼创作朗诵诗《祖国需要我们行动起来》，分别上街宣传表演。

会议结束，杨峻德雷厉风行，立刻草就《告建瓯市民书》。全文如下：

中华民族乃酷爱和平之民族，今受内外不可忍受之压迫，我建瓯全体市民与学生，特向现政府提出如下要求：

1. 取消民国四年与七年的两次对外卖国密约，从日本人手中收回我山东主权。

2. 建瓯县衙通过由下至上有效途径，敦促现政府免除负有签订丧权辱国“二十一条”重大罪责的亲日派官僚徐树铮、曹汝霖、陆宗舆、章宗祥、段芝贵、王怀庆六人官职，并驱逐出北京城。

3. 建瓯市民有绝对集会言论自由权。

4. 建瓯保安队以保护市民安全为己责，一切行动接受市民委员会监督。

建瓯市市民希望以和平方法达此目的。倘政府不愿协助，不尊重市民之诉求，建瓯之学生、商人、劳工、军人等，唯有直接行动，以图根本之改造。

特此宣言。

建瓯学生联合会

1919年5月8日

5 月 10 号，建瓯学联组织广大同学再次走出校门，分各个小组在大街小巷演讲、朗诵，表演街头短剧，散发各种传单，以多种形式进行反帝爱国宣传活动，建瓯市民纷纷围聚观看，一些店家的生意受到影响，一时间建瓯古城红旗飘扬，口号震天，大街小巷人潮如涌，人们都像经过寒冬进入了春天，神情兴奋，神采飞扬，不断交头接耳地议论国事。

运动期间，报纸成了同学们最急于获取的爱物——打开当日的报纸，看北京怎么样，上海怎么样，南京怎么样，广州怎么样，天津怎么样。 5 月 19 日有最新消息传来，北京大学、北京清华学校、北京政法大学、北京师范大学、北京师大女附中等二十多所学校同时宣布罢课，并向各省的省议会、教育会、商会、农会、学校、报馆发出罢课宣言。 建瓯学联积极配合，于 6 月 3 日组织了各校学生上街游行。 游行示威后，人员分三组，一组演讲，一组演街头剧，一组收缴日货。 收缴日货是块难啃的骨头，杨峻德勇挑重担，主动承担了这项工作。

6 月的建瓯天气已经炎热，3 号这天是个大晴天，还没有到中午，气温就已升高到将近三十五度。 杨峻德与汤忠带领日货收缴队数名同学，一家商店一家商店搜查，遇有日货，立刻没收。 商家进货考虑的是利润，没考虑中国货还是外国货，收他们的货就是收他们的银子，因此主动配合的少，许多老板都隐藏不报，想方设法作阻，杨峻德就做他们的思想工作，反反复复对他们讲：“你们不能卖日本国的东西。 为什么? 因为日本国近代以来一直在欺负我们，是我们中国人的敌人。 你们卖他们的产品，就是为他们做事，你们在赢得有限商业利润的同时，也为日本国积累了资本，他们积累了资本，就可以造更多的坚船利炮来打我们中国人。 因此可以说，你们卖他们的产品，就是变相支持他们的侵略行为，就是做了他们的帮凶。 所以我们大家要行动起来，抵制日货，坚决不卖日本国的东西! ”

杨峻德晓之以理的讲述使得绝大多数商家明白了道理，主动交出了日货，但仍有一些利令智昏者，任你说得唇焦舌烂，也不配合。 面对这种商家，同学们只好冲进店里，强行搜缴。汤忠与几名同学，还将与日货收缴队作对的庆丰百货公司与大通海产品商行的老板戴上高帽子，押到街上游行示众。

十分凑巧的是，6月4日有消息传来，一艘日本商船将于当天抵达建瓯通济码头，商船上装载的全是日货。杨峻德获悉后，与汤忠带领一大批同学早早赶到码头。中午时分，果然一艘挂有日本太阳旗的大舢板驶进码头。待搬运工人将货物搬运上岸，杨峻德立刻带领大家冲上前去将其包围。货物几十件，面粉、火柴、汽油灯、海鲢等，都是日货。押货的是两名穿和服的日本人，其中一个会说中国话，自称左木惠三。来接货的建瓯顺达商行老板汤世恩见学生们当场要将货物焚毁，暴跳如雷，立刻招来打手要对学生进行殴打。杨峻德不为所惧，大胆冷静，高声向在场所有的人讲述抵制日货的道理，最后大声疾呼："你们千万不要以为这一箱箱、一包包、一捆捆仅仅是普通货物，它们变成钱变成日币哗啦啦流到日本国后，就会化成射向中国人的一颗颗子弹。你们愿意让这种罪恶的子弹射向自己吗，射向你们的同胞吗？答应是肯定的，不愿意！因此，我们要抵制日货，烧毁它！"

杨峻德慷慨激昂的讲话激发了大家的爱国之情，码头工人们一个个眼中燃起怒火，打手们的嚣张气焰立刻低下。同学们立刻动手，将早已准备好的松明子点燃起一堆堆货物，并附以各种助燃物，冲天大火很快升起，浓烟在通济码头上空滚滚翻腾……

次日，汤忠一到学校就找杨峻德，兴奋地告诉他："发现一条重要线索。在建瓯城，顺达商行与外商业务联系最多，日本人是它的重要客户，昨天我们虽对它进行了搜查，但查到的日货极少，我心里一直觉得奇怪。晚上临睡前我一直在想这事，后来终于想起来了，顺达商行在后街还有一个货仓，那里肯定有玩意，我们应该去那里好好搜查！"

杨峻德觉得有理，立刻带领日货搜查队出发。

可是这一次的搜缴行动遭遇了很大阻力。杨峻德与汤忠一行才到后街，就遇到几个游手便衣，临近汤世恩的货仓，两个横眉立目的人立刻上来拦阻，很快又有几个光膀子上文有青龙的人围上来。杨峻德提出要进顺达货仓搜查，便衣中为首的一个二话不说，对杨峻德挥拳就打。一直跟在杨峻德身边的汤忠跟武夷山的一位高僧曾学过几套拳脚，大喊一声："不得放肆！"一个飞掌出击，将为首便衣的拳头格开。打手们见状，纷纷从衣袖里拿出鞭棍，向同学们追打。杨峻德见情势危急，高喊："各位住手！住手！东洋鬼子才是我们的敌人！我们自己人不打自己人！"

双方这才停手。

有一个同学头被打破，血流到脸上，另有两个同学膀子被打伤。

针对顺达商行的暴力行为，第二天上午县学联组织了一次大规模的示威游行，近千名学生围堵在顺达商行门前，挥舞小旗，高呼口号，要求汤世恩把日货交出，不交日货，就是里通外国，做民族的罪人！口号响遏行云，一条街被学生堵得水泄不通。

当天中午，杨峻德回校吃饭后被人叫进校长室。杨峻德想到不久前与几位学联负责人想见校长方云鹤吃了闭门羹，最后见到的只是他的秘书，今天方校长居然单独召他见面，心想这当中一定暗藏玄机。

走进校长室，杨峻德发现方云鹤已在那里等他了。方校长风度翩翩，气质高雅，先是向杨峻德挥挥手："坐，沙发上随便坐。"话没有说上三句，立刻直奔主题，说近期学联所做的事他全清楚，呼吁政府外振国威，内惩家贼，这很好；要求抵制日货，对建瓯的一家家商铺进行搜查，也是对的。但接下来话锋一转，正色地对杨峻德说："古语道，过犹不及，凡事都有个度。学生的天职是什么？是学习。一个学生真正的爱国是认真学习，掌握本领，这是实实在在的爱国之举、兴邦之举，就像农民要把地种好，工人要把工做好，这才是对国家的贡献。空谈是会误国的，我们要脚踏实地，做些实实在在的事。因此我想对你们说，学潮的事可以告一段落了，该好好上课了，好好读书了。你是学联的负责人，在同学当中具有影响力，所以我把你叫来，请你带个头，要大家不要再上街了，赶快回到课堂上。一寸光阴一寸金呀。”

杨峻德说：“我们暂时还不能回教室，因为我们搜查日货的工作还没有结束。”

方校长头仰起来：“该结束了，不能再进行下去了，再进行下去，要出人命的。”

杨峻德一下怔住了。

方校长声音沉沉道：“告诉你，有人已经注意你了，他们正打算放你的黑刀。放黑刀，你知道它的意思吗？你是我学校的学生，我有责任保护你，保护你们大家，因此我要你们立即回到课堂上课，不要再上街闹了，今天就要结束！”

杨峻德怔怔地望住方校长，一时什么话也说不出。

从校长室出来，杨峻德发现自己气喘得很急，心“噗通噗通”地跳。方校长讲这些话什么意思？他对我们的肯定真的是发自内心吗？如果是发自内心，那为什么最初不接受我们的求见？他考虑得更多的是学校的安全与自己的利益，而不是国家的未来、民族的命运。他不想人家向我放黑刀，是完全出于对我的爱护吗？不，不完全是，更主要的是为了保护汤世恩的利益。一定是！一定！汤世恩很可能已找过他，给过他好处。校长，一所学校的最高领导，他应该引领大家走向思想的高地、文化的高地，可他不是，他在道貌岸然的外表下，却怀着一颗卑微世俗的心。杨峻德突然觉得，建瓯的天空是低矮的，跟北京上海南京比，这里只是一座小小的山城，一片低湿的洼地。此刻他就呆在这片低湿的洼地里。

我将长期地在这片洼地里呆下去吗？

不，我要找机会飞出去！一定要飞出去！

第三章
走向一座大山

苦闷的夏日

1921 年夏，杨峻德圆满完成了高中学业，毕业离开了建瓯中学。

离校前，汤忠与杨峻德形影不离，说不完的话。施雅琼因汤忠的关系，特别是经历了如火如荼的学生运动，已与杨峻德很熟，因此离校前这段日子，经常过来找他们玩，三人一起在学校小花园散步。

杨峻德蹙着眉头自言自语：“毕业了，下一步干什么呢？”

汤忠说：“我们家随我，想继续读书就继续读书，想回家做生意，就回家跟我爸学做生意。”

杨峻德咂咂嘴道：“我真羡慕你呀，有这份选择的自由。”

汤忠知道杨峻德的家境，他如今已是有妻室的人，父亲又离世，家里整个靠大哥撑着，经济条件不佳。听他说话的口气，显然内心有些沉重，汤忠很同情地望住他问：“你怎么打算？”

杨峻德抬眼望向远处：“想到北京继续读书。”

“北京？”施雅琼有些不解，“为什么跑那么远？上海南京不都有很好的大学？”

杨峻德说：“我觉得上海南京，包括武汉广州，都不好跟北京比。你说刚过去两年的‘五四’运动为什么发起于北京而不是别的城市？就因为北京是当今中国的思想文化的高地，那里有一批了不起的人物在。《易经》上说，‘取法乎上，始得其中；取法乎中，始得其下。’既读大学，我们就要选择最好的城市、最好的大学，取法乎上。”

施雅琼一拍手：“有道理！”当即三人约定，一起报考北京的大学。

汤忠要杨峻德不要立即回家，在他家住几天，放松一下，好好玩玩。杨峻德哪有心思玩，想到这次离开建瓯城，不知什么时候再来，向汤忠提出去看看欧阳老师。两人一起去了，欧阳老师很开心。

7 月中旬，杨峻德背着行李离开了生活四年的建瓯中学，踏上了回故乡的路。

一早上的路，照例是坐船。小火轮坐到徐家墩，换乘小船，上岸后又走了一段路，这就到了吉阳镇。窄窄的街，不要说跟四年前进建瓯中学时一个样，即使跟七年前去梨山高等小学时相比，也难以找到什么改变，就像一位耄耋老翁，一切都已固化，岁月难以在他身上留痕。

心头一热，到家了。多么熟悉同时又是多么陌生的家呀。那面街的操作台上坐着的大哥，跟若干年前坐在上面的父亲惊人地相似。父亲像一头老黄牛匆匆走完了他的人生路，走得很寂寞、很无奈，如今大哥又踏上了父亲的路，默默地任劳任怨。大哥在复制父亲的人生吗？ 这样的复制心甘情愿吗？

大哥见弟弟毕业回家，高兴极了。大哥告诉他，母亲跟贵珍与阿芳上后山采蘑菇去了，前几天下雨，这两天山上冒出来的蘑菇很多。杨峻德听说母亲上山，估计她身体好多了，心里踏实了许多。嘴里应承着大哥的话，心里同时在想着贵珍。杨峻德直到结婚后才知道，自己结婚时那一大笔费用，主要是靠大妹出嫁时男方给的彩礼解决的。杨峻德是在大妹结婚后从小妹阿芳嘴里听到的，阿芳当即要他保证，不要跟大哥与母亲说起这事，因为他们不想让他知道，怕他知道后心里受刺激。杨峻德返校后不止一次想到过这个问题。第一他觉得对不起大妹，大妹结婚，做哥的应该给她箱里添两样东西才对，怎么用她的彩礼呢！ 第二觉得对不起贵珍，都结婚好长时间了，杨峻德发觉自己一直没有好好待她。妻子是最亲近的人，可是到一起总说不上话，像陌生人似的。怪谁？ 怪父亲？ 怪大哥？ 不，不能怪他们，要怪只能怪自己。

到傍晚，都回来了。阿芳着一身花布短衫，一进门就看到了二哥的行李，高兴得像一只喳喳叫的花喜鹊直往里飞：“我哥回来了！”

贵珍陪着婆婆走在后面，听阿芳这一声喊，两眼往里瞄了瞄，没看到人，心却慌了，头低下，只听到一颗心“噗通噗通”跳。

晚饭后杨峻德陪母亲与哥哥说话，贵珍帮着大嫂收碗筷，抹桌子，去灶房洗涤。洗过了，想过来坐坐又有些迟疑，临了，端了张凳坐在里屋编篮子，手上尽量轻巧些，耳朵透过竹篾的细碎声谛听着丈夫在堂屋的说话，说的什么，听不清。

阿芳跑进里屋：“嫂嫂，这时候编什么篮子呀，出去听他们说话呀！”

贵珍抬头眼巴巴地望着小姑子，脸红了，摇了摇头。

“出去嘛出去嘛！”阿芳伸手拉起嫂嫂的膀子。

贵珍起始身子往下赖，但最终还是被小姑子拖出去了。

贵珍一出来，堂屋里立刻静下。母亲将身边靠墙的一张凳子往外拖拖，对贵珍说："这块坐，这块坐。都怪我家宽仔，平常学校放假不肯回来，把我家贵珍弄得生分了。这下毕业了，天天在家了，我看你怎么补偿贵珍。"

杨峻德望贵珍一眼，尴尬地笑道："妈妈批评得对，都怪我这人懒，平常回来少。"

阿芳劈头盖脸地说哥哥："说得好轻松，就这么一句不咸不淡的话就过去啦，要向我嫂子好好赔礼道歉！"

杨峻德知道妹妹的心意，作出笑脸尽力配合道："对，对，要赔礼道歉，对不起，真的对不起哟。"

贵珍被这一说，脸早红了，头低下去。

母亲见此情景，对杨峻德说："你跟我们说了半天了，说得差不多了，今儿也没什么事，你带贵珍进屋去吧，好好陪她说说话。你看看这样子，也太生分了，哪像小两口呀。"

阿芳伸手扯二哥袖子："去呀！去呀！"

杨峻德故作乖巧，引着贵珍进了房间。

相隔两天，大哥傍晚从外面回来，嘴角挂着笑对杨峻德说："阿弥陀佛，今天终于把事情说定了。"

杨峻德不解，问什么事？大哥眉欢眼笑道："给你把工作找定了，镇上的邮政所。"

杨峻德一愣："是吗？你是说让我到邮政所上班？"

"是呀，每月国家发薪水。读了这么多年书，该做个公家的人了，总不能也像我在家敲铁墩子呀。"

杨峻德一下哭笑不得，心想，我的好哥哥呀，你做这么大的事怎么不跟我商量一下呀？当初婚姻的事，那是父母之命，我最终没有二话，全按家里安排的办了，这一回我可实在无法俯首帖耳唯命是从了。

大哥看到弟弟眉蹙起来，心里不由紧张，缓下声道："我也知道你心气高，可做哥哥的我就这一点能力，只能在镇上给你找一份差事，建瓯县城里，我实在是找不到一点点熟人。哥哥对不起你，你就原谅哥哥吧。”

杨峻德心头一酸，连忙解释：“不，我不是这个意思。”

大哥说：“我觉得在邮政所工作蛮好的，其实你可以先做着，以后遇到机会，再换更好的工作。”

“不不，我真的不是这个意思。”

大哥抬头不解地望住弟弟：“那你是想？”

“我想继续读书，到北京读书。”

大哥瞪大眼睛望住他：“读了这么多年书，还不够？”

杨峻德点点头。

大哥宽阔的额头上显出一道道小绳子般的皱纹，眼巴巴地望着弟弟，声音弱弱地问：“不可以不去读吗？”

杨峻德犹豫了一下，目光中显出一种坚定：“不可以，这是我想了很多天想定下来的。”

大哥目光从弟弟脸上移开，对着虚空自言自语：“噢，我晓得了，晓得了。”

母亲知道这一情况后，对杨峻德发起急：“宽仔呀你不能由着性子呀，你哥为了给你谋这份差事，腿都跑细了，一次次给人家赔笑脸，还花了不少钱，不容易呀。”

杨峻德对母亲说：“我知道不容易，可是，我有我的人生规划，我想再读几年书，我不想这么早地就去工作。”

母亲一声叹息：“你这孩子，真是不当家不知柴米贵，你以为这几年家里容易呀，全靠你大哥撑着呀，妈就盼着你早些毕业回来帮你大哥一把呢。”

杨峻德说：“妈你放心，我问过人了，在北京上大学不同于在建瓯上中学，可以通过勤工俭学解决自己的生活费，不会给家里增加一分钱负担。”

母亲听不进去，一味沉浸在自己的思维中：“多体面的差事呀，多少人想都想不到呢，你居然不放在眼里，心也太野了呀。宽仔呀，你不能这样子呀，你这样子，会让你哥伤心，让妈伤心，让家里个个人伤心呀宽仔呀……”母亲说着说着，眼泪流下来。

杨峻德一向受不了母亲的眼泪，头低了下去。

当夜杨峻德失眠了，身子翻来覆去，天气又炎热，汗一阵一阵不停地出，芭蕉扇子也不顶用。陈志老师已驾鹤西去，纵然健在，鉴于婚姻之事上找他讨教所得到的结果，这一回找他，谅也同样不能得到令杨峻德满意的答案。小镇天地小，相知相惜者罕见。面对大哥的叹息，特别是母亲的眼泪，将何去何从？何去何从？“忧端齐终南，澒洞不可掇。”杨峻德脑子里莫名地跳出一句杜诗。

可是令杨峻德意想不到的是，隔了一天大哥主动找他，对他说：“宽仔，你想读书就去读书吧。”

杨峻德恍然若梦：“你同意了？”

大哥说：“我想过了，你跟贵珍结过婚，家里毕竟多了一个帮手，至于阿芳，她人神气，估计婚嫁上的事不会太让人烦神。家里最难的日子都挨过去了，这往后即使你不在家，也没有什么大问题。”

“妈妈也答应啦？”

“她没答应。她是担心你读书增加家里开销，又觉得你跟贵珍长期这么一个东，一个西，不好。”

“大哥放心，我去北京上学，不会给家里增加负担，我已经跟妈妈讲过，我可以勤工俭学，一切费用由我自理，不像上中学，住宿费伙食费学费都要家里承担，因此可以说，家里的开销应该比以前小。至于贵珍，你们放心，我会好好待她的。爸给我们打了一对足金的戒指，叮嘱我做人要像金子，要品性好，不负人，我一直记得。你们难道还怕我做陈世美？”

大哥主动表示对弟弟读书的支持后，母亲的工作很顺利地做通了。

杨峻德欢呼雀跃，恨不得一脚跨到建瓯城，把这个喜讯告诉汤忠与施雅琼。

接下来是报考学校。北京大学很多，报哪家呢？这个问题他毕业回家前已与汤忠、施雅琼商量好，报中国大学。中国大学由孙中山创办，孙先生倡导民主共和，是当今中国的伟人，他办这所大学，旨在培养民主革命人才，为社会造福，这样的大学多好呀！

考试日期在即，杨峻德收拾行李准备赴建瓯应试。临行前一天，月亮很圆，杨峻德一个人摇着一把扇子到镇南头步月桥散步，阿芳过来找他，说贵珍一个人躲在家里哭泣。杨峻德立感烦躁，满河明媚的月光随之变得暗淡下来，妹妹絮絮叨叨说什么全没有听进，满耳都是河边树上烦人的蝉声。跟着妹妹一路往家走，想着贵珍，想着她在家的哭泣，觉得这不能怪贵珍，结婚四年了，她一直一个人在家，不停地做家务，每天服侍母亲，过着很清苦的日子。自己呢，只顾在建瓯读书，很少想到她，很少顾及她，也太自私啦。

杨峻德回到家，贵珍已上床睡了。点上灯，撩开水纱帐子，杨峻德发现她眼睛红红地闭着。杨峻德轻声对她说："也就四年，跟在建瓯一样长，很快就会过去的。"

又说："北京是远，但假期我会争取回来看你的。"

又说："请你放心，我不会做陈世美，永远不会。"

又说："等我回来，我们好好过日子！"

北京啊北京

1921 年秋，杨峻德顺利地考入北京中国大学法学系，与他一同报考的汤忠因分数未达线而落榜。其时汤忠的父亲货运生意做得红火，正需要帮手，汤忠于是被召唤回家跟随父亲做起生意。施雅琼的父母不赞成施雅琼读大学，一个女孩子家有个高中学历很好了，而且大姑娘家老是在外抛头露面不好，高中毕业后给她找了个婆家——建瓯城屈指可数的一户官宦之家，准备把她嫁了。可是施雅琼不从，执意要继续读书，在家不吃不喝，要死要活，闹到最后，父母不得不向她妥协，答应让她继续读书，但有一个条件，大学只能到上海上，理由是，施雅琼的一个姨父在上海大学里面教书，好对施雅琼有些照顾。试想，一个女孩子一向在家娇生惯养，这如今一下跑到一个八竿子打不到的地方，怎么让父母放心？万一出个事怎么了得？施雅琼一心要去北京，但事已至此也只好屈就，最终考进了上海大学。

分手前夕，汤忠给杨峻德、施雅琼饯行，其后，劳燕分飞。

怀着一颗热切的心，杨峻德背着行囊来到北京。

北京，五朝皇城，千年古都，这里有元代留下的历史足迹，更有大量金碧辉煌的清代皇家建筑，末代皇帝溥仪就在紫禁城里窝着，当今段祺瑞执政府的官署就在这座城的东城区大街，全国一批知名的学府云集在这里，大中小学多达几十所。以往只能在报纸上见到的一些政治巨头、文化名人，都会时不时在某所大学或某一个会上碰到。外国使馆众多，洋人在大街上屡见不鲜。它是当今中国政治文化的中心，新思想的发源地。除此，它还有名闻遐迩的皇家园林颐和园、北海公园、天坛等。北京的一切对于杨峻德而言都是新的。在此之前，他虽通过中学地理书历史书对它有着一定了解，但直接走进这座城毕竟是平生第一次。跟建瓯相比，虽同为古城，但北京比建瓯大多了，丰富多了，复杂多了。早年从吉阳走进建瓯，如今再从建瓯走进北京城，杨峻德感到自己在往一个高台阶上走，越走越高，越看越远。孔夫子登东山而小鲁，自己是进北京而小建瓯。北京，“五四”运动的发源地，杨峻德心中的一片高原，今天，他终于来了。

在中国大学法学系的新生中，杨峻德是生活最清苦的穷学生之一。离家进京时，大哥想方设法给他筹集了一学期的学费与基本生活费，杨峻德仅仅将学费收下，生活费说什么也不肯收，坚持到北京自己解决。新学期开学不久，为了解决生活费问题，杨峻德到处找工作。北京不熟，他就找家在北京的同学，通过他们了解到，北京铁路货运站有一种搬运的零工可做。他向学校说明情况后作出申请，每周利用三个下午课程结束后的时间赶到那里，一次打两个小时零工。活很重，不是抬，就是扛，或者搬，汗是一身接一身地出，肩头先是红，后是肿。杨峻德从没吃过这么大的苦，每次活干完，身子都有些摇摇晃晃，抬腿投足都不大听话。劳动是艰苦的，但劳动也是快乐的，一种健康的快乐，纯粹的快乐！北大校长蔡元培在演讲时说过“劳工神圣”，如今杨峻德对他的这一观点不仅举双手赞同，而且有了深切的体会。货场上有一批搬运工，活不多的时候都是抢活做，经常动粗开骂，但当他们得知杨峻德是个穷大学生时，都照顾他，有活让他先做，两人合伙抬箱子，让他在前，络货物的绳子尽量靠后。就这样，杨峻德干两个小时可以挣四毛钱，一天的饭食有了保障。最不济的是，有时赶到工地，居然没有货车来，或者只来了一列，货少，一点搬运的活早做光了，大家都在大眼瞪小眼，杨峻德只好空手回校。碰上雨雪天，风像刀片子似的割脸，手里撑着的那把断了两根骨子的破纸伞已不能遮挡雨雪，鞋后跟又通了，鞋子里含着水，湿叽叽的阴冷，这一来一去风雨中的奔走很是让人受不了，可杨峻德都得默默地忍受。

同宿舍的黄静宁，厦门人，与杨峻德相处得极好。他知道杨峻德生活艰难，晚上到学校食堂打饭，见杨峻德到火车货运站打工还没有回来，就给他打一份晚饭带到宿舍用毛巾焐着。杨峻德最困难的时候，饭票所剩无几，一天只吃两顿，早一顿，中一顿，晚上不吃。冬天天冷，饿着肚子人难受不说，身子还会冷得缩缩的，在教室上晚自习精气神不足。黄静宁见此情形心里不忍，总是请他一起去食堂吃饭，见他坐在自修室闷头看书，过去喊他要顾及他面子不宜大声，因此只能悄悄拽他。杨峻德看书看得太投入，一时回不过神，抬头懵懵怔怔问：“咋啦？”黄静宁抓住他袖子硬拽，出了教室这才说：“你又不吃了，想成仙呀？”

杨峻德知道这时间正是学校的饭点，因为他肚子早饿得咕咕叫了。对付饥饿他有个办法，埋头看书，让整个精神沉进去。你一旦沉进去，你就会把世上的一切都忘了。西哲有言，扑向书本要像扑向面包一样。杨峻德觉得，对于他来说，不是“像”，直接“就是”。此刻听黄静宁这么一说，不由笑道：“少吃一顿两顿算什么，自古以来成大事者，不是要饿其体肤，劳其筋骨吗？ 我这才是刚刚开始。”

黄静宁佩服他的乐观精神，但大摇其头：“这不是闹着玩的，冬天夜长，不吃东西，人会受伤的哟。 走，去食堂吃饭。”

临近元旦的时候，杨峻德终于有了一份较稳定的兼职，给区里一家法院做业余缮写员。 这要感谢他的法学老师左华仲教授。

左教授很器重杨峻德。 新学期开学不久，左教授布置同学们做一篇小论文，题目是《我的法学观》，要求大家各抒己见。 结果班上百分之九十五的同学都是老生常谈，照搬教科书上的观点，唯独杨峻德撇开书本，独辟蹊径，文中大声疾呼，“要以公众道德为基石，以国家法律为利器，解民生于水火，惩社会之罪恶，匡正人心，肃清时弊，扫净人间不平事！”文中特别援引了欧阳老师讲过的建瓯知县鱼肉百姓，中饱私囊，被揭露后追赔赃款购置巨钟以警后世的例子，指出在官吏贪墨时有发生的今天，法律作为在天明镜、国之重器，对主持公正与道义，维护人民的基本权益十分重要。 左教授见杨峻德发别人未发之言，想别人未想之事，非常开心，当着全班同学叫好：“有眼光，有见地，真是难得一见呀。”之后当黄静宁告诉左教授，杨峻德家庭经济困难，不肯接受家人寄给他的生活费，在校所有支出全靠自己在火车货运站扛运麻包打零工解决，左教授不由心生疼惜，事后，联系了他在京工作的一位弟子，给杨峻德找到这份法院业余缮写员的差事。 所谓缮写员，就是抄写文书的人。 区一级的低层法院人手不足，案子下来有各种各样的文案卷宗需要誊抄整理，杨峻德利用课余时间承担了这项工作。 做此项工作不要在风雨中奔走，全部坐在室内进行，比做搬运工轻松若干，报酬又相对高些。 杨峻德手头有了这点收入，一日三餐有了保障，不禁对黄静宁开玩笑道：“原来从无产者变成有产阶级，也是很容易的事情呀！”

其实杨峻德课余担任法院业余缮写员，不只是解决了最基本的生活费用问题，而且通过对大量法院卷宗的阅读，看到了社会的各种矛盾纠葛、人生百态，特别是那些欺骗、斗殴，乃至凶杀案件背后的一只只推手：生活的辛酸、贫穷的扩大、恶势力的嚣张、巨大的社会不公。

课堂学习之余，杨峻德最爱往图书馆与阅览室跑，那里有大量的书、大批的杂志。书本与杂志向他打开一扇扇窗，他看到别样的人生，看到更广阔的世界，从而使思想沉入深深的海底。一次他读梁启超的《少年中国说》，文中说："少年智则国智，少年富则国富，少年强则国强，少年独立则国独立，少年自由则国自由，少年进步则国进步，少年胜于欧洲，则国胜于欧洲，少年雄于地球，则国雄于地球。"杨峻德觉得说得太好了。中国需要这样的少年，这样的少年如雨后春笋般涌现，中国就成了杲杲之日，雄踞于世界东方。在《新青年》上，他读到了李大钊的《青春》，文中呼吁，要把一个僵死的古老的中国，改造成为一个不断更生的青春中国！青年一代必须"进前而勿顾后，背黑暗而向光明，为世界进文明，为人类造幸福，以青春之我，创建青春之家庭，青春之国家，青春之民族，青春之人类，青春之地球，青春之宇宙"！青春不只是一种生命的状态，而且是一种改造世界的力量，这样的文字让杨峻德心灵燃烧，血脉偾张。每读到这样的好文章，杨峻德总要推荐给黄静宁看。

左华仲教授很欢迎杨峻德与黄静宁等一批进步青年到他府上做客。在与杨峻德的交谈中，他发现他关心时政，思想新锐，喜欢读《新青年》，读《湘江评论》，对李大钊十分崇拜，就对他说："李大钊是我同窗，你既然这么热衷李先生的学问，要是想见他，我可以为你引见。"

杨峻德对李大钊心仪已久，心中不止一次地想，他是在北大，要是在中国大学多好呀，那可以经常看到他，即使不直接给我们讲课，也可以到他课上旁听，接受他的教诲。此刻听左教授这么说，杨峻德眼睛一下瞪大了，心跳加快，喜出望外地道："真的可以引见？"

左教授微笑道："当然可以，我这个老师从来不哄学生。"

杨峻德望望黄静宁，目光复又转向左教授："那就劳驾左教授，给我们写一封介绍信好吗？”

“当然可以。”

杨峻德与黄静宁眼睛同时发亮：“谢谢左教授，这真是太好了！”

左华仲教授当即就用毛笔行楷，在雪浪笺上给他们写了一封介绍信，装入一只印有两道红杠与一个红色“启”字的信封，写上“李大钊”的名字，交给了他们。

他乡遇故知

隔了一天，杨峻德与黄静宁带着左华仲教授的亲笔信来到北大。

李大钊在北大图书馆做主任，办公地点在北大沙滩校区红楼。两人到了图书馆，一路询问，找到李大钊先生的办公室。里面没人，隔壁资料室的一位戴眼镜的女工作人员告诉他们，李主任到广州开会去了，过几天才回。

过了将近一周，一个周六的下午，两人利用体育活动的时间，向学校请了假，早早赶到北大沙滩红楼。这一回没扑空，李大钊先生在，但他不在办公室，正在开会，工作人员要他们等待。

他们等了半天，见夕阳的黄光已在玻璃窗上淡去，有些耐不住了，尤其担心李大钊先生会议结束后不回办公室，而是直接离去，因此两人决定到会议室看看。

七问八问，好不容易找到了会议室，地点在前楼的二楼。杨峻德与黄静宁走到会议室后门口，头伸向窗口朝里望了望。会议室不大，里面人很多，一个髭须长而浓黑，皮肤白皙，鼻梁上架一副金丝眼镜的人正对大家讲话，整个会场座无虚设，热气腾腾，后门口竟还有几个人站着旁听。黄静宁问其中一位：“会议是不是开了很长时间，估计什么时间结束？”

对方答：“不知道。”

杨峻德问：“正在讲话的是谁？”

对方答：“李大钊教授。”

杨峻德与黄静宁同时一惊："李大钊？ 在讲话的就是李大钊？"

对方转脸望望他们："对，是他。 对不起，请你们安静些。"

这位回答他们询问的人操一口闽北口音，这让杨峻德好生奇怪，正自纳闷，对方转过脸来望住杨峻德，轻声问："请问你是哪儿人？"

杨峻德轻声回答："闽北，他是厦门。 请问你是？"

对方答："建瓯。"

杨峻德与黄静宁都有些兴奋，天呀，原来遇到老乡了！

三人怕说话声音太大影响旁边人听会，立刻从窗口退开，相互询问情况。 这一问，让他们三人，特别让杨峻德拍着后脑勺连叫："巧了！ 巧了！"真是无巧不成书呀！ 原来对方竟然是吉阳镇玉溪村的葛越溪①。 葛越溪这个大名杨峻德早听说过。 吉阳在外读大学的毕竟凤毛麟角，杨峻德个个知道，未曾谋面的很少，葛越溪就是当中一个。 杨峻德知道，葛越溪比他高一届，高中是在福州上的。 杨峻德对这位离自己家最近的本邦大学生一直惺惺相惜，只恨无缘相见，没想到今日在北京碰到了，真是太奇巧了。

"你在哪所大学？"杨峻德兴奋地问。

"北大，中文系。 你们呢？"葛越溪问，他生着一张国字脸，气色不好，微微发黄。

"我们俩都在中国大学法律系。 这真是太好了，古诗中说，他乡遇故知，就是这种情景吧？ 以后我们可以常联系了。"杨峻德拉着葛

---

① 葛越溪，福建省建瓯吉阳镇玉溪人，1901年（清光绪二十七年）生。北京大学文学系毕业。1925年在上海由沈贵田介绍加入中国共产党，参与领导上海南市小沙渡工人运动，后调南市部委工作，同时任国民党第二区党部委员。1926年初，受中共派遣回福建，7月与潘作民、杨峻德一起创建闽北第一个党组织——中共建瓯支部，任支部书记。1927年1月由中共福州地委通过国民党福建省党部委任为国民党福建省党部筹备员兼建瓯县党部筹备处主任。5月，建瓯国民党"清党"，被通缉后赴上海向中央汇报，再次受命回福州恢复党组织。8月，中共闽北临委成立，任福州办事处书记。12月任中共福建省临时省委委员、闽北巡视员、建安特委书记兼建瓯县委书记。1928年5月因组织暴动失败受省委批评后，赴上海找中央申诉，没有找到中央，滞留上海而脱党。1949年福州解放后旅居香港。1984年回福州定居，任省文史研究馆馆员。1989年病逝，终年八十八岁。

越溪的手摇晃着，开心地笑道。

黄静宁说："李大钊先生在你们学校，你可以经常听到他讲课了。"

葛越溪转脸对黄静宁说："我在中文系，他是史学系教授，不给我们讲课。"

杨峻德说："但你可以选修他的课呀。"

葛越溪说："对，可以。我选修了他的唯物史观，挺受益，有很多新思维、新观点。即使没有选修，也可以去旁听，只要你是北大的学生。你们今天来——"

杨峻德把左教授为他们写介绍信，今天过来拜访李大钊先生的情况说了。葛越溪说，今天怕是不保险了，到这时候了，会还没结束，纵结束，时间也不早了，不如下次选择他没有会的时间来，并且告诉他们，李大钊先生组织了一个马克思主义研究会，今天的会议就是研究会的活动。该研究会专门介绍与研究马克思主义思想，在北大乃至其他高校中影响很大。葛越溪告诉他们，自从他选修了李大钊的唯物史观课程后，对他的学术思想非常喜欢，很想进入他主持的马克思主义研究会，只苦于自己是一名普通学生，没有机会。他为了今天旁听这个会，一下课就赶来了，听会的人太多，找不到空位置，只好站在外面听。

正说着，前面一片嚣声，会散了，会议室里人拥挤着走出来。杨峻德急忙招呼黄静宁："快快快，我们赶紧过去！"

可等他们赶到会议室门口，人已散去大半，哪里还找得到李大钊？急急向一位老师打听，对方往前一指："那，刚才走出去的那位不就是？"

步履匆匆，人流杂乱，本来就不熟，哪里辨得清？哪里追得上？赶紧去他的办公室。赶到办公室，门仍是锁着。等了等，不见回。问隔壁办公室的人，说他根本没有过来呀。杨峻德手里空攥着左教授写的介绍信，只好一声叹息。

葛越溪见他们垂头丧气，就劝："不必这么着急，李教授是著名的社会活动家，北大最忙的人，一下子见不到不奇怪。不过，既然有左教授给你们写的介绍信，见面的事就不要担心，只是早一点晚一点罢了。不过李教授实在是大忙人，他每天要上课，要开会，要安排图书馆的工作，还要会朋友，还要著书立说做学问，手上还有马克思主义研究会，因此，与他见面一定要有预约，像今天这样一头撞过来，即使见到他，想坐下来聆听教诲的可能太小。因此我给你们提个建议，你们把这封介绍信交给我，我毕竟在北大，一周有一次听他的选修课，见到他的机会比你们多。等我把介绍信交给他，把见面的时间约好了，我通知你们再过来，岂不比你们直接撞过来好？"

好办法，杨峻德与黄静宁立刻赞同。

杨峻德不想跟葛越溪就这么分手，提出找个小酒馆坐下来好好说说话。葛与黄都赞同。北大门口饭店小吃部很多，杨峻德估计着衣袋里所剩的钱，想选择一家便宜一些的小饭庄。黄静宁经济条件好，手头宽，对杨峻德说："饭店我来选，今天我做东。"杨峻德跟黄静宁也不见外，笑道："同意。我这衣袋里正要告罄。"

选了一家南方人办的小酒馆，桌面很整洁，点了几个菜。黄静宁问来点什么酒，葛越溪皱了皱眉说："酒就免了吧，学生不要喝酒。"杨峻德望着葛越溪的国字脸，感觉到他是个做事严谨的人，随即附和道："我赞成，不喝酒，就吃吃饭，说说话，挺好。"

黄静宁对葛越溪说："我当初考大学择校时，也很想填北大，杨峻德也跟我一样，其实我们都挺向往北大的。"

葛越溪说："北大挺好的，我们的蔡元培校长一向主张思想与学术的自由，全没有一点条条框框。"

杨峻德说："我在建瓯搞学生运动时，喜欢从报纸上看北京的消息，一直觉得北京是中国思想文化的高地，到了北京才明白，中国思想界与学术界的一批精英，主要云集在北大，这里先后有陈独秀、钱玄同、胡适、李大钊、沈尹默、刘复等。北大基础雄厚，成为当今新思想新文化运动的发源地，势在必然。你看看 1919 年的‘五四’运动，最早举着红旗从校园里走上大街的，不就是北大学生？它有着一种可贵的传统。”

葛越溪说：“《新青年》这本刊物，你刚才说到的这几个人，都是它的主笔。光李大钊先生就在上面发了好几篇文章。”

黄静宁说：“我们在建瓯时，就寻找《新青年》看。这本刊物宣传倡导‘赛先生’与‘德先生’，我们一直觉得很了不起。李大钊先生是主编之一，他的《青春》《今》《庶民的胜利》《布尔什维主义的胜利》，我们都读过。文中的很多话，比如，‘以青春之我，创建青春之家庭，青春之国家，青春之民族’，‘试看将来的环球，必是赤旗的世界’，很鼓舞人。”

说得正热乎，菜上来了，杨峻德对葛越溪说：“吃吧，我们边吃边聊。”三人吃起来。

杨峻德搛了一块笋子烧肉吃着，对葛越溪说：“现在流行‘南陈北李’之说，你们北大人怎么看？”

葛越溪停住筷子，稍作思考后说：“我不知道这话是不是从北大流传出来的。完整的说法是，‘南陈北李，相约建党。’陈指的陈独秀，李即李大钊教授。建的什么党？共产党。听说在上海，已建立起来了。”

黄静宁用汤匙舀着汤盆里的汤，边喝边说：“葛兄不亏为高我们一届的学长，知道得比我们多多了，我们要好好向你学习。”

葛越溪板板的国字脸上难得露出一丝笑容：“黄兄客气了，我也只是听人议论，略知皮毛。”

杨峻德一会儿工夫将一碗饭吃光了，喊服务生又添了半碗，接过碗问葛越溪：“你参加了李大钊先生马克思主义研究会的活动，是不是学到很多新知识？”

葛越溪说：“那是肯定的，只可惜，我才旁听过两次会，而且一鳞半爪，听得不全。没办法，我又不能耽误课，都是抽空赶过来，加上他们活动的时间好像不那么固定，带有一定的临时性，所以有些难。我建议你们也过来听听，放开眼光，开拓开拓思维。”

杨峻德朝黄静宁望望，对葛越溪说：“那是，肯定很想听。”

黄静宁连连点头：“想听，只怕不让。”

葛越溪说：“你们跟李大钊教授见面时，可以向他提出这样的要求。”

杨峻德击掌：“对，正式申请成为他的研究会成员！”

葛越溪提醒：“你们去拜见李大钊先生，要准备一些请教的问题。”

杨峻德与黄静宁同时点头，杨峻德说：“准备了，想请教的问题很多，但主要是怀有一种敬仰之情，想见到他，听他说说话。”

葛越溪说：“都一样的心情。到时候我跟你们一同去。”

接下来话题有所拓展，由李大钊一下转换到故乡，葛越溪已两年不回家，问起家乡的情况，杨峻德告诉他，玉溪河上新搭了一座桥，绳索拉的，上面固定着一块块木板，老人小孩不敢走。镇南头步月桥的一个桥墩被山上下来的木筏撞坏一个，说修一时没有修成。镇上西街原来是泥路，年头铺上了石板。黄静宁见他们说得热火朝天，一时插不上话，心里也在想着自己的故乡厦门，想着鼓浪屿的碧水蓝天、欧式小楼。

饭罢，谈兴尚浓，三人坐着又聊了一会，直至新月升起，相互说定了拜见李大钊的大致时间，这才相别而去。

走近李大钊

过了几天，葛越溪通知杨峻德与黄静宁，拜见李大钊的时间已约定，是星期日下午两点半，地点就在他的办公室，见面时间不能超过一小时，因为三点半以后他有接待贵宾事宜，要他们务必准时到达。

杨峻德与黄静宁接到通知非常高兴，星期天下午早早赶到北大图书馆阅览室。葛越溪没想到他们来这么早，当他赶到时，他们俩已在阅览室等了半天了。

三个人一起往图书馆的主任室走。杨峻德与黄静宁上一回是一路问着进来，糊里糊涂的，这一回由葛越溪在前引路，终于搞清了方位。原来李大钊的办公室在红楼一楼的东南角，从大门楼进去，右拐一直往前走，走到最里面，一间门上挂着主任室牌子的就是。走道又深又长，可能是星期天休息的原因，没有一个人，静静的。

三人走到主任室门口，杨峻德想，介绍信是葛越溪呈给李大钊教授的，他毕竟跟李大钊已有些相熟，就对他说："你敲门？"

葛越溪上前敲门，"笃笃笃！"里面没有应声。

停了片刻，手上稍微加重了些又敲，远远地里面终于传出一个清朗有力的声音："好了好了，我就过来，我就过来。"

不一会，门打开，一位灰布长衫，髭须粗重，鼻梁上架一副金丝眼镜的人走出，杨峻德一眼认出，就是那天在会议室对大家讲话的李大钊先生，杨峻德直觉得心跳有些加快。李大钊操一口浓重的河北乐亭乡音道："是葛同学吧？对不起，刚才我在接电话的。"转脸对杨峻德与黄静宁说："你们是中国大学左华仲的学生？我是李大钊。欢迎你们。都进来吧，里面坐，里面坐。"

李大钊的办公室两间，外边一间是会客室，里面一间是他真正办公的地方。会客室里铺着地毯，南边阔大的窗口下放着一组沙发，挨北墙是一溜书橱，书橱里的书满满当当，沙发前的茶几上横着竖着散放着几本书。墙角处，一盆大叶棕竹绿汪汪的长得特别茂盛。

"都坐呀，沙发上坐，不要拘束嘛。要喝茶吗？我来给你们泡茶。"李大钊招呼他们。

葛越溪连忙说："茶就不要泡了，教授不要跟我们客气。"

三个人都在沙发上坐下，李大钊坐在另一张单人黑皮沙发里。

"开始吧，有什么问题要问我的，尽管说，一同讨论讨论。"李大钊朗声道。

葛越溪望望杨峻德，意思要他先说，杨峻德望了黄静宁一眼，见他正望着他等他开口，于是将目光转向李大钊说："首先我们要感谢李教授对我们的接见。我们知道李教授每天事务烦冗，千头万绪，在这百忙之中，还为我们抽出宝贵的时间，实在是对我们晚生的厚爱。我们今天登门相扰，一方面是因为我们在《新青年》上读了不少先生的美文，如《青年与老人》《今》《新的！旧的！》《庶民的胜利》《布尔什维主义的胜利》等，在'五四'运动时，又拜读到您的《我的马克思主义观》，心灵受到启迪震撼，对先生产生太多的敬仰、太多的崇拜，渴望一见，以慰仰慕之情；另一方面，身为学子，处身当今，放眼社会，心中有太多的不解、太多的困惑，存在的问题多多，很想借今日见面之机，向先生求教，请先生春雨润物，指点迷津。"

李大钊笑道："敬仰崇拜不敢当，我李某乃一介书生，只是对人民大众多一些关心，对社会发展多一些思考罢了。你们青年人拥有新知，没有绳索，思想自由，我很喜欢跟你们交流。有什么问题，尽管提出来讨论。"

杨峻德脸转向黄静宁："你先说？"

黄静宁迟疑了一下说："我跟杨峻德刚进大学不久，请教李教授，我们应以何作为求学的方针？"

李大钊说："你们是学的法律吧？答案很简单，这就看你们将来想做哪一类型的人，想做有钱有势的人，那就争取当一个大法官，或者当个名律师。不过，这当中难免要介入一些黑幕的事情，要参与一些暗箱操作，这是当今世界的游戏规则。这是一条路子。如果你不想走这条路，想做一个有名望的清流，你可以做学问，把学问做到极致，成为一位业内屈指可数的知名教授，东洋人、欧洲人都会请你去讲学。或者这两条路都不走，想做更大的事，一心要为国家和人民谋福利，这就不是为一己的事了，你就成了一个为国家为人民为社会谋福利的人，一个伟大的人。这是三种不同的目标。有了不同的目标，就有了不同的求学方针。大方向定下来，一切迎刃而解。"

杨峻德说："当前中国，南北分裂，经济萧条，积贫积弱，在国际外交中没有地位，屡屡受欺，以致出现了早年的《辛丑条约》，出现了当今的‘二十一条’。时下报刊上，一些关心国事者都在讨论振兴中华之路径，这当中有一批人指出，政治改良是中国的一条出路，李教授对此怎么看？”

李大钊摘下眼镜搁在茶几上，大摇其头：“对这个观点，我反对，举双手反对。何以？改良主义没有出路呀。改能改到根本上去吗？改一改就‘良’啦？‘良’是‘改’能达到的吗？头痛医头，脚痛医脚，都是隔靴搔痒。改良派是政治上的绥靖派，走的是妥协主义的路子。改来改去，病根子还在，误了国家，误了人民，所以我反对。”

葛越溪插言：“这个病根子，可是政府的没落、吏治的腐败？”

李大钊用手指画了一个圈：“是整个国家制度的问题。放开眼光看，当今的中国是副什么样子？”用手指了指杨峻德，“刚才这位同学说得好，当前的中国南北分裂，经济萧条，积贫积弱，民不聊生，整个是个国将不国的局面。这是制度坏了，制度坏了，一切都坏了。”

杨峻德说：“李教授，我在《新青年》和《每周评论》上拜读过您的《法俄革命之比较观》《庶民的胜利》，内心受到震动。俄国通过十月社会主义革命，建立了苏维埃政权，这是人类社会发展史上一次伟大的创举，您在您的文章中对此作出了高度评价。请问李教授，您的意思是不是说，中国也应该走俄国的道路，才能去除上面所说的那个老病根？”

李大钊说：“俄国社会主义的胜利，为世界革命提供了一个成功的范例，值得深入研究。中国有它的特殊性，情况很复杂，究竟往哪个方向去，路子怎么走，要视中国的具体情况而定，可以借鉴，不可以完全照搬。”

葛越溪说：“李教授在北大成立了马克思主义研究会，专门向中国宣传与介绍马克思主义学术。我们从报纸上看到，中国共产党已在上海成立，您与陈独秀先生为此做了很多工作。请问李教授，中国为什么要建立共产党，它的宗旨是什么？它对中国未来的发展将产生怎样的影响？”

李大钊没想到这个国字脸肤色暗淡的青年会提出如此尖锐的问题，他望住他，微笑道：“这是个很重要的问题。我知道你在我们学校读书，听过我的课。你叫什么名字？”

“葛越溪。越王勾践的越，溪流的溪。我不在史学系，我在中文系，但我选修了您的课。”

李大钊点点头：“好，知道了。中国为什么要建立共产党？我想告诉你的是，这是中国社会现实的需要，更大一点说，这是国际形势发展的需要。共产主义学术在德国早已形成。俄国革命的胜利，验证了这一学术思想的科学性与可行性。中国是一艘机器老化故障众多的巨轮，沿着历史的长河航行到今天，已处在一个大分化、大组合、大变革的十字路口，它需要一种崭新的思想武器，需要一个引领中国这艘老病的巨轮驶出险滩继续前进的航标与发动机。这个航标与发动机在谁手中？在中国共产党手中。中国共产党建立与发展的意义就在这里。”

葛越溪难得情绪激昂起来，灰暗的脸上显出光泽：“那我继续请教李教授，你们所建立的共产党与孙中山先生建立的国民党有什么区别？”

李大钊沉思俄顷道：“区别是很大的，但也有共同点。中国这么大一个国家，地域广阔，人口众多，要有一个政党来领导，要有一种思想武器把大家统一起来，否则就是一盘散沙，洋鬼子来了，三枪两炮就把我们击败。共产党也好，国民党也罢，都有自己的一套思想武器，都想把人民大众团结到自己的旗帜下。它们的宗旨都是为了人民富裕、国家强大，大方向基本一致，这是两个党派的共同点；区别只是，共产党更多考虑的是人民大众的利益，而国民党对民族资产阶级利益有着一些偏护，它所领导的是资产阶级民主革命，它的革命带有不彻底性。更为彻底地讲，共产党旨在消灭剥削制度，率领全国人民建立社会主义，国民党则要走向资本主义。关于两个党的基本理论与纲领，你们可能在一些书上看到过，眼下就看它们具体怎么实行，是否理论与实践相一致。你们正年轻，可以睁大眼睛看，然后做出自己的判断。”

杨峻德说：“中国现在南北分裂，孙中山勾画了一幅统一中国的蓝图，李教授对此怎么看？”

李大钊从烟盒里取出一支卷烟，划火柴点上，吸了一口，起身道：“统一中国不是难题，像曹锟、吴佩孚这种人，随时可以叫他们倒掉，难的是统一之后的事。”

黄静宁插言：“从历史上看，统一中国大多是从北向南，绝少从南而北的，这大概是一条规律，基于这样的规律，中国的统一是不是应该走从北到南的路子？”

李大钊在烟灰缸上弹弹烟灰，笑道：“你这是书生之见呀。不错，统一中国从北而南多，从南而北少，这在道理上是成立的，这是因为北方生活比南方艰苦，北人到了南方，便扎下营盘不愿离，北人也就愿意向南方前进。南人则与之相反，到了北方，便感到生活的艰难，尤其不能忍受北方的严寒，所以不能在北方久住，但历史上就没有反例吗？有。远的不说，就说靠近的洪秀全，他们的兵不是一直打到北方，在天津驻扎了很久吗？那时他们只有几千人，几万清兵围困他们，结果一个冬天都没有把他们攻下来，因此不能说南方人到不了北方，所谓到不了，很大是心理作用。”李大钊说到这里，从怀里掏出怀表看看，“噢，时间不多了，还有什么问题，抓紧时间提出来。”

杨峻德说：“问题很多，都是我们平时想到过，议论过，但又每每想不通，无法最终找到答案的。刚才所提出的只是问题的一部分，除此还有很多。我觉得，处身于当今，作为一名新时代的青年，不能两耳不闻窗外事，只是一味地死读书、读死书，要关心民生疾苦，担负起一定的社会责任。李教授，我们听葛越溪讲，您在北大创办了马克思主义研究会，经常给大家讲马克思主义理论，葛越溪身在北大，得地利之便，有幸听过您讲课，非常受益，非常开眼界。我跟黄静宁很遗憾不是北大的学生，没有聆听教诲的机会，全不知道马克思主义研究会是怎么回事。为此我们想向您提出一个请求，以后能不能也让我们参加你们的活动，给我们一些接受启蒙的机会？”

李大钊用手指抹了抹髭须，露出洁白的牙齿微笑道：“想参加我们的活动，这是可以的。马克思主义研究会是北京高校知识分子的一个公开学术团体，以研究马克思主义和俄国十月社会主义革命为宗旨，以共产主义理论为核心。”转脸问葛越溪：“你参加过我们研究会的活动？”

葛越溪说：“我旁听过你们的会，但我不是研究会成员，请问李教授，像我们这样的学生，能不能申请加入研究会？”

李大钊爽然道：“能。到目前，我们研究会没有一名学生，不过，从你开始，可以打破这个格局。”

葛越溪很有礼貌道：“谢谢李教授提携关爱。”

黄静宁望望杨峻德，杨峻德明白他的意思，立刻对李大钊说：“教授，我们俩也想参加！”

李大钊开心道：“都欢迎，这说明我们的研究会办得好呀。只是我们活动的时间跟你们上课的时间经常是冲突的，你们不可因为参加研究会的活动而影响功课。”

三人同时说：“我们知道了，我们不会的。”

李大钊立刻起身走向靠墙的书橱，翻出两本书，又返身走进里面办公室，取出两本宣传材料，一并递给葛越溪道：“这是研究会的一些资料，你们轮流看看，对马克思主义先有一个初步认识。下次研究会活动，我让人通知你，只要你们有时间，都欢迎参加。”说着，从怀里又掏出怀表看看，“到点了，我要去会一位俄国客人。”

杨峻德从沙发上站起，问：“李教授，以后我们遇上解不开的难题，可以直接到沙滩红楼找您吗？”

李大钊笑道：“当然可以。”

杨峻德向李大钊深深鞠躬：“谢谢李教授！”

葛越溪与黄静宁跟着鞠躬："谢谢李教授！"

李大钊向他们招手："恕不相送，再见！"

拜见李大钊是5月里的一个星期天，多少年后当杨峻德回忆自己的生命历程时，深深感到这一天对于他一生所具有的重要意义。因为从这一天开始，他认识了李大钊先生，并一步一步向他走近，像走近一座大山，走向一个春天。李大钊让他进入了马克思主义研究会，逐步了解和掌握了社会主义学术和共产主义理论，世界观发生了一场地震。他在不影响基本课程的前提下，对马克思主义研究会的每次活动都积极参加，除了听取李大钊的专题报告外，还倾听了邓中夏、罗章龙、刘仁静等人的主题演讲。如因时间冲突而不能前往，他总及时找到葛越溪或研究会的其他人员，想方设法将笔记补齐，从不落下半步。对研究会发下的书籍讲义，他总如饥似渴地学习消化。一段日子下来，他觉得自己有一种脱胎换骨的变化。年底，经葛越溪介绍，他加入了北京社会主义青年团。当他在北京社会主义青年团团部与几名新团员一同举着右拳对着团旗宣誓时，他的心中升腾起一股激情，禁不住想：克明峻德，这是当年既定的目标，我要不断向它走近，做一个对社会有益的人，一个为劳苦大众服务的人，一个真正高尚的人！

向世界发出声音

1923年2月7日，武汉发生了震惊中外的"二七"惨案。是日，武汉总工会就提高工人地位、适当给工人加薪等问题，派工会代表前往江岸工会会所谈判，遭到反动军队枪击，赤手空拳的工人纠察队当场被打死三十多人，打伤两百多人，京汉铁路工人大罢工爆发。消息传到北京，杨峻德、葛越溪、黄静宁与北京各高校的同学一起参加了游行示威活动，对反动政府的嚣张气焰给予了一定打击。

"二七"惨案之后，福建军界又发生了动荡。是年春，直系军阀首领孙传芳受曹锟之命，偕同驻赣第二师周荫人向福建进军，沿途实行暴政，致使民不聊生。一日，葛越溪找到杨峻德，非常悲愤地告诉他，吉阳镇未能逃过军阀混战的兵燹，一支乱军经过他家所在的玉溪村，占用了他家房子不说，还杀鸡宰羊，拉夫拉牲口。他家原有三头驴子两头牛，这是他父母好些年积攒下来的一点家私，田里做活全靠它们，兵们见了，不管三七二十一就要拉走。父亲跪下求他们也没用，一头不剩，统统拉走。最悲惨的是隔壁他大伯家，大伯就一个儿子，是他小时候一起玩的堂兄，兵们要拉他做力夫。葛越溪的伯伯哪舍得，东凑西凑花银子赎身，可这帮混账的兵，银子收了，人还是拉走了。他大伯年逾六旬，本来就有病，这一气，旧病复发，一命归阴。

葛越溪很难得情绪激动，攥着拳对杨峻德说："这是什么世道呀？这纯粹是强盗的行径！"

杨峻德说："孙传芳是直系的首领，怎么杀到福建来了？真是荒唐。"

葛越溪说："他进军福建，完全是高层派系斗争的结果。这批军阀一混战，地方百姓就跟着遭殃。"

杨峻德愤然道："执政府如此置国计民生于不顾，也实在是太可恶了！"

军队既然进入吉阳镇，受到骚扰的肯定不是一家一户，杨峻德想到家里，立刻写了一封信向家里询问，可是兵荒马乱，邮路不畅，信去了一个多月才有回复。是大哥托人写的，说家里基本还太平，只是乱兵来了，人都害怕，生意没办法做。最讨厌的是保长，不时过来为军队收这个费那个费，缴不出钱就绑人。

杨峻德把这些情况告诉黄静宁，黄静宁家在厦门，目前未受惊动，但谁能保证孙传芳与周荫人的军队不到厦门？因此心情也跟着变得压抑。

5月，李大钊在北京高校知识界领导"驱彭斗争"。彭允彝是军阀豢养的无耻政客，一直高高在上坐在教育总长的位置上，素餐尸位，维护军阀利益，无视中国的教育发展。李大钊率领导广大高校知识分子对之发难，一一指出他的罪行，要求撤消彭允彝教育总长的职务。杨峻德积极响应，投身到千余名学生的队伍中，高呼口号，示威游行。

到了6月，福建战火不断，黎民遭殃的消息不断见诸报端。一天，杨峻德去区法院送完文书回来，见葛越溪在宿舍里与黄静宁说话，高兴地对他俩说："到饭点了，走，我请你们出去吃饭，边吃边谈！"

黄静宁望望他，杨峻德嘻嘻笑道："做的活送过去，刚拿的钱，放点血，同乐！"

葛越溪知道杨峻德的经济情况，只同意去一家面馆。三人点了三碗盖浇面，外加一份红烧肉，杨峻德还想加两个菜，葛越溪说什么也不让。

边吃边聊。三人由学校说到社会，再说到福建形势。葛越溪低沉地说："故里形势如此糟糕，作为身在异乡的福建知识分子，我们应该为故乡人民做些什么才是。"

黄静宁说："做些什么呢？"

杨峻德说："星期天我到北京社会主义青年团部参加会议，碰到两位北京工业大学的福建老乡，会间在一起议论到当前福建形势，大家都满怀愤慨，都觉得面对当前形势，我们不能只是坐视空议，而应行动起来，为故乡做一些实实在在的事。"

黄静宁说："可是身在北京，鞭长莫及呀。"

杨峻德说："我们当时商量，觉得可以成立一个'建属六邑国内外留学同志会'"

葛越溪问："建属六邑，是指福建省的六个市区？"

杨峻德说："对。同志会，志同道合之组织也。"

葛越溪问："宗旨？"

杨峻德答："初步商议，暂定为，立足福建本土，宣传新文化，启迪民智，反对军阀战争，打倒一切恶势力。我跟他们说到你们，他们提出，约定一个时间，大家坐下来一起商定。"

葛越溪问："他们俩，是不是一个叫江禹烈[①]，还有一个叫——叫什么的？ 我想不起来了。"

杨峻德说："衷志纯[②]。"

葛越溪说："对，叫衷志纯。 我跟他们见过，'五四'运动时，他们都是工大学生会的领导。 我很赞成这一提议。"转脸对黄静宁说，"这确实是个很好的提议，可以一同坐下来商议一下，最后把宗旨定下来，具体做一些事情。"

黄静宁对杨峻德点头。

一天雷雨过后，云开日出，空气清润，草坪吐翠。 江禹烈与衷志纯主动找他们来了。 五人相约在校内花园长廊坐谈，经讨论商议，最终确定了"建属六邑国内外留学同志会"成立的宗旨。 江禹烈提出："北京各高校中，除了我们，建属六邑的同学有一批，我们应立刻行动，向他们发出宣传鼓动与倡议，将'同志会'建立起来，然后由北京而全国，乃至海外，将所有建属同学团结到旗帜下，向我们的故乡福建，乃至全中国发出呼声，打倒祸国殃民的军阀，推翻一切恶势力，维护人民大众的利益！"

葛越溪说："江禹烈说得好，宗旨既然明确了，我们就要务实做事，分头到各个大学去，与建属同学取得联系，使大家都成为'建属六邑国内外留学同志会'的成员。"

于是五人分成三组进行具体分工。 杨峻德与黄静宁一组，负责本

---

① 江禹烈(1899—1926)，男，汉族，福建崇安县人(今武夷山市)。1922 年夏，考取北京国立工业大学。1923 年，参加李大钊领导的驱逐无耻政客彭允彝的示威游行。当年暑假，带着大量进步书刊回到崇安，开办暑期学校，向工农群众宣传革命思想。1925 年"五卅"惨案发生，他在崇安进行宣传鼓动，组织罢课、罢工、罢市和示威游行，形成了崇安县历史上第一次大规模的反帝爱国运动。同年底加入中国共产党。1926 年 3 月 18 日，北京总工会、总商会、学生联合会等团体代表和各校学生五千余人在天安门前集会，抗议日、美、英等八国借口维护《辛丑条约》向执政府发出通牒，江禹烈组织示威游行，被执政府卫队枪杀。1929 年，北京人民在圆明园建立了"三一八"烈士公墓，北京工业大学为他竖立了墓碑。

② 衷志纯(约 1898—约 1949)，字粹然，福建崇安县(今武夷山市)吴屯乡大浑村人。北工大电机系学生，中共党员，烈士。

校中国大学，外加北师大、燕京大学，及北师大女附中。葛越溪独立一组，负责北大；清华学校在郊外，路比较远，葛越溪主动提出由他负责。江禹烈与衷志纯一组，除了他们自己所在的工大，另加中法大学、辅仁大学。还有一些学校，等第一轮工作结束后，再做补充。

6月至7月，赤日炎炎，他们每天下午利用课后自由支配的时间，特别是星期日，一次次地往各大学跑，联系在京的三十多名闽籍学生，迅速将他们联合起来。期终考试结束，黄静宁家里来信，要他立刻回去，黄静宁不得不回，杨峻德、葛越溪、江禹烈、衷志纯四人，立刻分头赴上海、武汉，与此前约定的所在城市主要高校的闽籍同学就“建属六邑国内外留学同志会”的成立进行商榷，为“同志会”的建立做准备。回返时，买火车票的钱都用光了，他们扒火车，睡在煤堆上。到北京时，一个个比非洲人还黑，只有眼珠是白的。

奔波忙碌到9月，“建属六邑国内外留学同志会”终于成立。“同志会”的《宣言》由江禹烈与杨峻德起草，经大家审议通过后发布。内容为：

福建六邑国内外留学同学：

民国十二年之今日，军阀混战，战火频仍，举国上下，乱象丛生，我等身处异乡福建之学子，遥望故园乡梓，但见父老乡亲兄弟姐妹居不得定所，食不能饱腹，迁徙流转不断，民不聊生，实有椎心泣血之痛。鉴此，特成立“建属六邑国内外留学同志会”，其宗旨如下：

一、爱故乡，爱父老乡亲，为福建人民谋幸福。

二、坚决反对军阀战争，恢复地方和平与安定。

三、宣传新文化精神，呼吁自由民主之风气，扫除一切封建愚昧。

四、扶正祛邪，打倒一切恶势力。

五、团结，奋进，发展壮大。

建属六邑国内外留学同志会

民国十二年九月

“同志会”成立后，经研究决定，以“建属六邑国内外留学同志会”名义，向北洋政府递交一封《致北洋政府信》，同时在北京三家报纸上联合发表。信中强烈要求北洋政府结束福建的战争，不要将军阀派系权力之争的恶果转嫁给福建，让福建黎民百姓休生养息，平安度日。此信公开发表后，在全国各地，特别是在福建地区引起强烈反响，并有数家报纸给予报载。“同志会”成员组织在京福建工商学界人员，举着小旗，呼喊着口号，至执政府门前举行了一次示威游行活动。

杨峻德来到北京后，跟欧阳老师一直保持联系，年底的一个星期天下午，他到邮局给欧阳老师寄了两本书，回来与“同志会”成员交谈中说：“开启民智，进行新思想的传播非常重要。福建地处东南边陲，一些山地城市相对闭塞，意识形态落后，以致我的小学老师不断要我寄书回去。由此我想，处身在北京的我们，有必要寻找一些宣传新思想新文化的报刊书籍寄回故乡，让他们及时了解与掌握当下的新思想新文化，跟上时代的步伐。”

江禹烈说：“杨峻德的提议很有道理，我跟衷志纯正是这么做的，每期的《新青年》《每周评论》一出版，我们就把它们寄给家乡朋友，让他们及时相传阅读。”

葛越溪望着江禹烈赞许地点头：“你们做得很好，我建议在‘同志会’里就此发出一个倡议。”

杨峻德说：“对，要倡议一下。”转脸对黄静宁说，“我们应该加强做好这项工作。”

这次聚会之后，大家立刻行动。杨峻德与黄静宁跑了朝阳书店、王府井书店，又顺路跑了几家报亭，买了一大包宣传新思想新文化的书报杂志，有的重复买了两三本。书刊买好，到邮局分类打包寄出。汤忠在家跟随父亲做生意，时不时给杨峻德来信，询问北京情况，并打算找机会到北京看他。杨峻德想到几年前汤忠与他一同搞学运的情景，特别是搜查日货时为了保护他，施展武林高僧传授的拳法，一个飞掌出击，将便衣打手拳头格开的一幕，心中不由发热，心想：汤兄是我的好兄弟，多年来情同手足，我们应该走在同一条大路上！ 当即将书刊寄了一半给他，并写了一封热情洋溢的信，谈当前的社会，谈福建的形势，谈我们要树立怎样的理想，应该怎么做人做事。

杨峻德由汤忠再又想到施雅琼，她在上海大学读书，成立“建属六邑国内外留学同志会”前，杨峻德给她写过信，要她在那边积极配合，宣传发动，她现在是上海“同志会”的核心成员。

又一日，杨峻德在“同志会”上提出：“我觉得目前我们缺少一个把手，或者说缺少一个平台。 扫除愚昧，开发民智，需要宣传，需要推广教育，因此我主张我们办一份刊物。 如果我们手中有了一份刊物，我们就有了一面进军的战鼓，就有了冲锋的号角。 大家不妨回忆一下，《新青年》《每周评论》《向导》《湘江评论》，这些刊物当初乃至今日都对我们有着怎么的影响？ 可以说，它们是向上的阶梯，是我们精神世界的推进器，为我们打开了一扇又一扇窗，使我们看到了世上的光！ 因此，我们也应该为我们的故乡，为所有福建的父老乡亲办一份刊物，一本属于自己的刊物，我们要举起一支火把，照亮他们的路，发出我们的声音！”

衷志纯首先鼓掌，大家跟着一同鼓掌，最终一致表示赞同。

葛越溪说：“办刊物需要文稿，我们可以写，这当然不成问题，但出版经费从哪里来，大家议一议。”

杨峻德说：“天上不会掉馅饼，经费只能靠我们自己筹集。”

黄静宁说：“不知道出一期刊物要多少钱。 我们可以捐一些，捐多捐少，各人根据情况。”

葛越溪说：“我建议，刚开始印刷上可以简单一些，尽量节约成本，在编辑质量上可多下点功夫。”

江禹烈说：“光靠自己掏腰包，经费肯定不够，难以保证刊物的出版，我倒想到一个办法，北京不是有福建商行吗？ 我们可以去找他们做些工作，争取赢得他们的支持。”

杨峻德击掌："好办法！ 除了商行，还有会馆。"

黄静宁说："我有个堂叔在北京做茶叶生意，我可以去找他。"

衷志纯说："说到会馆，我倒想到一个熟人，也可以找他试试。 这倒确实是一条路子。"

葛越溪说："如果经费的问题解决了，那下一步就是编辑出版了。刊物叫什么名字，大家先想一想，然后再考虑具体栏目。"

衷志纯说："刊名要新颖，不重复。 叫'灯'行不行？ 给人们指路的'灯'。"

江禹烈说："那不如叫'太阳'，更有气势。"

杨峻德说："我们办这刊物，旨在指陈时弊，给人们指明道路，促进社会变革，可不可以叫'刀锋'，或者'北斗星'？"

葛越溪说："都有可取之处，但起这个刊名，我以为除了要暗含我们的办刊宗旨，是不是还要考虑到它是一本出自福建大学生之手，为福建人而办的刊物呢？ 刊名要让别人一看就知道，这是一本福建的刊物。"

杨峻德望着葛越溪点点头，心中不由暗暗佩服，葛越溪话虽不多，声音也不高，但所说的都很到位，对问题的考虑周到细致，于是对他的提醒响应道："我很赞同葛越溪的观点。 我们大家再想想，这个刊名如何加入一些福建的元素。"

到 1924 年春，刊物终于面世。 刊名最终确定为《建声》，建者，福建也；声，振聋发聩之声，黄钟大吕之声。 它要让福建乃至全中国每一个听到这声音的人都猛然醒悟，睁开双眼，看清世界的本质。 杨峻德任主编，葛越溪为社长。 刊物分五个栏目，衷志纯、江禹烈、黄静宁任栏目负责人。

第一期刊物封面套色，内芯纯黑白，出于经费的考虑，印数限为一千。 北京留两百本，其余八百本全部寄往福建下属县市：福州、厦门、南平、泉州、建瓯、崇安。

日子飞飞地快，转眼又是暑假。 1924 年的这个暑假在杨峻德的记忆中是一个丧气的暑假、一个没劲的暑假。先是比杨峻德高一届的葛越溪毕业离京；接着江禹烈因父亲重病，家庭经济压力加剧，辍学回家；再接着是《建声》的停刊。《建声》出刊后，社会反响很好，特别是受到了福建人民的欢迎，但因投入的资金大，几个月运作下来，迫于经济压力，周刊改成月刊，至8月，资金告罄，欠下印刷所债务，不得不停办。最让他不悦的是，黄静宁寒假回家，父亲得知他在校参加各项社会活动，大为恼火，对他严厉训斥，勒令从此以后以学为本，远离政治，否则断绝所有经济供给，并要求他在大四课程结束后，要认真准备，全力以赴争取出国留学。迫于严父的威压，黄静宁不得不改变了生活方向，返校后减淡了参加"同志会"活动的热情，将大量的时间投入书斋中去了。

葛越溪临离北京告诉杨峻德，毕业后他暂不回家，先到上海。

杨峻德有些不解："到上海？去找工作？"

葛越溪环视了一下左右说："也算是吧，主要是看看。"

杨峻德敏感地问："可是李大钊先生的介绍？"

葛越溪沉吟了一下说："不是，但我很想找到他们。"

杨峻德两眼发亮，一把拉住他手："有你的！你真可以！"

葛越溪说："我一走，江禹烈又回家了，你在这里单薄了。"

杨峻德点点头，但同时攥了攥拳："没事，'同志会'的工作，我会做好的！"

葛越溪拉起他的手："但愿后会有期。"

两人依依不舍地分手。

第四章 太阳从这里升起

毕 业

1925 年夏天，杨峻德圆满结束了为期四年的大学学习生活，毕业离开了中国大学。

在京四年，一下离开，心中不由生出许多依依不舍之情。做了三年多缮写员，与区法院的工作人员处熟了，临离北京，去向他们辞行。哪知道，法院对他这几年的工作极为满意，院长意欲留他，并许诺，第一年可做法院书记员，第二年就可提升到审判员助理。杨峻德很感动，紧紧握着对方的手，连说：“谢谢！非常感谢！但不能留下。”

院长笑道："一定是另有高就，看不上我这里的小庙呀。"

杨峻德连忙否认："岂敢，不是这个意思，真的不是。"

杨峻德去向他的导师左华仲辞行。左教授对这位品学兼优、富有思想的优秀学子一向偏爱，问他对未来有何打算，想不想留在北京发展，如有需要，他可以帮他做些介绍。杨峻德谢谢老师的关爱，接着向老师汇报："我想先回一下家，我已有两年多未回去了，母亲身体一直不好，妻子也很盼我回家，我是无论如何要先回去一下。家里事情料理完后，我打算去一下上海。我有个好友在上海，前不久加入了共产党，一直与我有联系。我自从加入李大钊先生创办的马克思主义研究会后，一直对共产党十分向往。在此，我想对左教授您再一次表示感激，试想，如果三年前不是左教授为我写介绍信，我是无缘见到李大钊先生的，见不到李大钊先生，作为一名普通在校的学生，我也就不可能有机会加入马克思主义研究会，也就接触不到先进的社会主义思想。近期我想去上海找到那位已加入共产党的学友，参加一些他们的活动，进一步了解与掌握社会主义的思想与理念，看看自己究竟能干什么，适合干什么，到时候再定未来的方向。"

左教授夸赞："你是不想立刻谋得一个饭碗，过那种通常一般大学毕业生所向往的日子。心存高远，不同流俗，很好。你的那位好友，是我们学校毕业的学生吗？"

杨峻德答："不是，他是北大的，叫葛越溪，跟我一同见过李大钊先生。比我早一届，去年毕业的，毕业后跟我一直保持着书信联系。"

左教授点头微笑："好得很，青春年代，要有远大的理想、远大的抱负。到了上海那边，如有什么需要我帮助的，可写信告诉我，那边有我的一些老朋友，或许对你有用处。要是哪天又回到北京，更是直接可以过来找我。"

杨峻德十分感动，对左教授再次表示感谢。

离京之前，杨峻德专程去了一趟北京大学沙滩红楼。他本想约黄静宁一同去，但他参加出国考试，一时抽不出时间，只好一个人独往。在这前一天杨峻德向左教授辞行时，左教授告诉过他，李大钊不在北大，人已去了莫斯科，近期特别忙，一会儿上海，一会儿北京，为中国共产党的发展及共产国际的事，一直在不停地奔走。

人去楼在，杨峻德想到三年前李大钊先生对他们三人的讲话，想到李先生在马克思主义研究会上所作的报告，李先生那口浓重的河北乐亭口音，至今依然声声在耳，让杨峻德心中涌出一阵阵感动。北大沙滩红楼，他觉得是他心灵的浴场、生命中的灯塔，使他的灵魂深处卷起一场风暴，最终看到了世上最亮的光！他在沙滩红楼前走过来又走过去，走过去又走回来。他的目光在那些树木花草、亭台窗户上逗留、不舍，直至晚霞消退，夜色慢慢落下，这才依依不舍地离开。

黄静宁按照父亲画定的航道，参加完美国芝加哥大学对华研究生招生，到 8 月初结果出来，被该大学法学系录取，他需要在北京办理一些出国留学手续。杨峻德所有离京前的事情处理完毕，于是与黄静宁告别。黄静宁很有些不舍，两人到中国大学校门口这几年屡屡光顾的那家小酒馆小酌了一下，从来不沾酒的两人竟把一瓶北京二锅头喝掉一半。杨峻德脸上泛着红光，身子前探，越过杯盏筷子拉住黄静宁的手说："你们这些好弟兄，我一辈子忘不了。到美国，多学些本领回来！"

黄静宁对着杨峻德赤热的脸，眼眶湿了。

杨峻德离京，黄静宁把他一直送上火车，两人相互挥手作别。

怎样面对妻子？

赤日炎炎的夏日，杨峻德回到故乡吉阳。

母亲身体尚好，病情得到了控制。大哥过早地显出老相，才三十多一点，看上去像四十大几，头发有点秃，动作迟缓，坐在操作台上的那副架势，跟当年的父亲别无二样。儿子像父亲本来正常，但杨峻德觉得，这种一眼让人看到底的人生，也太可怜了。大哥见自己的亲弟学成归来，微弓着的腰一下挺直了许多，长期对着操作台的苍白的脸发出亮光。

小妹从外面回来，一见二哥，高兴得了不得，缠着问有没有给她带礼物，见给她带了一条红艳艳的纱巾，高兴得直跳，也不顾天热，立刻围到脖子上，问大嫂二嫂："好看不好看？"

晚饭桌上，大哥让老婆做了好几个菜。杨峻德跟家人一同吃饭，与母亲大哥说这说那，望着大哥说："我想提个建议，不知大哥能不能接受。"

大哥不解地望着弟弟："建议？什么建议？"

杨峻德说："我看你做的活早已跟父亲当年做的一样好了，因此，你完全可以把金银首饰店搬到建瓯城去。建瓯多大的市场？吉阳毕竟是个小镇，到那边，赚的钱可能比这里多得多！"

大哥听着弟弟说，眼睛瞪大了。

杨峻德笑道："你觉得这个建议有道理吗？"

"有，有。"大哥有点腼腆似的点头，像个小弟。

杨峻德望住哥哥说："如果有道理，那就可以这么去做，不只是你的店可以搬进建瓯城，而且我们整个家都可以搬到建瓯城去。"

大哥望着弟弟，嘴巴张得越发大了。

晚上回到卧室，杨峻德发现妻子李贵珍畏畏缩缩有些躲他。其实之前杨峻德就已发现她有些躲他。那是一种目光的躲避，慌慌地看杨峻德一眼，立刻就躲开。吃饭时，杨峻德虽一直在讲话，但也注意着妻子，发现她一直低着头吃饭，但脸上的神情让杨峻德感觉到，她两耳一直支棱着在细细听他说话，偶一抬头，目光刚碰到杨峻德的脸，立刻就怯怯地遁逃了。饭桌上的躲避仅仅是一种目光的躲避，此刻到了卧室，就完全是一种身体的躲避了。杨峻德想到自己长期在外学习，一直没有顾到妻子，觉得很对不起妻子，望着她那副畏畏缩缩的样子，心里不由怜惜，禁不住上前拥抱她。贵珍已不知哪一天碰过丈夫的身子了，立刻变得紧张，直往后缩。杨峻德见她这样，也就住手了。

第一天尴尴尬尬地过去，第二天，贵珍仍然怯怯地躲他。

杨峻德不由苦恼：这是怎么啦？ 贵珍为什么要这么对我？ 杨峻德缺少对待女人的经验，一时手足无措。

这一天晚饭后母亲跟他谈心，杨峻德说到昨夜贵珍的哭泣，问母亲到底为什么，母亲不由叹息道："贵珍也太老实了，她是个好媳妇呀。 为什么哭？ 可怜的孩子，她是怕呀。"

杨峻德愕然："怕？ 怕什么？"

母亲手指在他脑门上一戳："还怕什么呢，怕你呀。 宽仔呀，你现在了不起啦，大学生，北京回来的，看这派头，衣服都是洋货，一条街的人都看着我们家，吉阳镇怕是装不下你了。 你是贵珍的男人，你回来，她本来是高兴的，可高兴之后呢，她就怕了。 她是觉得你太高啦，高得让她够不着，怕你一下飞了。"

杨峻德望住母亲："她真是这样想的吗？"

母亲嗔怪道："傻宽仔，你真是不懂女人的心呀，这还要说吗？ 一定是这样的呀。"

杨峻德头低下去：贵珍心里这么不踏实，都怪我没有做好。 我对不起她哟！ 今天我一定要好好跟她谈谈。

大妹得知杨峻德回来，特地赶回家看哥哥来了。 大妹早有了孩子，是一个小男孩，都会叫杨峻德舅舅了。

一家子团聚，午饭做了许多菜。 小妹阿芳发现贵珍嫂只是埋头吃饭，对二哥样子生分，中饭后起身要去收拾碗筷，就拦她："今天不要你动手，给你放假！"转脸对大嫂说："大嫂，劳你驾，你去洗一下好吗？"

大嫂自然领会小姑子的意思，从贵珍手里接过碗筷。

母亲说阿芳："你这死丫头，倒会指使人，你就不能洗一下呀？"

阿芳一嘟嘴："我也不是没有洗过。 不过妈妈要我洗，我就洗吧。"说着就接大嫂手中的碗筷。

大嫂挡住阿芳的手："不要了，我来我来。"

阿芳笑了："还是大嫂疼我。"转脸嗔怪二哥，"都是为你！你去呀，陪我二嫂去！木头似的！"

杨峻德一直笑着望二妹。二妹这样子真可爱，这个家里有了她，就像春天的山溪一样欢腾了。转脸去看贵珍，贵珍已不在屋里，她可能被阿芳说得不好意思，躲到里屋去了？杨峻德想陪大妹二妹说说话，还不想起身。母亲说："你去吧，她们都是你的妹妹，又不是外人，不要见外。去陪陪贵珍吧，好好跟她说说话。"

杨峻德摸摸后脑勺，含笑起身。贵珍没进卧室，又坐到厅堂里编篮子了。贵珍的爸是山里有名的篾匠，杨峻德知道贵珍编制篾器的手艺一流。杨峻德心想，自己一直在外读书，倒从没看过贵珍编篾器，今天不妨学习学习。就走过去在贵珍对面坐下，抓过一把竹篾，笑道："今天拜你为师，向你学习编东西！"

贵珍被他一说，手头有些乱，低头咕哝道："这，不是你做的事。"

杨峻德不依不饶："为什么不是我做的事？我想做呀！"

贵珍抬头望杨峻德一眼，脸红了，低下头，手上更乱了。

傍晚，杨峻德见贵珍上山采蘑菇，对她说："采蘑菇不像编篮子复杂，我会，跟你一起去吧。"

就跟着贵珍上了后山。

晴晴朗朗的天，一碧万顷，白云白得像奶。虽是傍晚，天还热着。进了山，树茂竹翠，立刻变得凉快起来。蘑菇都生在背阴处，贵珍常来采，哪些地方蘑菇多，哪些地方刚被人采过了，都熟悉。杨峻德跟着贵珍来到一片倒伏着很多大树的溪边，这里不光有各种菇，像平菇、鸡腿菇、猴头菇、红菇，而且还有密密的黑木耳。杨峻德跟着贵珍采，不到一个时辰，采了满满一篮子。杨峻德把篮子放在草地上，对贵珍说："坐下歇一会，我想跟你说说话。"

贵珍很听话地在石头上坐下。

杨峻德说："结婚后这几年，我只忙自己的事，寒暑假又经常不回家，对你关心不够，很对不起你。"

贵珍听他说，不吱声。

杨峻德说："回来这两天，我看你总不大看我，那天晚上还哭了，我不知道怎么回事，我听妈妈说了才知道，你是害怕，怕我变成陈世美，不再跟你做夫妻，是吗？"

贵珍低着头，脚尖轻轻擦弄着地上泥。

杨峻德说："你干吗不说话呀？你心里怎么想的，直接对我说说呀，没事的。"

贵珍迟疑了一下说："我就是有些怕……"

"怕我变心？怕我丢下你，到城里另外找人？"杨峻德直摇头，"这怎么可能呢？我怎么会是这种人呢？这些年，我是一直在外面，但从来没有背叛过你，我们的婚姻虽说是父母做主包办的，缺少一些感情基础，但你我都是实诚人，既然做了夫妻，就要好好把日子过下去，过一辈子，你说是不是？"

贵珍眼泪一下涌出眼眶，结婚几年了，这是第一次听到自己的男人对她说这样热乎乎的话。

杨峻德看到她流泪，心有不忍，抓起她的手说："对不起，都怪我，长期不回家，对你关心不到，让我们生分了。你不要怕，我杨峻德不是无情无义的人，永远不会离开你。你看看，"他把左手抬到她面前，"我们的结婚戒指我是一直戴着的。这对戒指是我爸亲自为我们打制的，他用的是最纯最纯的金子，为什么？他是要我们做人要像这金子一样，正派，有品性。做夫妻相亲相爱，永不变心呀。因此，我与你虽然相隔千万里，但心里装着你，爱你，永不变心！我这么说，该明白了吧？好了，莫哭，抬起头，把眼泪擦擦。"

贵珍不哭了，用手背擦着眼泪，说："戒指我没有戴，是怕做活弄坏了。"

杨峻德应承："噢，我知道，你每天要做许多事。"

贵珍抬眼看了看杨峻德:“你以前是中学生，我就有些紧张，现在你是大学生了，我怕你看不上我，嫌我。”

杨峻德搂搂她肩，笑道:“瞎说! 喜欢你呢，你是我老婆呀。”

贵珍乖乖地被杨峻德搂着，嗫嚅道:“我听人说，城里的女孩子穿的都是花裙子，跟画上画的一样好看。”

“你也好看呢。”

“我土，我是山里女人。”

“我是山里男人，山里男人就喜欢山里女人。”

贵珍抬眼望着杨峻德，杨峻德笑着接住贵珍的目光，将她搂紧了。

这天晚上是他们夫妻俩结婚以来最恩爱最甜蜜的一晚。两人谈心，贵珍身子侧偎着仰躺着的丈夫，有些小心翼翼地问:“这往后，你可是待在家里不走了?”

杨峻德双手枕在脑后，平静地说:“待一段时间，还是要走。”

贵珍没有声音了，一会眼泪又下来了。

杨峻德侧身将妻子搂到怀中:“你别烦，去去还会回来。吉阳镇是个小镇，实在是太小太小了，做不成什么事，没有办法。我劝大哥搬到建瓯去，他又不大敢，不能勉强他。我出去一段时间，做上一些事，就回来看你。”一边说，一边给她拭泪。

贵珍小声问:“这一回你要去哪?”

“上海?”

“上海是什么地方?”

“上海跟北京一样，也是个大城市。”

“它比建瓯远很多吗?”

“远很多，但没有北京远。”

“去做什么?”

“一些重要的事。”

贵珍望住丈夫，声音小小地问:“就不可以不去吗?”

杨峻德摇摇头："不可以。"

"很重要的事？"

"对，很重要。"

贵珍不语了。

杨峻德完全理解妻子的心，话已说了这么多了，他不知道往下再用什么话安慰她，劝说她，使她释怀。他觉得身上有些热，抓过放在床边的芭蕉扇扇着。芭蕉扇很大，边口绞着一圈红布条，可能是贵珍的手艺。扇子一扇，水纱帐子鼓动起来，一阵阵凉风吹到身上，汗很快利落了。

隔半天，贵珍说话了："你去吧，你一个人在外，要多注意身体。"

杨峻德说："我会很好的，你放心。只是你在家里，要做很多事，妈妈身体又不好，要照顾好她，让你辛苦了。"

"家里你放心。"

"我放心。好的，别乱想了，睡吧。"

于是不再说话，扇子越摇越慢，两人睡了。

三人行

杨峻德在家休整了一段时日，收拾行李准备赴上海，但最终没有成行，原因是，就在他即将出发的时候，收到一封葛越溪从上海寄来的信。葛越溪告诉杨峻德，他已离沪，现在福州，过了阳历年回老家吉阳，届时与杨峻德共商要事。

阳历年很快到了。1月初，葛越溪果然回来了。他的老家玉溪村离镇上不远，一天，他找杨峻德来了。杨峻德正帮贵珍收拾晒干的蘑菇，见葛越溪一下走进来，大喜过望，一把拉住他手大叫："怎么这么快呀？我以为还有几日呢。正想你呢，哈哈哈，太好啦！"

久别重逢，说不完的话。外面太阳很好，喝了一杯茶，杯子丢下，两人从家里出来，边说话边看家乡风光，相随着来到步月桥上。

葛越溪问:“我在上海时寄给你的书都看了?”

杨峻德说:“看了，受益匪浅，有拨云见日之感。只是徒攥空拳，有些按捺不住。你说你这次回来有重要的事跟我说，什么事?”

葛越溪伏在桥栏上望着玉溪河，向晚的阳光照在玉溪河上，清清静静的玉溪河闪着温柔白亮的光，对岸山峦杂树草坡映入水中，像一幅水墨画。葛越溪沉吟了一下说:“你先别急，我要跟你讲一下背景。这次我从上海回来，有一个同行的伙伴，叫潘作民[①]，是上海大学毕业的，也是建瓯人，家在徐墩乡。在上海，他与我同时加入了共产党。”说到这里，葛越溪转身背倚桥栏，面对着杨峻德说:“我跟潘作民这次从上海回来，是接受中共上海南市部委指示，负有重要任务。”

杨峻德睁大眼问:“什么任务?”

“根据上海党组织指示，我跟潘作民要向福州党组织报到，然后回建瓯传播革命思想，发展党组织。”

杨峻德问:“发展党组织，能把我发展进去吗?”

葛越溪说:“想跟你商量的就是这，我希望你跟我们一起去。”

“去福州?”

“对，福州。我已把你的情况向上海作了报告，上海党组织鉴于你的情况，要求福州党组织对你进行考察，最终在福州履行入党手续。”

杨峻德无比激动道:“那太好了！我跟你们去。”

不知不觉，夕阳衔山，西天大片大片晚霞映照在玉溪河上，河面一片胭脂红。葛越溪说，回吧。杨峻德心情激动，意犹未尽，望望葛

---

① 潘作民，建瓯县徐墩乡丰乐山边村人。上海大学毕业，1925年在上海加入中国共产党。1926年受党派遣，回福建开展工作。同年7月由中共福州地委指派，和葛越溪、杨峻德一起组建中共建瓯支部，担任支部组织委员，负责领导工农运动。1927年5月因在建瓯大规模庆祝“五一”劳动节，组织游行示威，遭国民党通缉。1928年初回建瓯协助葛越溪等组织武装暴动，失败后脱党。1938年抗日战争初期，曾参与建瓯抗敌后援会宣传工作。1940年间，一度在福建省政府南平督察专员公署任职，不久离去。

越溪那张一向暗淡此刻被西天的霞光映照得红光发亮十分生动的国字脸，使劲地点点头。

隔了不两天，葛越溪与杨峻德相约出发。潘作民家在徐墩乡，之先与葛越溪约定，他在家等他们。傍午，葛越溪与杨峻德来到潘作民家。

潘作民一副书生相，皮肤白皙，鼻梁上架一副眼镜，很斯文的样子。中午两人在潘作民家吃饭，潘家一下来了两个有模有样的大学生，左邻右舍都围过来伸头探脑看稀奇，叽叽喳喳议论。午饭后三人离开徐墩乡，一同踏上了赴福州的路。

是坐的船。上船后三人坐在一起才发现，他们不约而同都穿着颜色与样式类似的中山装。这种着装在地处山区的吉阳古镇是不多见的，三人出现在这条古老的船上，成了一道稀缺的风景。

这条通建瓯的水路杨峻德已走过多次，哪里有弯，哪里河窄，哪里水急，闭着眼睛都知道，早没有一丝新鲜感了，但这一回不同。这一回他们一路上交谈，指陈时弊，畅谈未来，眼前闪耀着理想的光芒，只觉得天特别地高远，特别地开阔，远山如黛，碧水含笑，一切都是新的、亮的、美丽的。同船的山民听不懂他们说什么，知道他们都是这方土地上的人尖子，两眼一眨不眨地望着他们，神情木讷而质朴，目光中有一种夸赞与羡慕。杨峻德读过鲁迅的小说，他觉得身边这些乡民跟鲁迅先生笔下的那些乡场人物一般无二，愚昧落后，但他们都是他的父老乡亲，是他的大伯大叔、婶婶阿姨，他们日子过得艰难而困苦，但默默地忍受着，从不对人去说。自己已故的父亲，乃至当下正像父亲一样生活着的大哥，其实不都跟他们一样吗？他们都是我的亲人呀。我们当前与以后所做的事，都是为了他们——为了他们生活的改变、命运的改变！只是他们对我们所做的，一点都不知道，可能还不理解。

赴福州，建瓯是必经之地。当小火轮在建瓯码头稍作停靠时，杨峻德走上甲板望着熟悉的两岸，不由想起了汤忠，想起了欧阳老师，想起由上海大学毕业回来的施雅琼：他们都还好吗？都在忙些什么？船要是在此停留一日，能与他们小聚一下，该是多美的事呀。

第二天，他们到了福州。

杨峻德第一次来福州，这里的一切对他来说都是陌生的。葛越溪与潘作民来过，对城里比较熟，经过三坊七巷时，向杨峻德讲了一些老街坊的故事。因为心里都装着事，三人都没有停留观赏的心情，因此基本上是从它面前一走而过。

三人的目的地是中共福州地委联络处。中共福州地委联络处在建宁会馆。建宁会馆又名天后宫，在南街郎官巷，坐南朝北，里面有戏台、大殿、后殿，两边还有许多配套建筑。大殿里鎏金藻井，供奉的是始祖神像。中共福州地委考虑到这里对外开放，人流量大，人员出入方便且不易引人注目，便把秘密联络处安置在这里。

葛越溪与潘作民很快与联络处的人接上了头。杨峻德发现，接待他们的是一位跟潘作民一样戴着眼镜的人，所不同的是，潘作民白而清瘦，一副书生相，而这一位白而胖，脸圆得像球，下巴上飘一溜细须，年纪虽跟他们仿佛，却比他们成熟许多，看上去像一位开米行的老板。看得出，葛越溪与潘作民都与他见过，但未立刻给他介绍。不介绍一定是出于安全考虑，是一种纪律，杨峻德理解。事后杨峻德才知道，这位白胖子叫彭信，是中共福州地委联络站的负责人。

当天晚上，杨峻德跟随葛越溪与潘作民，来到中共福州地委的一处工作站。彭信让杨峻德暂作回避，将葛越溪与潘作民带进一间内室。杨峻德不便询问，但心中估计，这应该是组织上的人与他们二位谈话，谈什么，想象不出，无法知道。在他们谈话结束后，他便叫进去，见到一位年纪稍长、戴一顶黑布帽、帽檐压得很低的人。他叫邱林，是福州地委组织部长。杨峻德当时并不知道他叫邱林，只知道他是党组织里的领导。灯光下，邱林用一种很挑剔的目光望着他，望得杨峻德很不舒服，接着就加入中国共产党的事问了杨峻德几个问题，问完，点点头，然后要葛越溪领着杨峻德入党宣誓。杨峻德到这时才发现，内室的正墙上挂着一面红旗，是中国共产党党旗。这是他有生以来第一次见到中共党旗，它的上面有一把镰刀与一把锤子交叠在一起的图案。杨峻德望着那鲜艳的旗帜，只觉得有一团火燃烧，心跳不由加快。

邱林告诉他，入党需要两位介绍人，葛越溪是他的第一介绍人，潘作民是他的第二介绍人。接着履行宣誓仪式。杨峻德不知道仪式怎么进行，葛越溪给他示范，要他面对党旗，右拳举至耳边跟着他宣誓。

葛越溪说一句："我志愿加入中国共产党。"杨峻德跟着说："我志愿加入中国共产党。"

葛越溪说："拥护党的纲领，遵守党的章程。"杨峻德说："拥护党的纲领，遵守党的章程。"

葛越溪说："执行党的决定，严守党的纪律。"杨峻德说："执行党的决定，严守党的纪律。"

葛越溪说："保守党的秘密，对党忠诚，积极工作。"杨峻德说："保守党的秘密，对党忠诚，积极工作。"

葛越溪说："为共产主义奋斗终身。"杨峻德说："为共产主义奋斗终身。"

葛越溪说："随时准备为党和人民牺牲一切，永不叛党！"杨峻德说："随时准备为党和人民牺牲一切，永不叛党！"

宣誓结束，邱林取出一张表让杨峻德填写，填好后让两位介绍人同时在上面签名，整个入党仪式告终。接着，邱林安排了他们三人为期两天的学习培训，并对日后的工作进行了布置：回到建瓯，以建瓯为阵地，发展新党员，建立党组织，为迎接新的革命形势、接受重要革命工作做好准备。

当晚三人住在建宁会馆，临睡前就建瓯的形势与他们的工作任务进行了讨论。原来葛越溪与潘作民的中学都是在福州上的，只有杨峻德一个在建瓯读的高中。杨峻德向他们介绍了"五四"时期建瓯学潮的情形，特别说到与他长期以来一直保持联系的欧阳老师与汤忠，以及从上海大学毕业回来的施雅琼。葛越溪说：“你对建瓯熟悉，这非常好。到了建瓯，你要尽快与他们取得联系，通过他们的关系，扩大我们的活动范围，逐步确定党组织发展对象。”

三人谈形势，谈未来，谈得热血沸腾，不知东方之既白。

不战而屈人之兵

在福州接受了党组织安排的为期两天的学习培训后，1926 年阳历年前，葛越溪、潘作民、杨峻德回到了建瓯。为安全起见和开展工作的便利，他们根据中共福州区委的安排，在建瓯开设了一家商行。

杨峻德立刻找到汤忠。汤忠还那么敦敦实实，笑眯眯，一副忠厚相，只是这些年的风风雨雨，使他皮肤变得粗糙了些。老同学相见都很兴奋，很激动，禁不住手拉手，问不完的话，说不尽的事。原来汤忠跟着父亲，这几年货运生意做大了，不光做本地的山货，而且做米，做油，做布匹，生意向北做到崇安，向南一直做到厦门。杨峻德寄给他的每期杂志他都如获至宝，不光自己认真学习，而且转给要好的朋友看。这几年，他在做生意的同时，一直关注社会形势的发展，注意新思想新文化的吸收。汤忠特别说到社会主义思想，朦朦胧胧地觉得有意思，但他不大搞得清，整天忙于做生意，学习的机会少，除了杨峻德寄给他的杂志，找不到更专业的书学习。如今老同学回来了，真是太好了！杨峻德对他的思想十分了解，尤其，他们之间有着非同一般的深厚友情，汤忠是他在这个世上最值得依赖的朋友，最可放心的人，因此就把自己此行的目的告诉了汤忠。让杨峻德十分惊喜的是，他的话才说完，汤忠就向他表态：“我想加入你们的组织，以后为你们做事！”

杨峻德无比激动道：“你真是我的好弟兄，这真是太好太好了！我们初来乍到，正需要你的帮助！”

谈到施雅琼，汤忠说：“她的脾气一点没变。毕业回来后，家里又给她找了婆家，她又不从，在家吵。昨天来找我，跟我说，建瓯呆腻了，要到厦门去。”

“到厦门干什么？”杨峻德问。

“不干什么，她想换一下空气。”

当晚汤忠就把施雅琼约来，三人相聚小酌。施雅琼到上海上了几年大学，人变得海派了，摩登了，发型着装都很时髦漂亮。施雅琼见杨峻德细细地看她，眼往他一瞥，含笑责问：“干吗这么看我，不认识啦？”

杨峻德点点头，微笑道：“是的，有点不认识。”

施雅琼手往杨峻德一指，扭脸对汤忠说：“看看看，这个人，变坏啦！”

逗闹了一阵，然后说到各人当前情况。施雅琼说：“当下我什么也干不了，完全被父母围猎。真的，我是一只被宰割的羊，过去是，现在是。但我不想被宰割，我要抗拒，抗拒不了，就来个胜利大逃亡，逃到天涯海角去！”

杨峻德问：“你说的天涯海角，是厦门吗？”

施雅琼苦笑道：“有什么办法呢？在这种山地小城，做一个想独立自主的女人，你知道有多难吗？”施雅琼一声叹息后，随即话锋一转，问杨峻德：“此次故地重返，有何贵干？”

杨峻德这些年虽与施雅琼常有联系，但对她的思想状况毕竟缺少具体细致的了解，因此只对她说，与朋友过来想试着做点生意，汤忠在地方上人头熟，所以特地过来找他，想请他指指路子。

施雅琼一下瞪大双眼：“这么说，你在建瓯不走啦？”

杨峻德望着施雅琼点点头。

施雅琼一下鼓起掌，兴高采烈地对汤忠笑道：“这太好了！这一下我们老同学可以经常相聚了！这个小城，真是太闷了！厦门我不去了，真的我不去了！你的两个朋友呢，让我见见他们。做什么生意，我来跟你们合作如何？”

杨峻德非常高兴，施雅琼虽不是党组织成员，但他走进建瓯城，心里盘算着党组织发展对象时，一直把施雅琼排在几个人选的最前列。此刻听她这么一说，心里感到特别高兴。

经过杨峻德、葛越溪、潘作民三人一段时间的努力，建瓯很快发展了四名党员，汤忠与施雅琼是首批。杨峻德与汤忠去拜访了欧阳老师，几年下来他一点没变，依旧那么瘦瘦的，架一副眼镜，笔挺的西服，头发梳得光亮亮一丝不乱。说到当下形势，言辞激烈，充满愤慨，恨一介书生，无力匡世济民，改变社会。谈到党派，他明确表态，这个党那个党，他全不相信，要看他们的行动，至于加入哪个党派，待将来而定。杨峻德觉得不宜勉强，只好日后再寻机会。

1926 年 7 月，根据中共“凡有党员三人以上者均得成立支部”的规定，中共建瓯支部成立，葛越溪任支部书记，潘作民任组织委员，杨峻德任宣传委员。支部活动地点为大甲巷 7 号“吉阳货栈”。当年吉阳以盛产土特产出名，商贸往来频繁，吉阳货栈人来人往，热闹非凡，是吉阳货商的落脚点，而汤忠又是吉阳客栈的老板，葛越溪、潘作民、杨峻德三人开设的商行与吉阳货栈进行生意上的联系顺理成章。基于这样的考虑，建瓯支部最终选址在这里。

立秋后的一天，葛越溪去福州参加区委扩大会回来，向潘作民与杨峻德传达了会议的精神。会上，区委书记对建瓯支部开展的组织建设工作给予了表扬，同时给建瓯支部布置了三项任务：一、进一步加强党组织建设；二、做好城防司令何麓崑的思想工作，为北伐军顺利入闽创造有利条件；三、建立建瓯县总工会。经过商量决定，葛越溪负责党建，潘作民负责工会，杨峻德负责做好北伐军入闽的迎接工作。

迎接北伐军入闽，关键是做好城防司令何麓崑的思想工作，争取何麓崑不抵制、不对抗，保持中立，以便北伐军集中兵力打击福建军阀周荫人。支部把这项工作交给杨峻德是考虑到他在建瓯有些人脉，同时考虑到杨峻德能言善辩，嘴皮子好使，做这项工作，他最适合。

杨峻德对整个建瓯的军事设防及其人事关系缺乏了解，接受这项工作后，首先对城防司令何麓崑及其人事背景进行了了解。何麓崑是建瓯城的一只虎，杨峻德与他素不相识，如今通过什么途径才能与他接近呢？杨峻德找到汤忠与施雅琼，终于排出一个人：欧阳老师。他与何麓崑是小学同学。

“小学同学？可靠吗？”杨峻德一下离开椅子站起来。

施雅琼对杨峻德撇嘴一笑：“为什么对我的话怀疑？告诉你，百分之百。”

杨峻德当天就去找欧阳老师，可欧阳老师听他说了情况后，脸一下板起，双眼从镜片后面盯住杨峻德，不满道：“你说什么？你让我去求何麓崑？这真是太荒唐了，荒唐透顶的荒唐！”

杨峻德不解：“您跟他不是小学同学吗？”

欧阳老师直摇头：“不错，我们是同过学，但我早已把他从我小学同学的名册中擦去了！”

杨峻德心想，欧阳老师是当今社会中富有正义感的清流，而何麓崑在他眼中仅是一个骄横霸道不可一世的军棍，他们根本谈不到一起，但迎接北伐军入闽，做好何麓崑的思想工作，这是中共福州区委下达的政治任务，他必须不折不扣完成，于是他把此事的重要性及其与自己的关系向欧阳老师作了汇报。欧阳老师听完说：“我理解你，我应该支持你们的工作，但对不起，我做不到。他骄奢淫逸，一身匪气，为非作歹，我跟他是井水不犯河水，老死不相往来。不要说这事，就是天塌下来，我都不会上门找他。”

欧阳老师把话说死了，杨峻德只得作罢。

回头路上，杨峻德心中有些郁闷：欧阳老师也太执拗了，个性太强了，为什么就不能胸怀开阔一些，大气一点，出于公心，陪我上一下何麓崑的门？其实我也只要你引见一下，至于后面的说服动员工作并不要你做，完全由我进行。

此路不通，只得另辟蹊径。回来跟葛越溪商量，杨峻德提出，有熟人引见固然好，目前既然找不到熟人，我们也就不必拘泥，可以直接上门做他的工作。葛越溪说，直接上门当然也可以试试，只是他这种人，万一谈崩了，没有一个回旋余地，下面的工作就不好做了。杨峻德说，你先不要自己给自己设置障碍，可以争取一下嘛，他毕竟还是个人，是人总应该听得懂人话吧？潘作民进门，听到杨峻德这么说话，不由笑了，冲着他连竖大拇指。

葛越溪为慎重起见，决定跟杨峻德一起去。

城防司令部在县衙的西边，是一片老旧的青砖大院，门口设着岗亭，有站岗的兵。杨峻德与葛越溪先做好设计，将一封求见何司令的信交给传达，说有关于城防方面的要事向何司令面陈。传达要他们在传达室等，将信送了进去。可是杨峻德与葛越溪一直等到中午，也没有被何麓崑召见。杨峻德催问了几次，对方进去问了一下，回说，何司令不认识你们，问你们到底想干什么？杨峻德控制着情绪，不得不再一次把编造的理由重申了一遍。对方说，城防上的事不需要你们指手画脚，何司令很忙，他说他没空陪你们扯淡。杨峻德脸气得发青，对着传达要发火，硬是被葛越溪拖出了门。

回去的路上两人商量，这样子硬往门上闯不行，还是要另想个稳妥之法。这就像一把锁，现在它是锁着，但总有一把钥匙能把它打开，关键是要把这把钥匙找到。

杨峻德又找汤忠。汤忠是县城人，关系多，人头熟，杨峻德让他再排排，看有谁与何麓崑通得上。汤忠说，他有个舅舅在县教育科供职，会不会跟何麓崑有些曲里拐弯的关系？去问了，八竿子打不着。

最终解决问题的是施雅琼。

施雅琼得知杨峻德遇到难题，比杨峻德还焦急，到处找人，到处打听。想不到，最终能开这把锁的竟是她外公。外公叫方儒贤，年近八旬，银髯飘飘，是本城的名流贤达，县里每遇节庆大事都要请他出场。他与何麓崑时常在一些场合上见面。老人家见宝贝外孙女找他办事，问清原委后，深感这是县域之大事，关乎民生社稷，不可坐视不管，于是望向雅琼蔼然而笑道：“此事，老夫可出马一试，为你们助上一臂之力。”

施雅琼笑靥如花，高兴得围着外公欢跳，噘起芳唇亲外公脸，当日就把杨峻德带到外公家。方老先生以武夷山特级大红袍款待，向杨峻德仔细询问了相关情况，问毕说：“此事关系重大，不可操之过急，要文火炖豆腐，老夫也只能试试。”

隔日，方老先生在本县最豪华的酒楼专诚宴请城防司令何麓崑，何司令不仅没有推脱，相反受宠若惊，一口应承。受邀的还有两位方老先生与何司令都很熟悉的本城名流。酒桌上气氛轻松祥和，方儒贤给何司令介绍了坐在他身边的宝贝孙女，接着又介绍她的三位同学：杨峻德、葛越溪、潘作民。介绍完，方老先生对何麓崑说：“这三位年轻人都毕业于名牌大学，是当下的青年才俊，皆为本乡人氏。他们目前虽两手空空，但前途不可限量，未来都是他们的。老夫老矣，但乐于同他们交往。与他们的交谈中得知，他们回建瓯后，都对你何司令十分仰慕，渴望一瞻英姿，听听你的教诲，但又知道你公务繁冗，无暇垂视，所以不敢贸然去登你帅府的大门。老夫得知他们的想法后，很是怜惜，因此，借今日小宴之机，权且遂了他们一睹大帅英姿的夙愿，这也算是对何司令行拜见之礼，来日三位若要登门求教，还望何司令雨露阳光，给予关爱。”

何麓崑黑孜孜的肉脸上发着红光，笑哈哈道：“一定一定！改日我何某人专门为他们摆酒，请他们为我手下的弟兄们上课，传授一些大都市里的时髦玩意儿！”

经过方老先生这番引见与推介，杨峻德之后再到城防司令部拜访何麓崑，不再遭到挡驾，相反是一路绿灯。

可是，困难仍然重重，当杨峻德与他谈到实质问题，要他保持中立，不予抵抗，最好是大开门户，欢迎北伐军入闽时，何司令眼睛翻起：“凭什么我要欢迎他们？难不成是我祖宗呀？”

杨峻德觉得何司令能坐下跟他谈话已不简单，因此赔着笑脸，耐着性子说："何司令这么说我理解，北伐军不是你的上司，不给你发粮饷银子，八竿子打不着，要你欢迎显然没有道理。可是我们不能孤立地看问题，这个问题如何面对，我觉得要结合当前的大环境、大气候。当前是什么形势？当前是国共合作的形势，合作的主要内容是什么？打倒军阀，消灭吴佩孚、孙传芳与张作霖。这是孙中山先生在一大会议上制定的基本路线与方针，进行北伐统一中国是当前中国的首要任务，是国共两党共同的路线与方针，是大势所趋，人心所向。识时务者应顺势而为，而不能逆潮流而动，这一点你何司令一定比晚生清楚。如今北伐军就要到你大门口了，你说你能不顺应大趋势，表示欢迎呀？"

何麓崑大烟锅子往桌上一摔："我欢迎他个奶奶，他们摆的架势，明明是来对付老子的！"

杨峻德有力地将手一挥："非也！不是对付你，是对付那些企图割据一方，反对和平统一，抗拒北伐军的反动军阀势力。"

何麓崑头一扬："他们明明要打周大帅！"

"对，要打周荫人，他是孙传芳手下的闽军总司令，他反对北伐，企图盘据福建做一方皇帝，能不打他？你跟他情况不同，你是建瓯县城的城防司令，担负着全县人民安全保卫重任，北伐军希望你不要与周荫人搅和在一起，在他们进城时，保持中立，不作抵抗，做他们的盟友。"

"盟友？"何司令哈哈大笑，"他们怎么可能把我当盟友？他们难道不知道我与周荫人的关系？骗三岁小孩呀。"

一次未果，杨峻德回来研究对策。何麓崑心中难解之结是他与周荫人的关系，何与周到底是一种什么关系？他们内里有哪些纠葛？焦点何在？杨峻德全力以赴对此进行研究，首先与福州区委取得联系，就周、何的关系进行了咨询，同时一次次来到方老先生方儒贤府上执礼求教，并经老先生介绍，拜访了几位乡贤先达，对掌握的情况细细进行梳理分析。在做了大量准备工作后，杨峻德再一次与何麓崑相对坐下时，心中有了底气，很笃定地对何麓崑说：“你跟周荫人完全不是一回事，他周荫人是直系军阀首领孙传芳的人，你是吗？ 你不是。 他周荫人反对北伐，与北伐军为敌，你何司令什么时候反对过？从来没有。 上述两条，这在国共两党方面是有定论的。 至于你何司令与周荫人的关系，我们都知道，那是因为周荫人的威压，你对他不得不一时屈就，此乃权宜之计，你在内心深处对他周荫人其实是不满的。 是这样吧？”

杨峻德的这番话说到了何麓崑的痛处，何麓崑一张肉脸立刻变形，气愤道：“他姓周的，仗着人多势大，背后又有孙传芳撑腰，从未真正把我放在眼中，一向对我何某人欺压，这口恶气憋在我心中好长时间了！”

杨峻德见他的这番攻势收到一定效果，立刻顺势而上：“何司令胸中的委屈我们很清楚。 你说，他周荫人为什么安排他的亲信谭国政出任建瓯县长？ 就是对你不放心，监督你，钳制你。 他谭国政胆敢在那么多的事情上为难你，都是因为周荫人的指使，这些我们都知道。 如今北伐军入闽，他周荫人是兔子的尾巴长不了了，早晚要被北伐军消灭，你根本犯不着再听从周荫人的指令，你应该识时务，识大局，立刻与周荫人分道扬镳，欢迎北伐军进城。”

何麓崑点起烟锅吸着，大脑袋一会儿摇摇，一会儿点点。 杨峻德见他处于摇摆状态，就趁热打铁，对他进一步分析形势，权衡利弊，展望前景，最终使他接受了自己的观点，答应北伐军进城时不动一枪一炮，彻底实行门户开放。

杨峻德对何麓崑政治思想攻势的成功，为北伐军的顺利入闽铺平了道路，减少了障碍。

1926 年 11 月，中共建瓯支部派杨峻德前往驻扎在崇安的北伐军汇报工作。 北伐军第二军第六师政治部主任肖劲光与师长戴岳接见了杨峻德，对他工作所取得的成果给予了极大的夸赞，当日留他在师部喝酒庆功。 杨峻德不胜酒力，但因特别高兴喝了两杯，喝得满面红光，走路脚步微微打晃。当时心想，以后可不能这样喝了，要是喝醉了多不好。

去崇安北伐军军部，一来一去三天，杨峻德回到建瓯，汤忠立刻找他来了，说："真不巧，你妹妹等了你一天，刚离开。"杨峻德问什么事？汤忠说："她说你老婆怀孕了，要我告诉你。还说她下个月初六结婚，要你无论如何回去一下。我留她，要她等等你，她说等不及，有事忙着呢，就走了。你这妹子挺讨人喜的。早知道你有这么好的妹子，我就给她在县城找个婆家了。"

到12月初六前一天，杨峻德请假回了一趟吉阳老家。家里在忙阿芳的出嫁，热热闹闹的。杨峻德在家待了两天，叮嘱贵珍多多注意身体，别做太吃力的活，少上山。妹妹的婚事一结束，他就要走。母亲不答应，要他在家再待两天，好好陪陪贵珍。杨峻德哪里肯，只说建瓯那边有要事等他，就匆匆上路了。

改天换地

1926年12月，肖劲光率领北伐军顺利进入了建瓯城。

建瓯县长谭国政得知北伐军进城，特地宰杀了四头猪六只羊，准备了二十担白米，覆以红绸，由丁壮抬着，亲自赶到城门外劳军，并邀请师部进驻县长大院。肖劲光与戴岳对谭国政在地方上横征暴敛、鱼肉百姓的种种劣迹早有所闻，一一予以谢绝，坚持将师部与整个队伍扎营在野外。

何麓崑在北伐军进城前两天，就在城防司令部的门头挂上了北伐军的军旗，以示对北伐军进城的欢迎。北伐军进城之日，何麓崑内心深处有些惶恐，他手下只有两百条枪，装备老旧，而北伐军开过来一个师，力量是他的数倍，担心杨峻德为北伐军的代言有诈，进城后一下把他给端了。生为堂堂男子汉，俯首帖耳去归顺，这不符合何麓崑的性格，且面子上拉不下。正自热锅上的蚂蚁似的坐立不安，有兵进来报告，说前些日经常来找何司令的那个年轻人带着北伐军长官登门了。

何麓崑问："带了多少人马？"

兵答："一共五人，没带什么人马。"

何麓崑一颗心落到肚里，立刻大步出门迎接。

带人进来的果然是那位能说会道很有头脑的杨峻德。他为双方做了介绍：这位戴眼镜的长官叫肖劲光，是北伐军第二军第六师政治部主任；这位身高挺拔的长官是师长，叫戴岳。

肖劲光对何麓崑说："我与戴师长早闻何司令大名，今日率部队执行军务来到宝地，特来拜见何司令。何司令以国家利益为重，认清形势，顾全大局，支持北伐，不与福建军阀周荫人同流合污，这是上善之举，我与戴师长非常欣赏。来日还望何司令一如既往给予配合支持。"

何麓崑见他们有理有节，一点没有仗势压人，不由心花怒放，亮开大嗓门道："一定一定，需要兄弟做什么，尽管吩咐！"

当日设宴摆酒为北伐军洗尘。

自北伐军进驻建瓯之日起，建瓯县城发生了天翻地覆的变化，大街小巷各商家店铺插满了红旗。不日，在北伐军的支持与中共建瓯支部的配合下，国民党建瓯县临时筹委会成立，葛越溪、潘作民、杨峻德三人都被提名进入国民党建瓯县党部委员会。问题是，葛、潘、杨三人皆中共党员，未加入国民党。鉴于此情，杨峻德对葛越溪说："现在既然国共合作，两党的方针大计基本一致，如果不影响我的政治声誉，我能不能同时申请加入国民党？"

葛越溪处理事情一向谨慎，要杨峻德等一等，转身赶到北伐军驻地，向肖劲光作了请示。肖劲光当场表态："国共合作嘛，非常时期，出于工作需要，可以加入国民党。"

葛越溪即刻回来传达了肖劲光的指示，杨峻德与葛越溪、潘作民相继加入了国民党。

时隔不久，国民党建瓯县党部委员会成立，葛越溪任筹备处主任，杨峻德与潘作民均为委员会成员。

面对新形势，葛越溪及时召开支部会，明确当前工作中心：第一，全面揭露腐朽反动的县长谭国政鱼肉百姓、横征暴敛的罪行，为罢免其县长之职做准备；第二，积极组织建立县总工会与农会。

杨峻德立刻投身工作。先从哪里下手呢？他一下想到在县教育科供职的汤忠的舅舅章科长。俗话说，堡垒最容易从内部攻破，章科长是堡垒里的人，掌握的情况一定很多，先找他试试。

章科长一口黑牙，是个大烟鬼子。他对杨峻德十分客气，又是让座，又是倒茶，但当杨峻德向他了解谭国政主政期间在教育上有何劣迹时，立刻就打马虎眼了，露出一口黑牙咧嘴笑道："问题多多，问题多多。"杨峻德要他具体谈谈有哪些问题，请列举事例说明，他却讳莫如深。杨峻德想，都说官场水深，看来真的很深哟。试想，章科长以他这个年龄，在衙门里混了许多年，大概没有什么没经过，没有什么没看过，都成了老油子了，快成了精了。他也不是不知道谭国政大势已去，但他仍这么守口如瓶，不肯置喙，也太谨小慎微了，太把自身的安全问题看大了。这其实是一种自私自利的人，不为大众着想的人。这种人，虽然是他好友汤忠的亲舅，杨峻德仍然很看不起。

离开章科长，杨峻德另找路子，想到了施雅琼的外公方儒贤。他是建瓯的长老，德高望重，绝不会像章科长这样小肚鸡肠精于算计，一定会对他杨峻德当前的工作给予支持。在施雅琼的陪同下，杨峻德上门拜访求教。杨峻德所料无差，方老先生对杨峻德的上门十分欢迎，对杨峻德所提的问题，尽其所能一一给予解答。杨峻德惊喜地发现，老人家简直就是建瓯的百事通，建瓯县的一部当代史整个装在他心中，谭国政到建瓯做县长以来的所作所为，大小事件，一桩桩、一件件，他都了如指掌。畅谈了一下午，临告辞，方老先生又给他指路子，要他到哪几个地方，再去找哪些人。杨峻德根据老先生的指点，进一步深入建瓯县工、商、学各个阶层，及最为基层的民间社区，一处一处踏勘访谈，询问记录，终于全面而细致地掌握了谭国政的种种罪行及证据。北伐军进城前，谭国政在建瓯一手遮天，人们噤若寒蝉，敢怒不敢言，如今有北伐军撑腰，天地翻了个个，说到谭国政的劣迹，个个义愤填膺，特别是屡遭盘剥的商铺老板，抓住杨峻德的手，将谭国政为政几年来在建瓯商界的斑斑劣迹一一列举，有人甚至揎拳捋袖，开口动骂，基层百姓中更有抓住杨峻德哭诉不止者。面对此情此景，杨峻德内心充满感慨。这世界委实是太黑暗了，太不人道了。以前在北京区级法院做缮写员，他接触过许多基层的案件，只觉得这个世界有太多的贫穷、太多的不公、太多的邪恶，需要来一场疾风暴雨式的洗礼，需要进行一种伟大的变革。但那都是从卷宗与纸上得来的感受，纸上得来终觉浅，它们远远谈不上深刻，如今是深入社会的各个层面、各个角落，让他零距离地看到了一个个毒瘤、一个个烂疮、一个个顽疾，感知了民众对社会不同程度的不满、抗拒，以及愤怒，真切感受到这个世界必须打碎，明白了自己所从事的工作的意义。这工作是向着光明的，是指向未来的，是为劳苦大众的，是为全人类的。他把他这些新的感受与认识同汤忠、施雅琼交流，他们都被他的激情点燃了，两人望着他生动的脸，望着他闪着光彩的双眼，听他不停地说，都不由陷入了沉思，不住地点头。是呀，这世界是要翻个个儿了，我们现在所做的这一切，都是朝着这一辉煌目标前进的。快了，就像这黑夜不会长久，太阳很快就要升起一样，一个崭新的世界即将到来。想到这里，三颗年轻的心中都升腾起一股神圣感与使命感。

几日奔走下来，杨峻德取得了丰硕成果，共搜集归纳出谭国政五条罪行。第一，1921 年建瓯粮荒，谭国政纵容粮商囤粮抬价，从中分肥。各乡饥民围聚县粮仓，要求将库存粮食平价出售，谭国政为了维护不法粮商的高额粮价，坚执不放库粮。第二，军阀周荫人入闽，谭国政令建瓯百姓捐银“助国”，百姓抗拒，谭国政抓捕九人，后将四人枪决。第三，1924 年，勾结地方富绅发行“信用券”六万元，供给孙传芳作兵饷，同时从中渔利。第四，1919 年“五四”运动，县学联组织学生上街游行，散发传单，演文明戏，谭国政阻挠学运，派警察加以弹压。第五，1915年春，以修建路桥为名，向社会各界强摊强派经费，募集的大批资金未予公示，最终桥梁未建，仅仅修了城北一条不足两百米长的普通砂石路，大笔资金下落不明，等等。

从各方面搜集的材料看，谭国政在位期间，可以说从未真正从发展地方事业、改善百姓生活出发，为建瓯做过一件像模像样的好事，相反总是利用手中的权力千方百计搜刮民脂民膏。可以说，不只是素餐尸位，简直是恶贯满盈。

阳春三月的一天，国民党建瓯县党部与中共建瓯支部，联合举行了对谭国政的公审。公审团七人，其中法律界人员两人，工、农、妇、学、商五大社会阶层各推选代表一人。经过公审，最终罢免了谭国政县长的职务，废除了强加在百姓头上的苛捐杂税，全县上下拍手称快，一片欢腾。公审大会结束后，地方商会的一批人，纷纷给北伐军师部与国民党建瓯县党部送来花篮，在其门头挂上红灯笼。整个县城热闹得就像正月里闹元宵。

杨峻德看到这种喜人的形势非常高兴，工作的干劲更加高涨。他在支部任宣传委员，面对如此的大好形势，宣传委员该做些什么呢？杨峻德通过施雅琼找到县城的书法家，请他们写了一批大幅标语："国共合作好！""欢迎北伐军进驻建瓯！""人民当家作主！""扶助农工大发展！"书法家都是施雅琼请来的，因此她一直陪在旁边，为他们铺纸研墨，不时还说上一些夸赞的话。书法家们心情愉悦，个个笔墨酣畅，字写得斗大。标语写好后，汤忠让手下工人搬来梯子，爬高下低，忙碌了半天，将一张张大幅标语张贴到城门口、鼓楼下，以及临江门等人口密集繁华处。施雅琼望着阳光下那一幅幅鲜亮触目的巨大标语，笑盈盈地睨着杨峻德："这一回我可是有功之臣，你该怎样奖励我呀？"

杨峻德望望她，转脸对汤忠笑道："你看是不是给她发一朵小红花？"

又一天，汤忠与杨峻德一同吃饭，饭桌上闲扯，汤忠不经意地说到街上一桩纠纷，杨峻德一凝神，立刻拦住汤忠话头："别急，你再细说一下，到底怎么回事？”

汤忠说的是街上一家理发店的理发员与房东之间的纠纷。那是一家小理发店，在东大街开了几年了，店里一共三个理发员，他们是合伙的关系。房子租的是县城做茶叶生意的张老板家的。年头上，张老板突然提出要提高房租，理由是，乱世之秋，物价飞涨，房租也应水涨船高。三个理发员不答应，他们也有他们的理由，当初协议上是那个价，怎么说变就变啦？一拖拖了半年。半年下来收房租，张老板不光要他们按新涨的价付，而且要把前一个半年涨价的部分补上。双方不答应，吵起来了，闹起来了。张老板是县里有名的大老板，腰板子硬，关系多，就放出话，房子不想租，把欠的钱补齐，收拾铺盖滚蛋，否则让警察局抓人。三个理发员都是穷汉，在县城只有一些理发的熟客，除此没有任何特别关系，但他们并没有被张老板吓住——你张老板是有钱有势，但也要讲理呀——就不肯从店里退出。结果警察局真的过来抓人了。三个理发员中为头的黄才发，不服抗拒，当场鼻子被打出血，一条街都被惊动了。

杨峻德说：“注意，这件事不能让它轻易过去，这里有文章可做。你说他张老板为什么敢这么胆大妄为找警察抓人？因为他的对手是三个最基层的势单力薄的理发员。假设一下，理发员不是三个，而是三十个、三百个，他们团结起来，一起来对付张老板，他张老板还敢那么猖狂吗？”

汤忠说：“那他肯定不敢。”

杨峻德说：“由此可见，团结就是力量，我们要抓住这个机会宣传鼓动，加快全县工会建设步伐，让全城基层工会成员都知道三位理发员受欺的事，激发大家的同情心，让大家行动起来，一方面为三位不幸受欺的理发员声援，另一方面对张老板的错误行径进行声讨抗议，并要求县法院对此事做出公正裁定。通过这件事，人们看到了个人力量的弱小、集体力量的巨大，自然而然地就有了参加工会的要求，工会发展工作是不是就水到渠成了？”

汤忠笑着向杨峻德竖起大拇指："有你的，脑子动得真快！"

杨峻德苦笑："你别夸我了，我是看到县工会农会的发展进度缓慢，心里急，一下想到了这些。"

其时建瓯县总工会尚未成立，企业工会发展不平衡，很多单位连个工会的影子都没有。杨峻德顺着上述思路，立刻找到理发员黄才发，具体细致地了解掌握情况，随后与本县一些零散的工会组织联系，借助他们宣传发动，大造声势，让黄才发被打、三位理发员被欺之事人人皆知，大张旗鼓地对张老板的无礼之举进行谴责，强烈要求法院做出公正裁定。面对来自全县工会组织潮水般的巨大压力，县法院不得不对此事立案审理。一些企业工会闻讯后，组织一百多名会员到法院讲理，法院听取了大家意见，认定张老板违反协议精神、擅自抬高房租是错误的，最终做出裁定，在协议到期前，必须按原协议条款，继续将房屋租赁给黄才发等三位理发员使用，三位理发员按原协议约定的数额向房东缴纳房租。黄才发等三位理发员没有想到事情最终会有这么圆满的结果，抓住杨峻德的手，激动得流下眼泪。杨峻德告诉他们，真正给他们巨大力量支持的，不是他杨峻德，而是一大帮工会弟兄。黄才发与另两位理发员听到这话，立刻要求加入工会，要成为这大家庭中的一员！

十分凑巧，相隔不到两天，一个县郊的农民进城卖菜，无故遭警察殴打。杨峻德得知此事，立刻与县农会联系，组织农会成员赴警察局申冤说理。警察局长深感理亏，不得不责令打人的警察当场向被打的农民赔礼道歉，并保证以后不再有类似的事件发生。杨峻德由于即时抓住了这两个典型事件，使建瓯县的广大工人与农民看到了组织的作用，明白了众人拾柴火焰高的道理，工人们纷纷参加工会，农民们积极加入农会，建瓯城里各行各业工会相继成立，人员增至1000多人，城郊的东门、南门、豪栋、大洲，远一点的东溪、小桥的农民也自行组织农会，向土豪劣绅斗争，大革命的烈火迅速由城镇蔓延到农村。

第五章 暗夜中的闪电

“四一二”反革命政变

正值春暖花开，山崖上一丛丛映山红开得像火一样红艳，北伐军第二军第六师吹响了集合号，部队离开了建瓯。在建瓯仅仅驻扎了四个月就离开了，人们心里有些不舍。

转眼进入 4 月。4 月，本是“红杏枝头春意闹”的月份，这个月应该比其他任何一个月份都多一些欢笑，多一些快乐，多一些幸福与甜蜜，可是 1927 年的 4 月不是这样，它是最黑暗的月份，最血腥的月份，最灾难的月份。

因为在这个月，震惊世界的“四一二”反革命政变发生了。

4月12号，以蒋介石为首的国民党新右派窃取北伐战争的胜利果实，置孙中山的三大政策于不顾，在上海悍然发动了反对国民党左派与共产党的武装政变，大肆屠杀共产党员、国民党左派及革命群众。事变中，上海共产党员和革命群众被杀三百多人，被捕五千多人。4月15日，广州国民党右翼势力遥相响应，相继发动反革命政变，当日抓捕共产党员和革命群众两千多人，封闭工会和团体两百多个。江苏、浙江、安徽、福建、广西等省，以“清党”的名义，对共产党员和革命群众举起了屠刀。4月28日，李大钊和其他十九名革命者被杀害。“四一二”反革命政变使中国的大革命受到严重摧残，是大革命从胜利走向失败的转折点，同时也宣告了国共两党第一次合作的失败。

依据“四一二”的概念，你可能以为这一场反革命大屠杀起始于4月12号这一天，其实不然。这一场血腥大屠杀的真正肇始比4月12日整整早九天，即1927年的4月3号，地点福州。何以如此？因为当时福州是蒋介石政治、军事与经济中心，为了与国民党左派占优势的武汉国民政府相抗衡，蒋介石让其亲信何应钦（入闽的北伐东路军总司令）组建了福建临时省政府，蒋介石自兼省临时政治会议主席，将政治、军事、财政大权掌控于手中，以便对付国民党左派与共产党。因此可以说，福州是国民党右翼反动势力的核心，“四一二”这把杀人的屠刀最初从福州出鞘，纯属理所当然。

福州“四三”事变的消息传到建瓯后，葛越溪立刻召开中共建瓯支部会，分析形势与对策。血腥事变的发生像天空落下的一个惊雷，让大家愕然失措。国共合作难道破产了？为什么突然翻脸对共产党举起屠刀——不仅共产党，而且对自己党内的左派成员？相隔不几天，中共福州地委遭到破坏的消息传来，中共建瓯支部与党组织失去了联系，世界陷入黑暗。

前面的路在哪里？怎么走？

路肯定是有的。一条什么样的路？一片茫然。

非常时期，葛越溪要求大家首先做好安全保护工作，不轻言，不妄动，静观事态，同时想方设法尽快与上级党组织取得联系，明确路线方针与政策。

国民党内部有左翼与右翼两大派系，“四一二”之前界限模糊，都在一个锅里煮，但“四一二”之后，立刻泾渭分明。右翼的一方为“拥蒋”派，对“四一二”持支持拥护态度，与它相对的左翼，是孙中山革命路线的坚守派，对“四一二”政变持反对态度。建瓯国民党在“四一二”政变后立刻重新站队。4月18日，建瓯国民党右翼立刻召开会议，党部筹备处副主任张翼通知葛越溪、潘作民、杨峻德参加会议。葛越溪深感形势不妙，这个张翼从他一贯的言行看，是极端的右翼分子，对共产党一向怀着戒备心理，如今的形势正是他的渴望，他近日来那副状态，真是如鱼得水，如沐春风。更为重要的是，葛越溪是党部筹备处主任，党部的所有大事一向由他决定，可今天天地翻了个个儿，召开会议及人员的通知竟由他张翼定了，这内里的文章大了去了。葛越溪将这些情况说给潘作民与杨峻德听。潘、杨立刻表态：“我们拒绝参加他的会议，他有什么权力自说自话？”

葛越溪说：“不参加不妥，不入虎穴，焉得虎子，我们要搞清楚他的葫芦里到底卖的什么药。”

杨峻德说：“这样吧，你们按兵不动，我来先去了解一下。”

杨峻德过去一打听，大吃一惊，这个会是“拥蒋护蒋”会，是国民党右翼分子向蒋介石表忠心的会。杨峻德半信半疑，又到会议室看了看，会议室墙上赫然挂着大幅会标，会标上六个字：“拥蒋护蒋大会”。什么也不必问了，一切已清清楚楚。杨峻德立刻回头向葛越溪汇报。葛越溪听杨峻德讲完：“情况我也已经听说。鉴于此情，你们二位什么态度？”

杨峻德望望潘作民，转脸对葛越溪说：“难道还有第二种态度？我们应该去抨击他们，责问他们，为什么背弃孙中山先生的三民主义？为什么悍然对共产党举起屠刀？”

葛越溪沉吟了一下，声音低沉地说：“不妥。我在想，他张翼敢这么做，肯定之先做了手脚，跟上面通过气。当前形势之下，我们一下找不到党组织，搞不清方向与路线，还是低调一些好。我们跑到会上跟他争辩，搞不好是授人以柄，往枪口上撞。因此，权宜之计，我觉得我们还是找个托词，不去参加会议为宜。”

潘作民迟疑道：“都不去，好吗？都不去，显然是与他们对抗。”

杨峻德愕然：“难道不该与他们对抗？”

葛越溪说：“不是这个意思，潘作民是说，怎样做得更稳妥一些，比如，我们可以派一个人去。”

杨峻德说：“我去。”

葛越溪摇摇头：“你不能去，你这脾气，去了肯定会跟他们吵。还是我去吧。”

结果葛越溪与潘作民参加了会议，杨峻德由他们代他请了个假。会上，葛、潘二人本想不声不响，仅仅看看他们怎样拙劣地表演，可没想到，你越是避着他们，他们越是找你惹事。会议中途，张翼与手下人直接对葛越溪与潘作民兴师问罪，大放厥词。葛、潘二人忍无可忍，最终对他们倒行逆施之举进行了还击，双方争执起来，越吵越激烈，到最后竟摔起了茶杯。

转眼“五一”来临，中共建瓯支部决定，以国民党建瓯县党部的名义召开一场纪念“五一”国际劳动节大会，会上对国民党右翼势力倒行逆施的反动行为进行揭露与抨击。为了开好这次大会，作为支部宣传委员的杨峻德做了大量准备工作。他与施雅琼一道翻阅报纸，收集了大量国民党右翼势力杀害共产党、国民党左派和革命群众的案例，将其集中编写，印成传单，以便 5 月 1 号带到大会上散发使用。同时给汤忠分配任务，由他负责准备标语与旗帜，以造声势。根据会议要求，杨峻德还专门撰写了一篇声讨国民党右翼反动势力的檄文。檄文内容坚实，以事实说话，一一列数了国民党右翼反动派屠杀革命党人，背弃三民主义，企图将党国之大权独揽于一身之罪行。其罪恶之大，用心之险，世人皆知，天地不容。文中字字句句皆有天地之罡风、人间之正气，读来挟雷带电，气势磅礴，如滚滚之大江，激越冲荡，一泻千里。

5月1号纪念国际劳动节大会在黄华山大校场召开。黄华山在县城东北隅，那里曾经是宋代名将韩世忠的屯兵处，山上有好些历史遗迹。会议选址在这里，还因为北伐军进驻建瓯时就驻扎在这里，它是大家心中的一片圣地，这里曾经飘扬过革命的旗帜。

这是一个阳光灿烂的日子，黄华山大校场上红旗飘飘，人声鼎沸，广阔的古屯兵场上聚积了数千人。与会人员主要由县总工会组织而来，组织者是汤忠与黄才发。黄才发如今是县总工会的组织委员，工作热情挺高，干劲极大。参会人员除了县城的，还有来自周围郊区乡村的。杨峻德利用近期建立的农会，想方设法让他们组织人员参加会议。会上，县总工会与县农协的代表分别上台讲话，气氛非常热烈。会议的后半场，葛越溪就当前的形势作了报告，对国民党右翼势力背信弃义、镇压革命的反动罪行进行了揭露与批判，并将杨峻德以本次大会名义撰写的讨蒋檄文进行了宣读。会场一片热烈掌声。

“五一”大会惊动了建瓯以张翼为代表的国民党右翼分子。张翼立刻将此事向上报告，引起了国民党福建省党部的高度重视。5月中旬，福建省国民党下令建瓯改组党部，开除葛越溪与潘作民的国民党党籍，撤销葛越溪县党部筹备处主任职务，改命杨峻德为县党部筹备处主任。

杨峻德走上建瓯国民党党部筹备处主任的岗位，为了有效抑制建瓯国民党右翼势力，加强与壮大革命力量，立刻采取了两项措施。第一，以国民党党部的名义，把200多名在运动中表现积极、思想左倾的人员发展为国民党党员，以求人数上的绝对优势压倒建瓯国民党右派；第二，将一批立场坚定、勇于斗争的先进青年与学生，发展为中共党员和团员。身为建瓯国民党党部筹备处副主任的张翼，对杨峻德所做的这一切十分恼火，对杨峻德威胁："告诉你，天变了，你要识时务，不要屁股坐在国民党的位置上，却一味地给共产党卖命！ 你这样下去，绝没有好结果！"

正在杨峻德努力开展各项工作之时，白色恐怖悄然无声地笼罩过来。 一天，一个很坏的消息传来：国民党福建省党部下令通缉葛越溪。

通缉，什么意思？ 通缉意谓着坐牢，杀头。

很显然，刀子冷飕飕地伸过来了。

潘作民劝葛越溪："非常时期，还是暂时避一避吧，留得青山在，不怕没柴烧，我们没有必要拿生命开玩笑。"

杨峻德觉得潘作民的建议很在理，敌人的刀已横在面前，你硬往上撞，岂不愚蠢？ 他对葛越溪说："我看你不要回玉溪老家，他们很可能会追过去，你可以到我家去，在我家住一段日子，我给我大哥写一封信。"随即又摇头说："不，不对，这不妥。 我家离你家太近，风声传起来很快，不安全。 罢了，你到崇安去吧，汤忠在崇安有几个生意上的好朋友，我让他跟他们打下招呼，你可以找他们去，在那边住一段日子。"

葛越溪摇摇头，苦笑道："你们别烦了，我哪也不去，我只到一个地方去。"

杨峻德问："什么地方？"

"上海。 福州的中共区委被破坏了，我们跟党组织断了线，上海也许会好些，尤其在那边我有一些相熟的人、相熟的关系，我坚信，到了那里会找到党组织，会接上头。 我要向党组织汇报福州的情况，汇报建瓯的情况。 我们需要党对我们做出指示，告诉我们下一步往哪个方向走，怎么办。"

葛越溪与潘作民、杨峻德握了握手，匆匆分别了。

葛越溪走后，白色恐怖加重，建瓯的风声一日紧似一日。 何麓崑明确表态拥护蒋介石，并在城防司令部门首挂起一面青天白日旗，明眼人一看就知道，这是在向国民党右翼反动势力献媚。建瓯城一下变得诡异起来。国民党县党部人人自危，如履薄冰，大有些山雨欲来风满楼之势。

熄灭，或者燃烧

1927年6月的一天，张翼突然派人通知杨峻德到党部会议室开会。杨峻德很诧异，问，什么会？对方答，不知道。杨峻德估计一定是张翼耍花招，立刻往会议室走去。

走进会议室，杨峻德发现在场的人几乎都用一种异样的目光看他。他心中警觉，估计一定是有了什么事。会议很简短，原来国民党福州省党部下达了一份文件，张翼召集大家开会就是宣读这份文件。文件的内容是，撤销杨峻德建瓯县国民党党部筹备处主任职务。

张翼宣读完文件，一脸得意地走到杨峻德面前，趾高气扬地道："怎么样，我没有说错吧，没有好下场就是没有好下场。"

杨峻德望着张翼那张可恶的脸，真想挥拳揍他，但忍住了，冷笑着回了他一句："你别忘了一句古语，风物长宜放眼量，来日方长，还是走着瞧吧。"

一日，施雅琼急火火地找到杨峻德，娇喘微微，一脸不安道："形势越来越不好，你赶快离开吧。"

杨峻德定定地望住施雅琼："离开？有这么严重？"

施雅琼一双美目警惕地环视了一下周围，焦急道："是的，很严重，他们要清党了！"

杨峻德眼睛瞪大："消息可靠？"

"可靠，我有大学同学在福州，刚得到的消息，绝对可靠。清党的意思你懂吗？就是清除党内异己，不是杀头，就是坐牢。"

杨峻德神情严峻，正色道："是的，寒潮来了，确实有些冷飕飕的，但我不想走，也不能走。葛越溪去上海了，支部成员就剩下潘作民与我，我们本来势单力薄，如果我再一走，岂不是更由他们胡作非为？ 我要在这里坚持斗争，揭露他们的罪恶与阴谋。”

两人正说着，汤忠过来了。 他见他俩神色凝重，僵僵地不说话，问：“怎么啦？”

施雅琼说：“形势不对，福州那边已传来清党的消息，危险在加剧，我要他离开建瓯，他不听。”

汤忠望住杨峻德说：“雅琼的担心也不是没有道理，这些天你还是注意点，需要的话，我给你找个清净的地方，还是不要抛头露面的好。”

杨峻德心情很不好，有些厌烦地说：“好了，不要多说了，我都知道了。 我虽然被罢免了职务，但身体还是自由的。 我不想做一只惊弓之鸟。”

是日傍晚，一部军用吉普驶进县城。 建瓯城里通常的交通工具是驴车、牛车、黄毛车，以及古老的轿子，机动车极少，而此刻突然驶进一辆机动车，这本来就很稀奇了，而更稀奇的是，它不是一辆普通的机动车，而是一辆军用吉普。 它为什么驶进城？ 它来建瓯干什么？街上的行人及商家店铺的老板伙计都扭头观看。 他们凭着有限的生活经验，无法将这辆军用吉普与这座古城联系到一起。 他们只是怔怔地望着，茫茫然，不知所以。 其时，晚霞的红光穿过破旧的老城墙照射下来，军用吉普拖一尾黄尘在古老的大街上往前行驶，它那灰绿色的身体与它身后淡淡的黄尘被红红的霞光映照成红晕晕的一团，这情景怪异、冷冽，在人们心中定格成一幅荒诞的画。

神秘性很快被关注者破解，军用吉普是从福州驶来，车上乘坐的是福州国民党党部的清党成员范公穆和刘澄，他们来建瓯，是领导建瓯国民党右派开展清党活动。

情况紧急，杨峻德立刻找潘作民商量。 到建瓯商行找，没有找到他；到他的一处秘密寓所，仍未找到。

出事了？

杨峻德惊起来。

最后，杨峻德在潘作民经常光顾的一家私人书店的地下室里找到了他。昏暗的灯光下，潘作民脸色有些苍白，他告诉杨峻德，这两天他身体有些不适。他声音低弱地说："敌人磨刀霍霍，要小心。今天我跟福州联络站的彭信通了电话，天呀，这个电话我打了好多次才打通。彭信，你还记得吗？就是那次我们去福州把我们带到区委组织部长邱林面前的彭信，脸圆圆的，胖胖的。我以为他出事了，最后终于打通了。他告诉我，福州党组织整个遭到破坏，国民党右翼到处抓人，抓了很多人，一些共产党和国民党左派成员莫名其妙地失踪了，有的直接被暗杀了。血腥味十足。"

杨峻德气愤地攥起拳头："他们如此之猖狂，岂不要做历史的罪人！我所焦急的是，我们的党呢？我们难道就这么任其宰割，或者东躲西藏吗？这太让人受不了啦！"

潘作民一声叹息："我觉得当前形势之下，急也没有用，首先我们要把自己保护起来，然后才能考虑下一步的工作。"

杨峻德举目四望，发现这屋子逼仄狭小，乱七八糟地堆满了书，光线又暗弱，禁不住大摇其头："唉，真受不了，肺都要炸了。你怎么打算？"

潘作民说："我正考虑这个问题，一时也拿不定主意。葛越溪去了上海，也不知他情况如何。你看这样行不行，我们找几名平时联系较多的党员，秘密召开一个会，算是临时支部扩大会，一同研究一下，当前形势之下我们该做些什么？"

杨峻德觉得也只能这样，考虑了一下说："人不宜多，除了我们，再找两三个绝对可靠的人，选择一个隐秘的地方。"

潘作民不放心地问："你准备找哪两三个？"

杨峻德说："都是你我熟悉的。一个汤忠，一个施雅琼，还有一个黄才发。连我们两人，五个，够了。"

潘作民说："可以，范围要小，一定不能扩大。安全第一。"

杨峻德准备走了，问："你待在这不离开？"

潘作民犹豫了一下说：“对，不走，等你消息。”随即又补充一句，“我们不宜合在一起出去。”

杨峻德走到门口又回头：“你注意身体，需要什么药吗？我顺便给你买点带来？”

潘作民说：“药有了，也就肠胃有些不适，没事。”

杨峻德首先去找汤忠。汤忠正在吉阳货栈处理事情，见杨峻德进来，立刻把他让到里间，问有什么情况？杨峻德把召开一个秘密会议的事告诉了他。说到黄才发，汤忠立刻拦他：“别找他了，他已经回老家了。”

杨峻德一愣：“回老家？怎么回事？”

汤忠说：“这几天县城变了天，那个把房子租给他们三弟兄开理发店的张老板又凶起来了，不光要黄才发补缴涨价部分的房租，而且还扬言要打他。这此一时彼一时的，尤其福州方面又派人来抓共产党，黄才发刚入党不久，在县总工会又担任职务，搞活动时都抛头露面的，他想想有些害怕，就悄悄卷铺盖回老家了。”

杨峻德很不高兴：“这家伙，怎么说走就走了！”

汤忠说：“他家在后山，回去也方便。”

杨峻德沉默了半天，语调沉重道：“清党的人到了城里，何麓崑这个变色龙又跟他们合穿起一条裤子，我们确实要小心。”

还要通知施雅琼。汤忠说，他去跑一趟。杨峻德奇怪，施雅琼家有电话，以往有什么事，汤忠都是一个电话打过去，今天怎么要两条腿去跑？汤忠解释：“是这样，这两天风声不对，她父母把她关在家里不让出门了，所有找她的电话，一律不让她接。”

杨峻德问：“既然不让出门，你去有用吗？”

汤忠说：“试试看。”

汤忠还是把施雅琼约出来了。晚饭后，三个人一起来到潘作民所在的那家私人书店。可是当他们三人进门后，书店老板却说潘作民不在。杨峻德不解：“走了？上哪啦？不是说好在这等的吗？”

他们很失望地正准备离开，潘作民从旁边的一间屋里出来，微笑着解释，他一直没有走，是他关照老板这样说的。

地下室本来就小，四个人一坐简直转不了身了。会议立刻开始，四人各抒己见，随意地谈起来。

杨峻德说："当务之急，我们要想方设法找到党组织。国民党右翼反动势力背叛革命，举起了屠刀，我们共产党究竟怎么办？如何跟他们斗争？我们要听到党的声音，得到党的指示，否则我们就如同站在黑暗的原野上，四顾茫然，无所适从。"

潘作民说："目前想一下跟上级党组织接上线，怕是很难。葛越溪去上海也好些天了，一点音信都没有。我估计各地党组织都已遭到不同程度的破坏。"

汤忠说："要不要到福州找他们去？需要的话，我让我的货栈给你们安排一条货船，绝对安全。"

潘作民摇头："福州暂时不能去，那里布满了国民党右翼分子的鹰犬，很危险，去了搞不好是自投罗网。"

施雅琼很不高兴地说："福州那边危险，难道建瓯这边就安全吗？"

这一路上过来到现在，施雅琼一直没理杨峻德，汤忠不知道为什么，杨峻德心里很清楚，她是对他不听她的劝，没有离开建瓯不高兴。他想对她做些安慰，但紧急情况之下，一直没有机会。

潘作民接着施雅琼的话说："雅琼同志说得不错，建瓯确实很不安全。清党分子进驻了建瓯，现在好像还没动作，但这没有动作可能只是暴风雨来临前刹那间的宁静。因此，我们是否应该利用这一时机，赶紧避一避？"

杨峻德望住潘作民："避一避？"

潘作民望住杨峻德，点点头。

理智告诉杨峻德，潘作民的提议是当前形势之下唯一正确的选择，但在心理与情感上杨峻德一时实在无法接受。避一避，这是一个婉词，其实质不就是畏惧，不就是退却，甚至说得更直接点，不就是临阵脱逃吗?

施雅琼显然看透了杨峻德的心，情绪失控地瞪着杨峻德说："不避一避，难道想找死呀? 他们要是明天动手，你难道就坐在这里等他们? 我告诉你，我跟汤忠要是抓去了，我们家都在县城，找些关系花些钱，可能没什么大碍，你要是被抓进去怎么办? 还有你潘作民，怎么办? 我想不明白，形势都这么危急了，你们为什么还赖在这里不走!"施雅琼话说得急，娇美的脸上腾起一片红晕。

潘作民对杨峻德说："施雅琼说得一点不错。下午你从我这里离开后，我一直在考虑这个问题，我们确实应该离开了，不能再在这里待了。还是那句话，留得青山在，不怕没柴烧，还是安全第一呀。"

杨峻德仰头一声浩叹："唉，真他妈的憋屈呀! 好，我同意你们的观点，撤! 既然撤，就从速。"对潘作民说："你今天就走。我也不停留，今天离开，立刻离开。"

汤忠说："你们是去同一个地方，还是不同的地方? 我给你们安排船。"

正说着，街上隐隐传来警笛声，由远而近，尖利而急促。杨峻德与汤忠警觉地走出地下室，扒着一间临街屋子的窗口往外看。大街上灯光昏暗，远处黑暗中有杂乱的人声，转瞬间，一声杀人似的尖叫撕心裂肺地传来。

两人回到地下室，杨峻德对潘作民与施雅琼说："情况不对，好像是抓人。"

潘作民对杨峻德说："我想我们还是分开走为妥。"转脸对汤忠说："请你给我们各安排一条船，船要小，越小越好。要快。"

杨峻德对汤忠说："你先安排一条船，我的船后一步安排。"

汤忠问："为什么?"

杨峻德说："我还有一点事要处理，我下半夜走。"

施雅琼急了："还明天走呀，真的不要命啦!"

汤忠问杨峻德："什么事？ 我替你处理行吗？"

杨峻德望了施雅琼一眼，微笑道："放心，我不是小孩，会小心的。 至迟明天大早走。"转脸推汤忠，"你快去准备船吧，别婆婆妈妈的了。"

不到一个时辰，船安排好了，潘作民从吉阳货栈上船，悄然离开了建瓯。

杨峻德不肯走是因为心里有两件实在放不下的事。 第一，他要去看望东升茶行的茶工杨春田。 他是新近入党的中共党员，杨峻德与汤忠是他的介绍人。 他为人赤诚，工作热情，跟杨峻德跟得很紧。 建瓯有三家茶行，茶工有好大一批，因为杨春田的努力，建瓯很快成立了茶叶工会，并在积极分子中发展了两名中共党员。 今晚的这个秘密会议本应通知他参加，但因他这些日子身患重病，卧床不起，只好作罢。杨峻德想，当前形势这样严峻，杨春田一向在运动中走在前列，如今敌人下手，他是首当其冲的人选。 而此刻他又身卧病榻，行动不便，对外面的形势不尽了然。 因此，杨峻德觉得无论如何要去看望他一下，提醒他尽快做好安排。

汤忠要陪同他一起去，杨峻德坚持不要，说两个人目标大，事完了，他直接去吉阳货栈找他。 汤忠说："好，我在吉阳货栈等你，不见不散。"

一直闷声不响的施雅琼插嘴道："不要再去吉阳货栈了，那边说不定已引起敌人注意，就在西街你们家的旧仓库等，那里更僻静一些。"

汤忠说："雅琼说得对，在旧仓库等。"

借着星月之光，杨峻德摸黑来到杨春田的宿舍。 宿舍很简陋，是一溜边的竹席工棚。 杨春田见杨峻德这么迟来看他，很感动。 原来他病情已好转，从床上爬起要给杨峻德沏茶。 杨峻德硬是把他按在床上。 杨峻德把当前形势的严峻对他做了说明，要他与茶叶工会的积极分子务必转移一下。 杨春田有些为难："他们都在做工，要他们一下把事情丢下，怕是不肯。"

杨峻德严厉地说：“一定要离开，告诉他们，这是性命攸关的大事，不是闹着玩的，一刻不能拖！”

杨春田望着杨峻德点点头，随即不安地说：“你呢？你也要藏一藏呀。”

杨峻德说：“你放心，我已经做了安排。”

杨峻德跟杨春田说完回到宿舍，已是下半夜。他计划中要做的第二件事，是把借的几本方儒贤老先生的书还给他，老人家对他太好了，他要去向他辞行。书在宿舍，他把它装入包里，门锁上，先赶往西街吉阳货栈的旧仓库与汤忠会合，准备等天大亮再到方老先生的府上。

汤忠在西街旧仓库等他，杨峻德见施雅琼也在，责怪道：“这么迟，你怎么不回家呀？”

施雅琼白他一眼：“看你说得多轻松，你不离开，怎么让人放心？”

杨峻德一时无语。

汤忠问：“杨春田那边去过了？”

杨峻德答：“去过了。明天你再去督促他一下。”

汤忠答应道：“这事你放心。另外，我跟施雅琼说了，你借的她外公的书就不要亲自过去还了，交给我们，让雅琼代你打个招呼还一下。”

杨峻德望望施雅琼说：“这当然没有什么不可，但我很想亲自去还，并向方老先生辞行。我在建瓯这段日子，他对我帮助很大，我内心十分感激。这是我计划中的事，如果我不这么做，心里会觉得很不安。况且我已想定，大亮了之后，我哪也不去，去向老人家辞行后，立刻离开建瓯。”

杨峻德既然这么坚定，汤忠也就不劝了。

杨峻德对施雅琼说：“已下半夜了，你赶紧回家吧。你妈见你不归家，回去又要跟你发脾气了。去吧去吧，赶紧回去吧。”

汤忠望望施雅琼，又望望杨峻德说：“你这一走，她也不打算在建瓯呆了。”

杨峻德问施雅琼：“去哪？”

施雅琼既不望他，也不回答。

汤忠说：“准备去厦门。”

施雅琼蹙着细细的柳眉，近乎带着哭腔道：“那个家，我真呆够了，闷死人了，一天都不想再呆！”

杨峻德说：“别太任性，家毕竟是家，父母跟我们接受的教育不同，观点上肯定合不到一块，我们要站得高点，对他们多一些理解。即使到厦门，也要把他们的思想工作做好，别气鼓鼓地离家。”

施雅琼白了杨峻德一眼：“我不要你烦，你快把你自己烦烦好，清党的人都到身边了，你还麻木不仁！”

汤忠对施雅琼说：“你放心，这里很僻静，很安全。”转脸对杨峻德说：“离天亮还有几个小时呢，这一刻你哪也不要去，就在这里对付着睡一下，我这就送雅琼回家，明早我再过来。走吧，雅琼。”

两人走了。

这是一张当年看仓库人睡的破床。太累，杨峻德熄了灯，倒下不到十分钟就睡着了。不知睡了多长时间，昏糊中被一阵很响的开门声惊醒，眼一睁，只见窗口一片白光，天早已大亮。

进来的是汤忠与雅琼。两人脚步匆匆，神色十分惊慌。汤忠一进门就催促：“快，赶紧走！”

杨峻德警觉起来：“有情况？”

汤忠说：“通缉令下来了，他们在通缉你，还有潘作民。”

杨峻德瞪大眼：“肯定？”

汤忠也瞪大眼：“肯定，布告就贴在县衙大门口的山墙上。昨夜他们抓人了，抓了好几个，当中有我们的人，具体是谁，一时还搞不清。这是刚买的几块烧饼，你路上吃。快走，一刻不能拖了！”

杨峻德问：“杨春山他们怎么样？”

汤忠摇摇头，声音低下道：“一点不清楚。早上一听说通缉，立刻往这里跑，杨春山那边我还没来得及问。”

杨峻德当空挥拳，气愤地骂道：“这帮狗崽子！”

汤忠说：“船准备好了。要还的书你就放在这，之后由雅琼代你还。我们马上就从后街上船。”

施雅琼望着杨峻德，突然带着哭腔说：“你就不能不回老家吗？”

杨峻德很意外，定定地望住施雅琼：“我怎么能够不回一趟家呢？我是我母亲的儿子，是我妻子的丈夫，我大哥的弟弟，在这种时候，我必须回到他们身边去，我也很想回到他们身边去呀。”

施雅琼突然眼泪涌出，沿两腮滚下：“他们要是追过去呢？追过去怎么办？怎么办呀？”

杨峻德被施雅琼的眼泪震撼了，他望住她的双眼，望着她腮巴上滚滚而下的晶莹的泪水，胸中禁不住涌动出一股柔热，真想伸手上前轻轻拭去她的泪，好好安慰她一下，让她放松，但他没有这么做，不能这么做，只是抬手搔了搔自己的头发，苦苦地咧嘴一笑：“对不起，雅琼，我真的必须回去一下。”

雅琼眼泪更多地落下，近乎低泣地哀求：“你就不能先去别的地方躲一躲吗？别的随便什么地方。你要是没熟悉的地方，汤哥有，我也有，你都可以去，随你选。你要觉得一个人太孤单，我可以陪你去，我什么也不怕。你要是觉得厦门好，我也可以跟你去厦门……”

杨峻德眼眶有些湿润了，沉默了片刻，终于控制住了自己的情绪，声音低沉道：“谢谢你雅琼，我永远忘不了今天，忘不了你对我的这番关心。谢谢！”

他转脸从随身的包里掏出笔记本与钢笔，挥笔疾书——

奋斗　牺牲

写完，“哗”地将纸页撕下递给汤忠，正色道：“我们的事业受到了挫折，但我们要奋斗，哪怕是牺牲！这张纸你们收着，假如我遭遇不测，权且作为纪念，并请你们一定要记住：奋斗！ 直至最后牺牲！”

汤忠默默接过，工整地叠好，放入贴身的衣袋，望定杨峻德说：“在家待的时间千万不要长。 之后你准备上哪？”

“福州。”

汤忠紧紧握住他的手：“多保重！ 定下来，跟我联系。”

“一定。”杨峻德随即将目光转向施雅琼，微笑道，“开心些。 多保重。”

太阳从远处的山腰间跃出，天空鲜艳而红润，杨峻德登上了一只货船，离开了建瓯。

话　别

午后，杨峻德回到了吉阳。

站在家门口看到大哥坐在操作台上低头弓腰的身影，杨峻德心中一阵酸楚。 大哥告诉他，母亲老毛病又发了，躺在床上。 母亲的卧室里有些暗，杨峻德走进去叫了一声娘，母亲以为自己耳朵出了问题，又以为是做梦，揉揉眼，看看床边站着的是儿子，确确实实是儿子，颤着声道：“是宽仔呀，你这个坏东西，怎么出家无家呀？ 贵珍挺着个大肚子，你妈生病又躺在床上，你都不回来一下，你把妈都想死了呀！”

杨峻德在床边坐下，抓住母亲温暖粗糙的手笑道：“都怪我，心太野，成年累月不归家，没能到你面前尽孝，没有把家照顾好。”

母亲说：“妈是个山里没用的女人，不晓得外面的事，妈晓得你在外做大事，顾不了家，妈也不怪你，只是，你也要常回来看看呀。 贵珍一个人在家，你晓得她多想你呀？ 女人家嫁了人，整个心就在男人身上，你晓得呀？”

杨峻德点点头：“我晓得，我也想她，想娘，想大哥大嫂，这不就回来啦。”

母亲说：“我家贵珍是个好媳妇。 你不晓她多好，多能干。 我这些天生病起不来，都是她把饭端到我床头。 她肚子大了，身子不灵便，要她歇着，她总不肯歇，做这做那，一闲下就编篮子编篓子，要是天气好，就到后山采木耳、采蘑菇，卖点钱补贴家用。真是又勤快又贤惠，百里挑一呀。”

杨峻德问：“我还没有看到她，是不是又上后山啦？”

母亲说：“是的呀，跟你嫂子搭帮去的。要她在家歇着，她不听。”

杨峻德离开床边站起身：“我去找找她们！”

出了镇往北拐，杨峻德直接上了后山。他知道西山脚下一个大洼子里木耳蘑菇最多，贵珍跟嫂子很可能在那边。杨峻德赶过去，没有。往周围转了转，遇到几个采木耳采蘑菇的人，向当中相熟的人问了，说是看到过她们，只是不知有没有回去。杨峻德看看西边，太阳已西斜，天空铺满红红的彩霞，估计贵珍与嫂子已经回家，就立马回返。

途中经过北冈，想到父亲的墓地就在这里，此次回来不易，来日不知何时再回，如遇险恶，有可能再也没有回家的机会，此刻应该去看看父亲。

沿着一条荒草萋萋的山路往前走，面前出现一片坟场，墓碑东一块西一块，白花花的。杨峻德找到了父亲的坟。坟上土堆得很完好，碑也整洁。他在坟前恭肃地跪下，双手合十，心中默念：“爸，我来看你了。孩儿不孝，成年在外乱忙，清明没有来给你烧一张纸，磕一个头，对不起你。但是爸，儿子要告诉你的是，儿子一直记着你的嘱托，做人要像金子，要正直，要纯正，不带一丝杂质。儿子在外这几年，按照你的教导，从没有做过一件让你丢脸的事，儿子做的是为天下穷苦人翻身求解放的大事。这事情虽难，但儿子一定会坚持不懈持之以恒地做下去，永不松劲！”心中默念完，一下，两下，三下，重重地磕了三个响头，额头一直磕到长满青草的地上。

离开父亲的坟，杨峻德想到了陈志。陈志老师是在前年病逝的，上次回家听大哥说过，他的坟离父亲的坟不远。回忆自己的成长历程，杨峻德每次想到陈志老师，内心都充满感激。陈志老师心志高洁，清正爱才，如果不是他对父亲的力劝，杨峻德不可能有进县城读书的机会，只会蜗居在吉阳小镇，学个手艺，做点生意，成为不为人知的庸常之辈。可以说，是陈志的手开启了杨峻德最初人生的航道，而这条航道的开启，则决定了他的未来，乃至一生。作为陈志老师的得意门生，病逝时没能回来吊唁，杨峻德深深感到愧疚，他觉得今天应该借此机会好好为老师祭扫一下。

杨峻德很快找到了陈志的墓。他的墓比杨峻德父亲的大，碑上勒着一行阴文“清光绪三十一年贡生陈志”，碑前有石头供台。先生一生清贫，事事简洁，想必这些都是学生们给他做的。一日为师，终生为师，杨峻德在陈志的坟前跪下，如在父亲的坟前一样，磕了三个响头。

夕阳衔山，胭脂似的霞光映照在山坡野草间，空气清新澄明，天空嫩黄如鸡雏，远近一堆堆坟、一块块碑，在霞光中色彩浓丽，像一幅凄清而肃穆的油画。人的一生或长或短，最终都像秋叶归于大地，成为一抔土、一块碑，但这一生应该怎样度过？是贪图一己富贵荣华，追求各种人生享受，还是克明峻德，胸怀天下，做一番利国利民轰轰烈烈的大事业？不同的人，会交出不同的答卷；这不同的答卷，最终会显示出高低不等的人生价值。

杨峻德在陈志的坟前坐了许久，想了很多很多。当他回家时，天已擦黑。

贵珍与嫂子早到家了。贵珍挺着大肚子从屋里出来，杨峻德望着她，笑着，心里升腾起一股从未有过的柔情。这个不声不响的女人，这个朴朴实实的女人，这个勤劳贤惠的女人，她是我的老婆，她的肚子里怀着我的孩子。杨峻德走上前，伸出双臂，将贵珍搂到怀里，低声深情道：“你辛苦了！”贵珍见嫂子站在旁边，有些不好意思，脸蛋一下羞红了。

杨峻德上山找贵珍前告诉过大哥，这次回来是匆匆而过，明天一早就要离开。大哥考虑到弟弟难得一回，想一家子团聚一下，让老婆把阿芳叫了回来，阿桂嫁得远，临时喊她不方便，只好罢了。晚上一家子在街上一家小饭店吃饭。母亲高兴，精神好了许多，从床上爬起，由阿芳扶着走到饭店。

饭桌上，阿芳问二哥："你整天在外忙，咋不见你发财呀？"

杨峻德笑道："早晚会发的，我做的是看不见的大生意。"

阿芳睁大了眼："什么是看不见的大生意？"

杨峻德想了想说："就是让你、我、我们一家子，还有不是我们家的其他人，都过上好日子。"

阿芳拍手笑了："就是说，都跟你一起发财？"

杨峻德笑了："对，一起发财！"

母亲说："我们平头百姓，也不想发什么财，只想平平安安把日子过好，一家子团在一起，聚在一起，这就是天大的福了。"

贵珍听到这话，低下头想，婆婆说到她心里去了。

阿芳说："这一回二哥不许再走，再走我贵珍嫂不跟你急，我跟你急！"

杨峻德打着哈哈笑道："好，听你的，不走，坚决不走，哪也不去！"

在饭店吃过晚饭回到家，杨峻德没有立刻跟贵珍进房，同大哥单独谈了半天话。杨峻德一直觉得，自己所做的这一切应该让大哥知道，而不是让他蒙在鼓里。杨峻德也知道，生活在吉阳的人，绝大多数对自己所从事的工作不理解，但作为自己的大哥，不管他懂不懂，理解不理解，都应该把情况告诉他，尽量让他明白一些，理解一些，免得让做哥哥的总摸不着头脑，徒增莫名的担忧。于是这天晚上，杨峻德把自己加入共产党，以及目前所做的事，特别是福州事变、共产党人所面临的危险，等等，一一向大哥说了。

大哥怔怔然，脸色灰白，有一种如雷轰顶的感觉。沉默了半天，他抬眼望住弟弟，一脸焦虑道："贵珍再过三个多月就生养了，你要是出个事怎么得了?”

杨峻德望着大哥苍白的长脸，冷静道:“我肯定会小心谨慎的，但万一遇上不幸，你们日子还要往下过。只是有两件事实在放心不下，要对哥哥讲。”

大哥说:“什么事，你尽管讲。”

“第一桩事，是妈妈。她身体不好，需要人关心照顾，万一我不在了，就全靠你一个人了。哥哥为这个家呕心沥血，为我读书节衣缩食，我本应学成回来帮哥哥一把，可如今，不仅没给哥哥减轻负担，相反却给哥哥加大压力，真对不起哥哥。第二桩事，就是贵珍。她不久就要生养，正处于非常时期，我要是不在了，请你与大嫂对她多加安抚劝慰。至于将来她是想在我们家一直待下去，或想另外嫁人，由她，你们不要干涉。因为从头至尾都是我对不起她，她丝毫也没有对不起我，没有对不起我们杨家，我们要给她自由。至于孩子，无论生下来的是男孩还是女孩，她要带走，让她带走，她要留下，就让她留下，一切选择全部由她，丝毫也不要让她为难。这几年我只顾走自己的路，抛撇了家庭，到如今把千斤的重担撂下了，实在对不起你。没办法，老天安排，你摊上了我这个弟弟。不过，今生不到之处，还望哥哥包涵，来生做弟弟的一定加倍补偿报效。上面说的这两桩事，就拜托哥哥了!”说着，单膝下跪，对哥哥行拜礼。

大哥眼泪下来了，抖索着把弟弟拉起，语不成声道:“别……别说了，你放心吧……老天保佑，但愿不至于……”

与大哥谈完话，时间不早了。杨峻德回到卧室，发现贵珍没有睡，一直在等他，见他进门，立刻给他打来洗脸水。杨峻德连忙上前接过盆，柔声道:“不早了，你怎么还不上床歇着呀。你要少做事，多注意身体，最近不要再去采木耳蘑菇了，好吗?”

贵珍目光顺着听丈夫说话，温柔安详的脸上浮漾着一片即将做母亲的特有的红晕。

洗着脚，杨峻德对妻子说:“我听妈讲，你最近在学认字，是这样吗?”

贵珍害羞地点点头。

“认了多少字啦?”

贵珍望丈夫一笑:“有一百个了。”

“了得! 这么多啦,谁教你的?”

“邻居识字的孩子。 大哥也教过我几个。”说着,拉开云桌抽屉,在里面翻了翻,翻出一张纸递给杨峻德。

杨峻德接过,上面有用铅笔写的字:“山、田、人、树、草、竹、天空、太阳……”笔画稚拙,但很认真。 杨峻德笑着夸赞:“不错,写得很好。”

贵珍笑眯眯地,转身从抽屉里又翻出一张纸,杨峻德接过一看,上面写着他的名字,心里不由发热。 指着当中的“峻”字说:“这个字笔画复杂,有些难写,你把左右两边写散了,好像两个人关系不好似的,你要做做它们的工作,让它们靠紧些。”

贵珍被他说得笑了。

杨峻德含笑问:“怎么想到认字的?”

贵珍头低下,低声道:“我一个字不认识,怕你看不起我。”

杨峻德抓起贵珍的手,将她的两只软软的手握在手里,低沉而坚定道:“不会的,永远不会的,你要对我放心。 每天抽时间认两个字,这很好。 社会要进步,要往前发展,将来的人都要能读书,能写字。”

贵珍抬头望着丈夫说:“我不敢想那么多,我只要能看懂你写的信,再能写几句话,把家里的事情告诉你就行了。”

杨峻德笑着鼓励:“这目标不高,会达到的。”

夫妻俩亲热了一阵,杨峻德告诉贵珍,他这次回来,在家只能待一晚,明天一早就要离开。 贵珍没等他说完,眼泪下来了,身子有些抖索。 杨峻德搂住贵珍,柔声道:“对不起,亲爱的……”

“我怕,怕你不再回来……”

杨峻德沉默了。他本来不打算跟妻子说他所做的事，但此刻突然觉得还是说出来为宜。他想了想说：“我一直没有告诉你，我在外面做的是一项什么工作，原因是怕你担心。但既然是夫妻，就应该有福同享，有难同当，不应该做任何隐瞒，因此我还是告诉你吧。坦率地说，我所从事的工作很危险。你觉得目前这个社会制度公平吗？合理吗？一点不公平，一点不合理。我们所做的工作就是要推翻它，把骑在人民头上作威作福的剥削者打翻在地，让千百万劳苦大众翻身得解放。但有人不跟我们一条心，他们反对我们，并且把我们当作他们的敌人，想杀害我们，所以我们有危险。”

贵珍身子颤抖起来，紧紧抱住丈夫哭道：“我求求你，别走……”

杨峻德给贵珍拭着泪，安慰道：“你也不要怕，我会特别小心的。你要明白一个道理，我们两家都是穷苦人，祖祖辈辈都是过的穷日子，我现在去为穷人打天下，将来孩子大了，他们就不再受苦了。”

贵珍将丈夫抱得更紧，眼泪越发不住地流。

杨峻德抚摸着妻子丰隆的肚子，柔声道：“你不久就要生养了，这段日子我应该一刻不离地守在你身边才是，可是，我却要离开你。对不起，亲爱的，这实在是没有办法的事。你记住，孩子出生以后，若是男儿，可取名‘宏农’，意思是，做农民也要有宏大的理想和抱负。若是女孩，要好好养大，教她读书写字，让她明白父辈的苦处和做人的道理。”

贵珍哭得抽噎起来。

东方才露鱼肚白，杨峻德就匆匆与家人作别，一身行商装束，登上一条小木船，经由徐墩，改乘大船，直奔福州而去。

第六章
奔突的熔岩

新航向

1927年7月初的一天，杨峻德从吉阳出发，经建瓯，昼伏夜行，风餐露宿，潜踪匿迹，数经辗转曲折，终于来到福州。

“四一二”之后的福州，白色恐怖严重，中共福州区委因遭到极大破坏已基本瘫痪。至7月，革命的萌芽有所复苏，基层党组织开始了最初的恢复。杨峻德有着一次到福州的经验，知道建宁会馆是中共地下党接头的地方，并听葛越溪与潘作民介绍过联络对接的知识，便装扮成一个商人的模样来到此处。

会馆里人来人往，做什么生意的都有，杨峻德与他们混在一起，夜里借宿于此。逗留寻找了几日，没有一点收获。时至赤日炎炎的8月，正当杨峻德满心焦虑之时，一天傍晚，他意外地碰到了中共福州联络处的彭信，那位脸圆得像球、戴一副眼镜的白胖子。两年前正是他带着他与葛越溪、潘作民一同去见中共福州区委组织部长邱林，并在三坊七巷附近的一间密室里举行了入党仪式。

杨峻德走到彭信面前，双手一拱，微笑道："恭喜发财，没想到在这里遇上彭老板。"

彭信警惕地望望他，面无表情道："彭老板？哪个彭老板？你认错人了吧？"头也不回地走了。

杨峻德立刻意识到自己不懂规矩，犯了接头联络的大忌。愣了愣，唯恐失去机会，紧盯着彭信的背影，连忙去追。

彭信走过一条长廊，穿过两道门，进入一间幽屋。门是合着的，杨峻德抬手在门板上叩了两下，走进去。

彭信坐在里面一张竹藤椅上正看货单，听到脚步，抬眼望住他，问："有什么事？"

杨峻德这一回不敢直呼姓名了，他努力追忆着仅有的一点极其有限的联络接头知识，其暗语好像是茶叶，拙嘴笨舌道："不好意思，我来找一位做茶叶生意的茶老板。"

"你从哪边来？"

"是从……对不起，如果我没有记错的话，应该是北山。"

"我们不做北山茶，我们只做南山茶。"

杨峻德愣住了，不知道下面的话如何应答。心里一急，连忙回答："南山茶也有。"

"南山什么茶？"

"雀舌。"杨峻德脱口而出，因为这一句暗语记得很清楚。

"好，请到里面看看样品。"

杨峻德被带到里面一间密室，彭信转身握住杨峻德的手："对不起，非常时期，请原谅我的无礼。我记得你，你姓杨。欢迎与我们联系！”

杨峻德紧紧握住彭信的手，眼泪忍不住下来了。

等了两天，杨峻德在彭信的引导下，见到了中共中央特派员陈昭礼①。原来，党中央为了继续开展福建的工农革命运动，特地派了在中央秘书处工作的陈昭礼及其爱人潘超人来到福建，成立了中共闽北临时委员会，秘密恢复党组织，领导并开展革命斗争。

见面的地点是一家旅馆。杨峻德坐在接待室里等了一会，一位穿一身白衣白裤，戴一副金丝眼镜，看上去比杨峻德年纪还要轻的人从里面走出。他自我介绍叫陈昭礼，挥挥手，要杨峻德坐。问了杨峻德一些一路过来的情况，他对杨峻德无所畏惧、积极寻找党组织的做法给予了赞扬。说到建瓯，陈昭礼说，那边的情况他基本清楚，因为葛越溪对他讲了。一听说葛越溪，杨峻德很兴奋，立刻问：“他在哪？是不是也在这里？他不是去上海了吗？”

陈昭礼说：“组织上让他从上海回来了。”

杨峻德有点激动：“我能见到他吗？”

陈昭礼说：“暂时见不到，本周他已被派回建瓯了。”

---

① 陈昭礼(1907—1940)，又名陈希周、陈导民、陈豪人，福建省福州市人。1924年考进上海复旦大学，受革命思想熏陶积极参加学生运动。1925年3月加入中国共产党，曾任中共复旦大学支部书记。1926年底受党的派遣，回福州协助中共福州特委工作。1927年1月任中共福州地委书记。大革命失败后，于1927年7月奉命回闽北重新建立遭受破坏的党组织，8月任中共闽北临时特委书记。同年底福建临时省委成立，当选为省委常委兼组织部长。1928年任中共福建省委常委兼组织部长，1929年5月代理中共福建省委书记。同年12月任中共广西前委书记，参与领导百色起义、龙州起义和创建左右江革命根据地，成立中国红军第七军和第八军，兼任红七军政治部主任。1930年10月任中共红七军兵委书记兼军政治部主任和红七军第20师政委，参与领导全军北上。不久受命离队去上海向中共中央汇报工作，回广西途中同党组织失掉联系。1933年10月恢复党的组织关系。1938年初担任新四军军长秘书兼新四军驻汉口办事处主任。同年3月，经潘汉年、郭沫若推荐，赴国民党70军任上校参议兼战时干训班主任，秘密从事党的活动。不久，调任国民政府全国战地动员委员会委员，挂少将军衔，巡视第三战区。1940年5月党组织获悉蒋介石指令密捕陈昭礼的情报，转移到江西上饶工作。1940年8月13日，在福建崇安(今武夷山市)被国民党特务秘密逮捕杀害，时年33岁。

杨峻德为与葛越溪失之交臂感到遗憾。

陈昭礼接着给杨峻德介绍了当前的斗争形势。国民党右翼反动势力进行的“四一二”反革命政变，使全国各地的党组织受到了不同程度的损失，同时也使中国共产党在流血牺牲中明白了一个简单而朴素的真理：批判的武器不能代替武器的批判，物质的力量必须要用物质的力量来摧毁。为此，中共中央于8月7日在汉口召开紧急会议，对大革命失败的原因进行了总结，会上毛泽东作出重要讲话，指出党中央犯了一个重大错误，没有认识到军队建设的重要性，强调全党从今往后要高度重视军事，无产阶级只有掌握自己的武装力量，才能对付反革命武装，最终夺取全国政权。全党要统一认识，只有枪杆子里面出政权。会议通过了土地革命和武装反抗国民党反动派屠杀革命的总方针。这个总方针，给全党明确了当前的工作任务，史称“八七会议”。

杨峻德一下攥起双拳：“枪杆子里面出政权，这话说得好！手中无枪，没有自己的武装，受欺挨打，太窝囊了。我们要建立自己的武装，绝不能让他们再这么猖狂下去！”

陈昭礼说：“令人痛惜的是，这种觉悟迟了点，付出的代价太沉重了，太惨痛了，是一大批革命者的血呀。血腥的事实告诉我们，没有枪杆子，没有自己的革命武装，我们所有的工作，包括我们的生命安全，都难以得到保障。因此，从今往后，能不能建立起自己的队伍，对于我们党，具有生死存亡的重大意义。”

杨峻德望着陈昭礼，眼中闪出光芒。这段日子，杨峻德从建瓯躲到吉阳，再从吉阳跑到福州，一路东躲西藏，实在是压抑极了，苦闷极了。他一直在思考，这是为什么？为什么？他的心里朦朦胧胧也有结论，只是不那么清晰，不那么全面，此刻经中央特派员陈昭礼传达了“八七会议”精神，心灯立刻被点亮，只觉得眼前豁然开朗，思想认识迈上了一个新台阶。他兴奋道：“我明白了，请特派员指示，什么时候让我回建瓯？”

陈昭礼笑了：“别急，你先在这里参加两天组织上安排的学习培训，活动结束，你再来见我。”

两天的学习时间虽短暂，但杨峻德深深感到收获巨大，思想灵魂如经受了一次洗礼。培训结束当晚，杨峻德来见陈昭礼。陈昭礼问他：“崇安熟悉吗？”

“知道，属闽北，但不熟悉。”杨峻德回答。

“不熟悉，慢慢就会熟悉。组织上考虑决定，把你安排到崇安去，搞土地革命，武装斗争，组织农会，建立革命根据地。那边已有我们的人，他叫徐履峻，是崇安人，中共崇安支部书记。我们会让你跟他联系上。”

杨峻德说：“徐履峻，我记住这个名字了。”

陈昭礼说：“崇安素有‘金崇安’之称，是个出金子的地方，历史上很有名。我们共产党人其实才是真正的金子，希望你到那里闪闪发光。”

陈昭礼特地准备了一本宣传册，临分手时给杨峻德：“这个材料你带着，这是当前我党工作的基本方针，希望你和徐履峻好好学习。”

杨峻德双手接过，只见小册子的封面有一行红字：“枪杆子里面出政权。”

杨峻德说：“请放心，一定好好学习。”

这里有黄金

8月底的一天，杨峻德逆水而上，经建阳溪、崇阳溪，走九曲十八弯山路，来到崇安大埠头村，见到了徐履峻①。

① 徐履峻(1897—1928)，字蓬仙，曾化名徐崇德，福建省崇安县(今武夷山市)大埠头村人。金陵大学毕业。1926年10月加入中国共产党，是年10月下旬回到崇安，奔走于星村、吴屯、程墩、五夫、上梅、下梅等区(乡)，创办夜校，组织农会。“四一二”反革命政变大屠杀中，徐履峻躲过警察的追捕，乘船到武汉，向党中央汇报国民党右派全面发动反革命政变后崇安的情况。7月下旬，返回福建重新建立党组织，主持召开全县党员会议，成立了中共崇安特别支部，徐履峻被选为特支书记。12月，根据党中央指示，中共崇安特支发展为中共崇安县委，徐履峻为县委书记。(注转下页)

徐履峻比杨峻德年长三岁，身材高大，阔口浓眉，目光清朗。 他告诉杨峻德，大埠头村是他的家乡，家里有几片茶园，他是这里的坐地虎。 转身要老婆李大兰下地割菜，好好炒两个菜，要陪远道来的贵客喝一壶。 杨峻德笑着连连摆手："我不会喝酒，心意领了，谢谢！"

酒还是喝了一点，说了很多话。 交谈中得知，徐履峻是金陵大学毕业，入党比杨峻德早，他是被福州区委派回老家开展农村土地革命的。 徐履峻向杨峻德介绍了当地农民协会成立的情况，崇安基层农协成立了不少，但很多农民觉悟不高，胆小畏缩，缺乏团结起来进行斗争的能力。

杨峻德说："这不能怪他们，中国的农民长期受剥削受压迫，看不到自身的力量，需要我们对他们宣传发动，这正是我们需要做工作的地方。"

徐履峻说："最近以来我一直在动脑筋，想在农会开办夜校，专门给农民们讲一些革命道理，做做他们的思想工作，只苦于没有帮手，没有讲课的材料，一直不能落实。"

杨峻德击节赞叹："你这个办夜校的想法极好，跟上级提倡的正好不谋而合，我正要跟你说这事呢。"说着，把陈昭礼临走送给他的小册子从包里拿出，说："这上面有党的'八七会议'精神，是特派员陈昭礼特地要我带给你的。 我已学习了不止一遍，非常受益，建议你好好学习领会。 这是我们党近期工作的基本路线和方针。"

徐履峻放下酒杯接过小册子翻看了一下，脱口而赞："好！ '枪杆子里面出政权。'这话说到根子上去了，我徐履峻一百个赞成！"

杨峻德接着讲了他这次来到崇安的主要任务：第一，建立、完善

(续上页注)1928 年，徐履峻在原农会的基础上建立"民众会"，领导农民开展抗捐、抗税、抗租、抗债、抗粮的"五抗"斗争。9 月，在大埠头家中召开了全县党团负责人会议，决定在上梅举行暴动，建立苏维埃工农民主政权。9 月 28 日农历八月十五，正值上梅墟期，民众会会员举行暴动，到各乡捉拿反动地主豪绅，成立"民众局"，徐履峻任局长。10 月 25 日，地方军阀卢兴邦一个团和驻浦城的吴鼎年部，配合反动民团近千人反扑，徐履峻组织民众队据险抗击，其后牺牲，年仅 32 岁。

农会组织；第二，开展土地革命，建立和发展革命武装。为此，他特地带来了一些宣传材料。

徐履峻立刻要看杨峻德带来的材料，杨峻德把一只大包打开，左一本，右一本，从里面取出一堆花花绿绿的报刊小册子。它们都是杨峻德离开福州前寻找购买的。徐履峻一本一本翻，不住点头，连连说："都是宝贝！都是好东西！"

杨峻德说："你刚才不是说办夜校没有讲课的材料吗？这些都是。"

徐履峻开怀大笑："好得很，你真是及时雨宋公明哥哥也！"

两人情绪高涨，立刻就当前的工作做了规划。徐履峻说："夜校立刻就办，明天晚上通知大埠头村的农会成员听课，课由我们两人轮流讲，场地不成问题，就放在村南头的徐家祠堂。"

杨峻德说："可以。先在大埠头村办，再往下面推，一处一处地办。人手不够，可以让地方上的党员牵头组织。至于授课，最初由我们负责，之后可以选取优秀的学员充当老师。他们都是农民兄弟，心理上情感上更贴近，讲的内容更容易接受。"

徐履峻高兴道："可行，这确实是个好办法。"

当晚，杨峻德就宿在徐履峻家中。

接下来两三个月，杨峻德一直奔走于崇安下属的兴田、枫坡、南岸、大际等各个乡，深入一户户农民的家中，交流谈心，宣传发动，向农会成员讲天赋人权，讲穷苦人不是天生就该受苦、就该被人欺负的，讲团结就是力量，只有进行斗争，才能改变被剥削被压迫的命运。有时还陪贫苦农民一起上山采茶砍竹，下地耕田割稻。发现农会中的优秀分子，悉心加以培养，及时发展进入党组织，委以重任。崇安属武夷山区，从这个乡到哪个乡，往往要绕过一座山又一座山，走很远很远的山路。秋雨季节，山路泥泞，时有山体滑坡，或溪水满流，已与杨峻德处成一家人的农民兄弟们，担心他路上危险，留他住宿，待天晴后送他上路，杨峻德考虑到雨天农民正没事干，找他们谈心，给他们上课，正是最好的时机，总是一次又一次婉谢农民兄弟们的挽留，披着蓑衣，或打着一把红油纸伞，匆匆上路。雨哗哗地下个不停，远近没有一个人，满眼是风，是雨，是枝叶“呼啦啦”往一个方向倒伏下去的竹子和树，是雾蒙蒙的远山和黑乎乎的近岭。往日清清的山溪变成了一条条粗大的黄龙，这里木桥断了，那里路面不见了。路好不容易又露出来，上面却倒着一棵树，或横着山上滚下来的石头……本来中午时就可以走到下一个乡，却一直走到傍晚，有时甚至天黑。当他赶到夜校时，与他相熟的农民兄弟们都认不出他了——脸上是泥，手上是泥，身上也是泥，从头到脚，没有一处干净的地方。就这样，从9月至11月，杨峻德协同徐履峻，在崇安共开办了六所农民夜校，组织了数百名农民进夜校学习，重点培养了二十多名农运骨干，崇安县党员从最初的几人发展到四十多人。

初冬的一天，杨峻德离开山乡回到大埠头村，与徐履峻商量近期工作及下一步打算。这段日子一头扎在山里，杨峻德已有好久没与徐履峻照面了。

不巧，徐履峻下乡去了。徐履峻的老婆大兰看到杨峻德吓一跳，半天手掩着嘴，眼睛瞪得老大老大。杨峻德摸摸下巴，嘿嘿笑道：“是不是胡子太长，不认识啦？”

大兰说：“哪敢认，都成野人啦！”

说到徐履峻，大兰一下哭起来，拉着杨峻德的衣袖央求：“行行好，我给你磕头了，你说说他好吧。我也不反对他给大家做事，都是穷人，为穷人做事，应该。你忙就忙好了，可再忙总该有个了的时候呀，忙完总要归家呀，你问问他，有多少天不归家啦？你不晓得，别看他高高大大的，身体却不好，有气喘病，经常发，一发起来了不得。可他就是不注意，就是不归家，出家无家。一会儿开会，一会儿到夜校上课，一会儿又是这个那个，拼了命地忙，我急呀。上个月，他上崇安城买回来一船的书笔本子，花了多少钱呀，说办夜校，没有书没有笔没有本子不行。我想拦又拦不住，硬是把一口气忍下了。没想到这事过去不到十天，他又回来卖茶园，说要办厂，要造武器。茶山是我们家老祖宗留下的一点点家私，靠它吃饭呢，你说说，能卖呀？能卖呀？这一回我由不了他了，我玩命不让他卖呀。杨同志呀，你是明白人，求求你了，帮我劝劝他呀，你想办什么厂，你可以想别的办法，你不能卖家里的茶园子呀，你难不成把嘴扎起来不过日子啦，上有老，下有小呀，呜呜呜……”

杨峻德见大兰一把眼泪一把鼻涕，哭得很伤心，就安慰她，答应见了徐履峻一定替她劝劝。

杨峻德在崖头村找到了徐履峻。徐履峻见到杨峻德，非常高兴，告诉他，通过这段时间办夜校，周围几个村的农民都被发动起来了，与当地的地主进行了一次又一次的减租减息斗争。根据这种形势的发展，特别是按照党所提出的土地革命要求，他计划办一个小型冶铁厂，打造一些梭镖、长矛，以便进行武装斗争。

杨峻德听了很高兴，说：“你真是走在我前面了。我这次回来找你，就是想跟你碰一碰，研究一下下一步的工作。兴田、枫坡、南岸、大际几个乡的情况与你这里类似，农民兄弟们一个个都是苦大仇深，虽有些懵懂，但给他们一点拨，立刻就能觉悟过来。到了这一步，我们要为下面即将开展的武装斗争做准备，你说要办小型冶铁厂，真是太及时了。”

徐履峻说：“目前还只是筹备，资金有些不足。”

杨峻德立刻把口袋里的钱掏出，说：“数量有限，作点贡献。”

徐履峻直摆手：“这不行，你身上钱有限，况且，你在外面东奔西跑，身上没钱不行。”

杨峻德说：“算了吧，你这么说我，我还没有说你呢，你把家里吃饭的茶园都卖了，我这算什么？”

徐履峻仰脸而笑：“你见到大兰了？女人家，头发长，见识短，不过，也不能怪她。”

杨峻德说：“你要好好做通她的思想工作，不能硬摘瓜。”

徐履峻苦笑："这个工作做不通。这也是没有办法的办法。"

杨峻德望着徐履峻目正口方的脸，突然想到陈昭礼说的"金崇安"的话，只觉得面前的这一位就是崇安闪闪发光的金子，他的无私奉献的品质、忘我工作的精神，都值得我杨峻德好好学习呀。

一个阳光灿烂的日子，杨峻德正领着几名农会积极分子做农户田地登记工作，一个农民跑到他面前说，他妹妹找他来了。

阿芳？她怎么跑到这里？家里出什么事了？杨峻德立刻紧张起来。抬眼往远处望，只见一男一女往这里走。近了，女的是阿芳，男的是汤忠。

杨峻德迎上去："天呀，怎么会是你们？出什么事啦？"

阿芳惊叫："哥，你怎么这么黑这么瘦呀？脱了形啦！"

汤忠也吃惊杨峻德的变化。

一惊一呼之后，静下来说话才搞清，家里原来并没有出事，一切好好的。贵珍生了一个男孩，挺结实，母子都好。阿芳因为汤忠的关系，如今跟着丈夫到建瓯做生意了，专收老家吉阳的山货，收到的山货专门批发给汤忠。汤忠这次到崇安进一批茶叶，想顺便过来看看老同学，阿芳知道后，就跟了过来。

阿芳从衣袋里掏出一张纸条递给杨峻德："你看看，我嫂嫂会写信了，这是她让我带给你的。"

杨峻德很吃惊，急忙接过纸条展开。字是铅笔写的，笔画稚拙，有些歪歪倒倒，就秃头秃脑两句话——

生的男儿，名字是你取的，宏农。

你忙完了，早些回家。

杨峻德心里暖暖的，一边将纸条叠起装入衣袋，一边望着远处晴翠的山林，眼前浮现出妻子贵珍幽怨的双眼和一个陌生小儿粉嘟嘟的脸蛋。

阿芳说："我嫂嫂天天盼你回家，你晓得呀？"

杨峻德望妹妹笑道：“当然晓得了，正打算回去看你们呢。”

阿芳撇嘴娇嗔：“全是嘴上功夫，没有行动！”

汤忠站在旁边笑了。

去镇上一起吃了一个饭。杨峻德问了汤忠好些近况，原来在杨峻德走后，国民党右翼反动派在建瓯到处搜捕共产党与国民党左派，城防司令何麓崑完全成了他们的帮凶。汤忠按照杨峻德的叮嘱去找了杨春田，杨春田带着几个工运积极分子回乡下去了。汤忠为避风头，也不得不离城躲了一些日子。问到施雅琼，汤忠说她去了厦门，并开玩笑说，杨峻德是她的定盘星，杨峻德一离开建瓯，施雅琼就在建瓯待不住了。

杨峻德听汤忠讲完，向他介绍了自己近期在崇安所做的工作，汤忠觉得新鲜极了，说，要不是生意沾在手上，真想过来帮杨峻德一把。杨峻德说，你忙你的，帮我不一定要过来，在建瓯照样可以帮。就把这里要办一个小型冶铁厂的事说了，并特别强调，他们要打制梭镖长矛，非常重要，要他回去想办法找些生铁，近期送过来。汤忠立刻表态，这事包在他身上，不会有误，并要杨峻德多注意身体，这副样子回到家，怕是老婆都不要了。

汤忠与阿芳吃过饭就要走。杨峻德百事在身，也不留，想到贵珍产后身子弱，在镇上小店买了二斤红糖，又量了几尺花布，要阿芳带回去给贵珍。

1927 年 11 月底，根据党中央指示，闽北临时委员会与闽南临时委员会在漳州举行联席会议，讨论成立福建省临时委员会。杨峻德接到赴会通知，于 12 月 2 日与徐履峻告别，立刻赶往漳州。

临行，杨峻德对徐履峻说：“开完会我就回返，这边的工作你先辛苦一下。”

徐履峻笑哈哈道：“没事，我吃得消，有可能的话，你代崇安向党组织申请一下，能不能给我们派一个懂技术的专家来，指导我们造些武器。”

杨峻德说："好的，我记住了，一定。"

市委书记

1927 年 12 月 4 日，闽北临时委员会与闽南临时委员会联席会议在漳州召开，会上杨峻德汇报了崇安近期工作情况，并向主要负责人提出给崇安临时派一武器制造专家的请求。联席会领导对崇安农民运动的快速发展给予了高度肯定，决定把建瓯、建阳、崇安列为全省武装暴动的第四区，同时决定将中共崇安特支发展为中共崇安县委，在杨峻德的推荐下，徐履峻任县委书记。至于杨峻德提出的派一专家前去进行武装制造指导的请求，对不起，限于条件，实在不能满足，只能自己摸着石头过河。

1928 年 1 月，中共福州市委成立，杨峻德任福州市委书记，负责领导福州地区革命斗争。自福州"四三"事变后，福州地区的党组织遭受严重破坏，市区的党、团人数由原来的一百多人剧减至二十人。杨峻德走上领导岗位，省委对他的要求是，进一步恢复与健全党组织，发挥其功能，在闽南闽北形成一个由局部斗争而达到工农暴动的武装局面。

杨峻德在福州以商人身份为掩护，以建宁会馆为居址，开展了党建工作。杨峻德对手下人员进行了分工，要求每人负责一个片区失散党、团员组织关系的恢复。这项工作很棘手，难度大。本来福州区委有党、团员通讯录，但"四三"事变后，由于形势严峻，出于安全考虑，通讯录被焚毁了。没有通讯录，怎样才能与党、团员们联系上？有人跑了几天，结果是竹篮打水一场空，于是就有些泄气了。杨峻德严厉地指出："不可懈怠，继续找，一定要找到他们！"

杨峻德转而想到彭信。彭信现在厦门工作，但他原在福州区委联络处，一度与福州党员干部联系较多，他对他们的情况应该比较熟悉。杨峻德于是立刻向福建省临委提出"借人"，让彭信临时回来支持一下工作。省临委同意了杨峻德的请求，彭信很快赶到福州。

杨峻德的想法完全正确，彭信通过回忆以及采用顺藤摸瓜法，一层一级地追踪，终于获取了好些极有价值的线索。原来这批失散的党员大多家在福州近郊，也有远一些的，在周围的县区或山乡。“四三”事变后，因福州城里屡屡发生中共党员及国民党左派人士被逮捕、被暗杀事件，他们不得不离开福州，逃回了老家。

杨峻德身体力行，由彭信陪着亲自上阵。近郊的，路程近，早出晚归；其他县区，或较远的山里，一下去就是两三天。顺利的，人找到了；不顺利的，吃了很多辛苦不说，到最后发现，人家提供的线索不准确，张冠李戴了。出门的时候晴天朗日，有时没到中午，天阴下了，或者下起雨，或者飘起雪。有防备，都背着伞。大冬天，风吹到脸上冷飕飕的，但身上却跑得不住出汗。走了半天山路，肚子饿得不行，彭信对杨峻德说：“歇一下，补充一下能量呀？”

杨峻德说：“好呀。”

两人在路边坐下，从包里拿出饼子啃。天气太冷，饼子又干又硬，嚼不动，咽不下。彭信望着杨峻德说：“我去找点水。”

杨峻德心想，你身子那么胖，走这山路比我吃力，就说：“罢了，你坐着吧，我去。”

彭信觉得他现在是领导了，哪能让他去，就坚持：“我去我去，你坐着。”

杨峻德看透了他的心思，笑道：“干吗跟我这么见外？要知道，你是我请来的客人，是过来帮我忙的，我不能不把你服侍好呀！”

彭信被他说得笑了，用肉鼓鼓的手指推了推鼻梁上的眼镜，只好望着他去。

杨峻德跑到小溪边，脚踏在一块大石头上，用缸子舀了一缸子水，回来倒了一半到彭信的缸子里。都将近一天不喝水了，杨峻德一口饼子在嘴里磨了半天还没有咽下去，见了水有些贪，端起缸子喝了一口。天呀，水冰冷，牙冰得生痛！彭信也是，一口水进了口又吐出，直嚷：“吃不消吃不消，这山水太冷了！”

天天这么跑，累得要死。天黑了，走进一个村子，没有一家客栈，只好敲人家门，跟人家借宿。兵荒马乱的年头，两个爷们站在人家面前，有些让人害怕，于是苦苦向人家解释，费一大堆口舌。第二天，规规矩矩给人家留下宿食费，对方十分惊诧，不由地觉得，这两个人真是赶路遇到难处的好人哟。有时前不巴村，后不着店，只好硬着头皮走，咬着牙坚持着走，实在坚持不住，身子往树上一倚，睡着了……

见到那些失散的党员，杨峻德每每心中生痛。在黄岗，他们找到了老党员杨长庚。杨峻德从他的目光中看出，他一下子就认出了彭信。但彭信对他说话，他不敢应答，躲避着彭信的目光，不时猜忌地望望杨峻德，神情中有一种疑惑、一种紧张、一种惶恐与不安，身子甚至有些抖索。彭信向他反复说明，杨峻德又直接地安慰他，他似乎才暖和过来，临末，像个孩子似的，一把拉住杨峻德的手，呜呜哭了起来，说他的大哥被他们杀了，他的大嫂疯了，他害怕……杨峻德抱住他，拍拍他肩，轻声安慰道："都过去了，都过去了。"

当晚他们住在杨长庚家。第二天，杨长庚带着他们翻山越岭来到古坡镇，找到做过福州总工会宣传委员，如今在镇上设帐教书的张敏。张敏一眼看出他们的来意，但他意志消沉，心如枯井，任凭他们怎么说，均无微澜。杨峻德从杨长庚口中得知，张敏是虎口脱险，"四三"事变那天被人追杀，左臂被刀子刺伤，硬是跳到河里才得以逃生。杨峻德感到当时的恐惧在他心中结成了坚冰，当晚就与他促膝谈心，讲革命斗争的艰巨性，讲历史的发展、社会的进步都需要一批先行者付出代价，特别讲到张敏做过工运工作，是党内富有斗争经验的老同志，福建的革命斗争正处于非常时期，希望他再度出山，为天下穷苦百姓做些事情。月转星移，长谈至深夜，枯井里终于涌出清泉，张敏答应跟杨峻德回福州。回城后，张敏秘密串连了一批工友，重新开展起工人运动。

在杨峻德的领导下，中共福州市委经过不断努力，先后建立了南台帮州、仓山、泛船浦等工人运动据点，举办了三期干训班。农村方面，杨峻德派杨长庚、居一凡深入基层宣传发动，培养积极分子，建立了古田、凤岗、马鞍等党支部，为发动武装暴动，建立农村革命根据地奠定了基础。

1928 年 8 月，中共福建临时省委在厦门召开第一次代表大会（临时），福建省委正式成立，杨峻德当选为省委候补委员。

10 月的一天，杨峻德受福建省委之召，与省委常委兼组织部长陈昭礼见面。陈昭礼告诉他一个不幸的消息：崇安县委书记徐履峻在秋收武装暴动中不幸遇难。

天呀，这简直是一个晴天霹雳！身材高大、阔口朗声、粗眉俊目的徐履峻，在夜校授课经常通宵不归的徐履峻，为办冶铁厂卖茶园、全身心地扑在工作上的徐履峻，他是一个纯粹的人，一个高尚的人，是崇安的金子，闪闪发光的真金。他怎么一下就牺牲啦？是谁杀害了他？谁？！

陈昭礼给杨峻德友讲述了徐履峻遇难的经过。

原来 4 月的时候，陈昭礼去崇安与徐履峻见过一面，传达了中共中央关于“在闽南闽北建立一个由日常斗争而达到工农暴动割据局面”的精神，要求徐履峻加快步伐，组织秋季农民暴动。徐履峻一直在做这方面的准备，接到这一指示后，进一步加快了工作进度，成立基层民众会，大甲二十人，小甲十人。民众会以“防土匪”为名，秘密开展练武运动。随后，徐履峻在上梅一带吸收了袁赤月、丁民权等人入党，加强了民众会的领导。9 月 10 日，徐履峻在大埠头村他的家中召开了全县党、团负责人会议，到会五十多人。会上确定了武装暴动的方案与纲领。28 日，农历八月十五，正值上梅的墟期①，街上熙熙攘攘，十分热闹，民众会的会员打扮成赶集的模样，三五成群而来，于上午九时许开始暴动，一举捣毁了日商买办牛柯子的松木厂，抓获

① 墟期：中国南方，如湘、赣、闽、粤等地区，乡村赶集的日子称为“墟期”。

了首阳村的反动土豪徐锡魁、恶霸联头[1]唐锡贯。徐履峻的革命活动引起了敌人的极端仇恨，他们给徐履峻写恐吓信："夫东北一隅之地，既非独立国，又无后援兵，一旦大军麇集，四面围剿，如火燎原，插翅难逃。"劝徐履峻投降。徐履峻不为所惧，看完信，鄙夷地对大家说："敌人威胁我们，说什么我们孤立无援，我们的后援多得很，广大劳苦大众都是我们的后援，我们就是要在他们统治的地区开辟一个'独立国'，一个红色的苏维埃独立国，与他们进行斗争，直到最后胜利！"恐吓无效，敌人派出暗探，企图杀害徐履峻，并贴出告示："凡活捉徐履峻赏洋一千五百元，打死赏洋一千元。"到10月，敌人调来卢兴邦一个团和驻浦城的吴鼎年部队，由反动民团予以配合，对徐履峻的民众会进行围剿。徐履峻组织民众会据险抗击，用土枪土炮击退敌人多次进攻，缴获了二十多支枪，保卫了革命根据地。10月底的一天，徐履峻回村布置工作，首阳村的反动土豪徐锡魁与恶霸联头唐锡贯带着卢兴邦的部队与反动民团前来偷袭。徐履峻用"勃郎宁"手枪击毙几个敌人，但最终被敌人杀害。

陈昭礼讲完徐履峻的牺牲过程，无限悲痛，沉默了片刻后，对杨峻德说："徐履峻虽然牺牲了，但崇安的工作一刻不能停。为了确保完成党中央所下达的在闽北创建红色根据地的任务，福建省委决定派你以省特派员的身份，前往崇安指导工作。"

杨峻德心潮难平，当即表态："请组织上放心，我一定会化悲痛为力量，全力以赴把崇安工作做好！"

播火记

1928年12月，杨峻德风尘仆仆赶到崇安。

走在乡间熟悉的山路上，杨峻德看到山坡上耸起的一座座新坟、冷风中飘飞的白幡，时不时听到年轻妇女或老太太哭泣的声音，闻到

① 联头：旧时代基层地方行政组织的首领，类似于保甲制度中的保甲长。

一股股纸钱焚烧的气味，立刻想到，崇安的第一次武装暴动，民众会牺牲一百多人，这些坟很可能就是他们的，这哭泣的，很可能是他们的妻子或者母亲，心中禁不住一阵阵疼痛，真恨不能走上去跟她们说几句话，做一些安慰，但他硬是把自己的情绪控制住了。

杨峻德充分意识到，徐履峻与一百多名民众会队员的牺牲，势必在大家心中引起一番震动与恐惧，这必然使崇安当前的工作陷入低谷。为此，他走访了好些对象，一个个谈心，大大小小开了好些会。在他的努力下，终于选举产生了以陈耿①为县委书记的新领导班子，使崇安的工作重新步入轨道。

12 月 15 日，县委在上梅燕子岩召开县委扩大会议，沉痛悼念了徐履峻，并由杨峻德宣读了福建省委发出的《告崇安同胞书》。会上，杨峻德介绍了毛泽东同志领导湘赣边界暴动，将队伍带上井冈山的情况，传达了省委制定的“争取群众，实行武装暴动，通过土地革命，迅速建立苏维埃”的基本方针。会议以武装暴动为议题，总结了崇安地区第一次暴动失败的原因与经验教训，分析了闽北地区革命形势，最终提出以“民众会”为暴动骨干，筹建兵工厂，自行制造武器，为再次举行武装暴动做准备，创造闽北地区的红色苏维埃。

燕子岩会议是崇安工作的转折点，在闽北红色苏区建设史上，具有里程碑的意义。

杨峻德对县委主要成员进行了分工，并以身作则，亲自到基层各

---

① 陈耿，字浩源，号硬石，生于 1905 年，武夷山市程家洲人。1924 年任国民革命军广东某部排长。1927 年“四一二”反革命政变，陈耿毅然脱离国民党军队回乡。9 月，加入崇安县农民协会任宣传委员，10 月初，加入中国共产党，秘密组织“民众会”。次年 1 月在上梅乡下屯村举行武装起义。起义后重建民众局，陈耿被推为总指挥。自 1929 年 6 月攻打五夫失利后，进入山中开展游击战争，逐步形成崇安东部的上梅、西部的吴三地、崇浦交界的黄龙岩，以及江西铅山石垅地区的武装割据，为闽北革命根据地建立奠定了坚实基础。1929 年 10 月，由民众队改编的中国工农红军五十五团在北乡黄龙岩正式成立，陈耿任团长。1930 年 5 月，崇安县苏维埃政府成立，陈耿被选为苏维埃执行委员、军事委员会主席。10 月，被调往赣东北，历任红十军第八十二团参谋长、仲发学校军事部长、中国工农红军大学五分校教导员。1932 年，王明路线在闽浙赣革命根据地肆虐，在肃反扩大化中，陈耿被诬为“改组派”，1933 年 9 月遭杀害。

地开展宣传发动工作。

这一天，杨峻德来到岩山兵工厂。新上任的县委书记陈耿一路陪同。陈耿长着一张马脸，下巴上满是硬扎扎的胡茬，烟卷不离手，说话直来直去。他告诉杨峻德，这个兵工厂是徐履峻建的，开始是个小冶铁厂，后来请来几个铁匠铜匠，不单单只是打制大刀长矛，也造些土枪土炮，就改称兵工厂了。陈耿说："搞兵工厂是要花钱的，徐履峻书记很了不起，他先是卖了家里的茶园，后来又把家里的一头牛拉出去卖了，急得他老婆在地上打滚哭叫。"

杨峻德感叹道："他是个大公无私的人，我们应该向他学习。搞兵工厂离不开铁，你们怎么解决铁的问题的？"

陈耿说："哪里能解决，一直解决不了，所有的困难都在这里。有人送来过一船铁，噢，听徐履峻说，那人在建瓯做生意，好像是你的朋友。"

杨峻德接过话头："你说的可是汤忠？他是我同学，老党员了，跟我关系极好。你们可以抓住他，要他多送些过来。"

陈耿说："搞暴动，民众会的队员都得武装起来，要是有一支枪，哪怕是一支土枪、一支鸟铳，都好得不得了。没有这些，最起码也得弄个梭镖长矛呀，总没有赤手空拳的道理呀。好了，这一切都要铁。铁不够，怎么办？发动民众会队员回家找，不找来不行，每人都有任务。结果，有人把家里破锅破汤罐拎来了，有人把断犁头扛过来了，还有坏铁锹坏镰刀坏锄头……屋场上，撂了一大堆。嘿，你别小看呀，还真顶用！"

杨峻德说："我来跟汤忠联系，要他尽快弄一船过来。"

杨峻德走近一个炉口，炉膛里烈火熊熊，一个年近六旬的老人挥着铁锤，正在铁墩子上敲打一只刚从炉膛里抽出的通红的矛头，每一锤砸下，矛头上飞迸出一片通红的火星。老人满脸是汗，神情僵硬，一直在不停地挥锤，不停地敲打，腰间系着的皮裙被火星烧灼得破烂不堪。

陈耿轻声告诉杨峻德，这位老人的儿子在秋季暴动中牺牲了。

杨峻德怔住了，连忙上前要同老人家打招呼。陈耿拦阻杨峻德："你不要跟他说话，他是聋哑人。"接着又一声叹息，补充道："他本来不聋不哑，自从儿子牺牲后，就变得聋哑了。"

杨峻德什么话也说不出，倒了一碗水，双手捧着，请老人家喝，又在炉膛口坐下，攥住风箱手把，默默地拉起风箱。

杨峻德看了兵工厂的产品，马蹄枪、土铳、手雷、梭标、大刀、老虎箭、挨丝炮、松筒炮、锡炸弹，等等。品种这么多，让他很兴奋。遇到工人，他都对他们说："好样的，要多造一些枪，多造一些武器，越多越好！"

当天下午，杨峻德在岩山兵工厂对全体工人讲了话，他声情并茂地说："各位，你们知道，目前在我们共产党中最流行的一句话是什么吗？这句话叫'枪杆子里面出政权'。枪杆子是什么？就是你们打造的这些大刀长矛、土枪土炮。它们确实不如敌人手中的快枪好，但它们可是消灭敌人的武器呀！我们需要它们，我们苏维埃政权的建立需要它们，它们是我们当前最重要的宝贝，你们千万不要小看它们。因此在这里我向你们致敬，因为你们所做的是一项伟大的工作！"杨峻德将那位聋哑老人请上前，对大家说："在座的大概没有一个不知道这位铁匠老人失去了儿子，他的儿子是跟徐履峻同志同一天牺牲的。那两天，我们民众会牺牲的是多少人？一百多。一百多，是一个不小的数字呀。牺牲，流血，这是一种深深的痛。怎样才能避免这种流血、这种痛苦？路子只有一条，奋起斗争，消灭我们的敌人！铁匠老人来参加我们的武器打造，就是在消灭我们的敌人！就是在战斗！敌人消灭了，人民就可以当家作主，世界就会阳光灿烂，流血牺牲的事就再也不会发生！所以我要对你们大声地说，抓紧打造我们的武器吧，为了那阳光灿烂的日子快快到来！"

为了尽快组织第二次武装暴动，加快民众会的建设与开展练兵练武至关重要。杨峻德与陈耿兵分两路，到各村各点检查工作，点火发动。陈耿要派人陪杨峻德，杨峻德笑着拦他：“我是来工作的，不是来视察的，况且我们人手这么紧，一个要当两个三个使。你放心，这里的人我都熟悉，村村寨寨的路都熟悉，你尽管忙你的吧，不要担心我。”

杨峻德先去的是坑口。坑口民众会的队长孙拐子，是个又黑又瘦的山里汉子，样子很凶，他入党时杨峻德在支部会上与他见过面。杨峻德见他脸颊上比先前多了一块黑乎乎的大疤，问他咋回事。孙拐子一双白多黑少的眼瞪着，照地上射箭似的吐了一口痰：“狗日的卢兴邦给我送的礼！”

问：“坑口民众会多少人？”

答：“差一个六十。”

问：“几名党员？”

答：“五个。”

杨峻德说：“民众会人数不多，还要发展扩大，当中的积极分子，要培养他们入党。”

这边正说着话，一个民众会队员带着两个人过来，对孙拐子说，他们是首阳村的农民，打死人了，要来投奔民众会。孙拐子见两个农民站得远远的不敢过来，向他们招手喊：“过来过来！”

两个农民走过来，都破衣烂裳，年轻一点的那个，衣服上有血。孙拐子问，好好的，怎么打死人了？两个农民都白搭着眼，不敢说话。孙拐子眼睛一瞪，吼起来：“说话呀！”

杨峻德冲孙拐子摆摆手，望着对方说：“没事的，怎么回事，说给我们听听。”

原来这两个农民是弟兄俩，他们家租了首阳村地主的地，收成不好缴不起租。到了年底，地主派捐棍①下乡逼租。捐棍下乡都带着枪带着刀，如狼似虎，横行无忌，他们在村里冲了几户人家的家，把锅都

---

① 捐棍：地主土豪所豢养的专门帮助他们收租收税的人。

砸了。到了这兄弟俩家，因收到不租子，动手打起老人，并且扬言要烧屋子。两兄弟忍无可忍，操起扁担与捐棍打斗起来，最终一下把捐棍打死了。

孙拐子恶声恶气道："打得好！只可惜，打死的是一条狗，要把他的主子打死才叫好！"

杨峻德问："主子是谁？"

孙拐子说："徐锡魁个龟孙！"

杨峻德眉头一拧："徐锡魁？这名字怎么有些熟？"

孙拐子眼睛一下翻成牛眼："就是他个龟孙带着卢兴邦的人马，把我们的徐县长杀了！"

杨峻德点点头："噢，我记住了。"

当晚杨峻德与坑口民众会的队员一起篝火晚餐，嚼大饼，喝南瓜粥，一边吃，一边与大家谈心说话。那两个从首阳村跑来的农民兄弟坐在大家中间，杨峻德有意把话头引到他们身上。一个民众会的队员说："这些地主老财也太可恶，专门欺负穷人。"一个队员说："他们就是仗着有钱有势，养着一帮家丁。"一个队员说："不光家丁，听说徐锡魁这狗日的逢年过节都给卢兴邦送钱送银子呢！"

杨峻德一直在用树枝挑着火堆，此刻抬头望住大家道："地主恶霸欺负人的日子过去了。大家说说，我们现在成立了民众会，他们还敢来欺负我们吗？"

一个队员说："尾巴夹起来了。"

杨峻德说："他们欺负我们，是因为我们太弱小，一家一户，势单力薄，斗不过他们。现在我们成立了民众会，我们团结在一起，我们手中有刀，有枪，他还敢欺负我们吗？"

一个民众会队员挥拳道："打死他狗日的！"

杨峻德望着面前被火光映得红红的一张张脸，说："消灭敌人，推翻这种人剥削人、人压迫人的不合理的社会制度，让天下穷苦大众都过上幸福的日子，这是我们共产党的目标。但这是一个艰巨的过程，为什么？因为剥削我们的地主土豪、地方恶霸不肯退出历史舞台，因此我们的民众会要发展壮大，要练武练兵，要成为一支强大的力量，他们不肯退出历史舞台，好呀，我们就把他们消灭！”

之后，杨峻德又与县委成员左诗赞去了大源，去了东源，进行宣传与发动。还亲自来到敌人力量比较薄弱的小北片发动群众，拉起一支三百多人的队伍。左诗赞从民众会调来三名优秀队员带领大家军训，并建立了一家兵工厂，在岩山兵工厂老师傅的指导下，制造各种武器。与此同时，杨峻德与陈耿安排合适的人员到已拥有民众会的樟村建立党支部，到尚未建立民众会的小南山、大安源建立民众会。

随着民众会人数的不断扩大，1929 年 1 月 18 日，陈耿率民众队下山，在上梅下屯村成立了民众局。杨峻德在成立大会上讲话：“根据中共中央与福建省委的指示精神，工农群众要团结起来，为自身的解放而斗争。为此，我们崇安县各乡各地的民众会今天相聚在这里，成立民众局。整个民众局分三个支队，每个支队五百人。第一支队由总指挥陈耿兼带负责，第二支队左诗赞负责，第三支队徐福元负责，陈耿同志任总指挥。这是一个我们劳动大众自己的武装，一个革命的武装，一个与剥削阶级、压迫阶级作殊死斗争的武装。目前，我们民众局总人数已有一千五百人，将来我们的队伍还将不断扩大。去年的秋季暴动虽然失败了，但我们没有被吓倒。总结经验与教训后，我们将会选择适当的时机再次举行暴动。请大家记住，我们的纲领是：打倒国民党反动派，打倒土豪劣绅，废除反动联首、地保制度，实行平田废债！”

杨峻德的讲话，赢得一片热烈的掌声。

机会成熟，杨峻德经与陈耿及民众局主要领导人员研究决定，于 1 月 29 日举行第二次暴动。

烈火熊熊

1929 年 1 月 29 日，各乡民众会一千余会员齐聚上梅乡下屯村万家庄，举行了第二次武装暴动。

夜里十二点，锣鼓敲响，松明子火把燃起，人们呼啸着冲向土豪恶霸的庄园。门是加了门杠紧关着的，敲不开，冲。家丁吓得筛糠似的，民众会的队员想到他们平日耀武扬威的架势，就想为难他们，杨峻德硬是拦住，说：“冤有头，债有主，他们是为主子卖命，讨一口饭吃，就罢了吧。”

地方土豪徐锡魁跑掉了，问他大老婆跑哪去了，大老婆气鼓鼓地回，他哪一年在我这过过宿？问他小老婆，小老婆缩在被窝里不肯说。最后在谷仓捉到了，原来钻进了谷堆，一头的谷粒。

恶霸联头唐锡贯听到风声，从后院翻墙逃跑，民众局队员发现后紧追不舍，一直追到山脚下才把他捉住。担心把人搞错，用火把照照，是他，眼睛翻着，一头一脸的泥。

次日，民众局总指挥陈耿主持召开了全体队员大会，对罪大恶极的恶霸联头唐锡贯与地主土豪徐锡魁进行了公审，乡村农民纷纷哭诉了被他们逼得家破人亡的不幸遭遇，一次次扑上前要揪打他们。鉴于他们长期作恶乡里，尤其勾结反动民团与卢兴邦军队，使民众会一批队员与县长徐履峻落入敌手不幸牺牲，民愤巨大，最终决定将二人处决。

崇安的革命烈火被点燃了，在杨峻德与陈耿的领导下，崇安的东、西、北部，建阳的北部，铅山的南部，纵横一百多里近万名农民与纸槽工人再次揭竿而起。长期深受剥削压迫的暴动群众，高举红旗，手握鸟铳、梭镖、大刀、锄头，攻村占镇，捉杀土豪劣绅，推翻了各乡村的联头、地保。以民众会为代表的各级政权机关如雨后春笋般涌现，它们发布各种训令，号召群众开展平田废债运动。沉寂一时的武夷山区红旗飘扬，欢声雷动。

第二次上梅暴动成功！

杨峻德与陈耿立刻召集手下主要成员在下屯村开会，会议的主要议题是，如何发展大好形势，进一步巩固与扩大暴动成果。大家各抒己见，最后达成共识：攻打五夫。

五夫是崇安东乡重镇，詹树政的反动民团有数百人之众，距暴动中心上梅仅三十华里，对新建立的革命根据地虎视眈眈，当前形势之下，只有将五夫拿下，才能消除心腹之患。

民众局第二支队支队长左诗赞猛吸了两口烟，把烟蒂往地上有力地一扔，粗声大嗓道："不要坐着空谈了，明天直接行动，我负责打头阵。"

第三支队支队长徐福元说："左队长的看法我赞成，要动手就要尽快，乘着大家斗志高昂，我们来个一鼓作气，等到敌人有了防备，就难了。"

陈耿忙得几天没刮胡子，下巴上的胡茬黑乎乎长成了森林，他望住杨峻德说："五夫的民团有两百多人，装备肯定比我们好，但我们有一千五百多人，是他们的数倍，土枪土炮也有了不少，拿下五夫应该不在话下。"

抽烟的人多，屋子里烟雾太大，对面看不清人脸，杨峻德有些吃不消，不断咳嗽，他端起茶缸喝了一口茶说："我完全赞同大家的观点，凭着我们的力量，攻克五夫应该没有问题。这当中唯一让我担心的，是卢兴邦的部队，他要是赶过来与民团合在一起，怕是一块不好啃的骨头。"

左诗赞"嚓"地划着火柴点起一支烟，一边吸着一边说："也没那么可怕，等他知道，五夫早被我们拿下了，他要是敢来，我左诗赞收拾他个龟孙！"

陈耿往左诗赞翻起眼："你也太大言不惭了，他卢兴邦手中有一个团，都是正规军，就那么好对付？"

杨峻德说："困难要想到，但五夫必须打，而且要立刻打，行动要快，同时要做好防止卢兴邦增援的准备。"

最后方案定下，陈耿任总指挥，带第一第二支队主攻，第三支队负责外围策应。卢兴邦的部队在建阳，从建阳来的路上，在各路口安排人员侦察，一旦发现敌情，火速报告，以便采取对策。

会议正要结束，民众局的一个队员进来报告，说建瓯来了一条船，要找杨峻德。杨峻德问什么人，什么事？队员说，对方不肯讲，只是说有一批货要你亲自去领。杨峻德立刻想到汤忠，一定是他送铁来了。与陈耿赶过去一看，果然是铁，有几千斤。

陈耿对杨峻德一竖大拇指："你的这位老同学够意思！"

杨峻德说："我告诉过你，他是老党员。"

送货的船夫还把一只小包裹递给杨峻德，说这是他妹妹给他带来的，要船夫亲自交到他手里。杨峻德打开一看，是一件新毛衣，叠得方方正正，里面夹着一只信封，信封上光光的没有一个字，折开来，里面有一张折叠着的纸，上面有贵珍铅笔写的一行歪歪倒倒的字："你还好吗？有空回来呀。"

除了信，还一张娃娃的照片。娃娃白白胖胖，笑着，很可爱。杨峻德心里热乎乎地想，这是我的宝贝儿子宏农呀，跟我一模一样，就是皮肤比我白。笑着望着陈耿说："是我老婆的东西，我妹妹托人转来的。"

攻打五夫确定在2月3日晚。这天下午，民众局的近百名队员，分别装扮成周围山乡卖松木、卖竹子的山民，先先后后赶着牛车，撑着小船进镇，至晚上九点，民众局进攻的土炮一响，大家立刻从车上船上的松木捆、竹竿堆里取出枪、大刀、土制手雷，在镇上几个地方同时对民团发起进攻，五夫镇立刻火光闪闪，烟雾飞腾，到处是枪炮声与喊杀声。民团哪对付得了这一千多人势如破竹的进攻，一边抵抗，一边节节败退，很快被打得溃不成军，最后逃散到山里去了。

五夫被攻克，民众局一片欢声。队伍驻扎下来，打土豪，废租平债，开粮仓，分发粮食。五夫穷苦农民的腰板子一下挺直了，年轻人三三五五跑到民众局要求参加队伍。

可是三天后，正当大家沉浸在胜利的欢乐之中时，反动民团跟随着卢兴邦的队伍反扑过来了。民众局得到情报后，立刻借助周围山峰布阵对抗。战斗很激烈，从下午一直打到天黑，民众局利用土枪土炮、大刀长矛老虎箭，一次次把敌人压下山去。下半夜天下起雨，天快亮时，敌人再一次围攻上来。这一回敌人的人数众多，枪弹异常猛烈，民众局队员因一夜坚守阵地疲劳，尤其弹药剩余不多，又经雨水淋湿，致使火力大大减弱，敌人很快攻了上来。左诗赞打红了眼，对第二支队的全体队员高喊："都把大刀拿出来，跟着我上！"陈耿发现情势险恶，大声喝令左诗赞不许胡来。杨峻德审时度势，沉着冷静，立刻要陈耿下令，三个支队全体人员往大山深处撤退。

撤退付出了血的代价，因为敌人深入追击，民众局整个被打散了。三天后，当陈耿、杨峻德、左诗赞、徐福元将三个支队的人员重新聚集到一起时，发现原来的一千五百人只剩下一千两百人，锐减了三百人，牺牲人员至少有一百人，其余人员失散或回家。

五夫暴动失败，民众局队员一时陷入低落颓丧的情绪之中。队伍中有几十人负伤，有的伤势十分严重。受伤的人中有人发牢骚，又叫又嚷闹着要回家，陈耿黑胡子拉碴的脸本来就难看，听他们这么叫，不禁脸一摆："想走直接走，没有谁拉着！"

杨峻德见陈耿情绪不佳，把他叫到小溪边，两人沿溪边默默走了一阵，在一片石滩上停下。杨峻德望望他，提醒道："怎么不吸烟？卷颗烟吸吸吧。"见陈耿望着水对面一片黑色的山不动，禁不住摇了摇头，声音低沉地说："知道你心情不好，其实我心情也不好。都不好。但是，非常时期，我们无论如何要稳住，不能摆在脸上。我们稳住了，整个队伍才能稳住。"

陈耿喳啦喳啦卷起烟。

杨峻德走到临水的一块石头上，转回身子对着陈耿说："伤员闹情绪要安抚，让他们回家不妥，这会形成负面影响。民众局是民众会队员们的家，受伤了就应该在家里养着，背着抬着都不能分开。这是我们的责任，如果把这个责任推卸给他们的家人，我们于心何忍？"

陈耿大口吸着烟说："我哪舍得他们离开？闹得让人生气。"

杨峻德说：“也难怪，他们毕竟是一帮农民，不可能一下有那么高的觉悟，提高觉悟需要一个过程。”

接着商量了救治伤员的办法。民众局毕竟草草创立，既无药品，又无救护员，唯一可行的办法是，寻找相熟人员赴崇安城请医购药。人终于请来了，陈耿从队伍中物色了两个合适的人做医生的帮手，目的是让他们学习一些最基本的包扎救治知识，以便来日使用。

与此同时，杨峻德与陈耿认真学习省委指示精神，根据形势研究决定，在军事斗争上，要避开敌人锋芒，不打阵地战，“十则围之，五则攻之……少则能逃之，不若则能避之。”采取迂回曲折的游击战术，逐步形成了以上梅、吴三地、黄龙岩为中心的三块游击区。杨峻德还与江西信江红色苏区取得联系，使闽北游击区向江西铅山一带延伸，从而为创建闽北革命根据地，建立闽北工农红军奠定了基础。

与此同时，他们根据福建省委对崇安的指示，明确了当前工作的任务：进一步发展与壮大党组织；继续开展抗租抗债抗税等“五抗”斗争；严守军队和党的干部队伍秘密，谨防特务与变节分子破坏；加强武器制造与军事训练，提升队员的战斗力。杨峻德与陈耿带领大家经过将近半年的努力，崇安党组织得到了健全发展，革命力量进一步发展壮大，整个斗争形势往着越来越喜人的方向发展。1929 年 4 月，杨峻德和陈耿在上梅小屯村召开会议，根据上级指示，并最终报经省委批准，决定将红色武装的领导机关从军政一体化的民众局中分出，成立红军局，陈耿任红军局总指挥，全县民众队武装整编为红军团。

消息一传出，民众局沸腾了：

“天呀，我们要成为红军啦！”

“红军可不是闹得玩的，它可是正规部队呀！”

“红军要穿统一军装，要配统一的枪，每个排都要有机枪。机枪懂吗？哒哒哒！哒哒哒！”

……

杨峻德与陈耿一同学习红军建制条例，制定了将民众局改编为红军局的具体方案，红军局下设红军连、红军排、红军班。同时，召来左诗赞、徐福元商量人员编排，确定排级干部人选。

红军局成立了。为了使红军局全体人员深入彻底地认识到建立红军队伍的意义与作用，杨峻德根据省委下发的相关文件，挑灯夜战，用一支笔尖已有些奓开的破钢笔，撰写了《红军之意义》《红军之组织》等文章，以供手下人员学习宣传使用。在《红军之意义》中，他写道：

首先大家要搞清，红军为什么叫红军？因为最初共产国际确定的标志色是红色，于是红色成了各国共产党的颜色，共产党的军队就成了红军。

此外，“红”还具有象征意义。旭日东升是“红”，这“红”象征着共产党人所从事的解放全世界劳苦大众的伟大事业如杲杲之日，生机勃勃，红光灿烂，一定会走向胜利！这“红”，同时还是熊熊的火焰，它驱逐着这个世界的黑暗，将一切腐朽与罪恶化为灰烬！

红军是一支什么样的队伍？请记住，它是我们劳苦大众自己的队伍，是一支保护我们劳苦大众，为我们争自由、谋幸福的队伍。它的目标是，打倒帝国主义，打倒军阀，打倒国民党反动派，打倒贪官污吏、土豪劣绅、地主资本家，让劳动人民当家作主。它是我们劳苦大众的贴心人。有了这支队伍，土豪劣绅就不敢欺负我们了，我们的腰杆子就硬了。

红军是由最勇敢、最革命、最忠实的人组成，它是一支特殊的武装组织，它是中国共产党建立革命根据地的坚强后盾。为了使这支武装组织具有打击敌人、消灭敌人的力量，我们要加强训练，不断练兵，大量制造武器，提高队伍的战斗力，让敌人闻风丧胆！

1929年年底，在陈耿与杨峻德的领导下，红军局对下属队伍进行了严格整编，中国工农红军第五十五团宣告成立，闽北人民的第一支革命武装从此诞生。

杨峻德在成立大会上说：“军队要有军旗，没有军旗不成军队，而且这军旗务必要做好，因为这是一种象征，不是小事。”

难题来了，上级没有把军旗发下，需要自己做。可是中国工农红军的军旗是什么样式?

陈耿说：“我见过。是一面红旗，上面好像有图案，是镰刀与锤子。”

左诗赞说：“不错，是一面红旗，但哪有什么镰刀与锤子，应该是个人五角星。”

两人争执起来，都是大嗓门，屋顶震得炸炸的。

杨峻德笑道：“你们都没错，但都只对了一半，镰刀锤子有，五角星也有，它们是合在一起的。”

陈耿说：“是吗？那就把它们合在一起。”

杨峻德从口袋里掏出一张报纸，打开，上面有中国工农红军军旗的照片。杨峻德说：“这张报纸是我在福州时看到收在身上的，当时就想，闽北要是建立红军队伍，是要有这样的旗帜的，没想到，收着的这张报纸派上用场了。”

大家拿过报纸一个个传看。

陈耿平常都是卷烟叶抽，这两天因为成立红军团特高兴，买了一盒洋烟，他掏出烟盒，一支支散给大家，将一支衔到嘴上，怪怨左诗赞道：“你这家伙总跟我犯牛，有没有镰刀与锤子呀?”

左诗赞接过烟，嘴上不服道：“不是我跟你犯牛，是你总打压我!”

杨峻德调侃中带批评地对左诗赞说：“你是属弹簧的，有些碰不得，一碰就跳。陈耿同志是我们县委书记兼总指挥，如今是红军团的团长。红军有铁的纪律，一切行动听指挥，这一条你知道吗？你这么不听团长话，如果是我，一准把你撤了。我这么说，你服不服?”

左诗赞咧嘴笑道：“我服我服，不会了不会了。”

军旗是由徐履峻的老婆李大兰做的。李大兰在徐履峻牺牲后，不吃不喝不睡，见人也不说话，呆了似的。之后她就跑到山里找到民众队，天天给大家烧饭洗衣，总是不说话，只是做事。大家都喊她嫂子，对她很尊重。

做军旗的红布是特地派人从崇安城买回的。李大兰细针细线地给红旗绲了边。为了使中间的五角星与镰刀锤子的图案做得精致好看，她用绣花绷将红布绷起，用黄色与黑色丝线一针一针地绣，花了两个晚上。

在闽北的崇山峻岭间，当这面由镰刀与铁锤图案构成的红色军旗于清冽的寒风中冉冉升起时，列队肃立的一千多名衣衫不整、装备不全的战士们，神情庄重，目光中燃烧着神圣的火焰。

第七章 金色的硕果

“杨陀螺”

1929 年 9 月，杨峻德调任中共福建省委秘书长。省委机关在厦门，杨峻德离开崇安，来到厦门上任。

省委机关原在福州，迁至厦门是因为“四一二”反革命政变使福州党组织受到空前破坏，白色恐怖异常严重。厦门是对外港口城市，商业繁荣，华侨众多，客商如云，交通又发达，相较福建其他城市，属藏龙卧虎之地，省委机关便选址在这里。

杨峻德有生以来第一次来到厦

门。省委机关在鼓浪屿虎巷8号。这是一幢大约建于20世纪20年代初期的中西合璧两层小楼，双坡瓦顶，砖木结构，坐西朝东。杨峻德之前听联络员介绍，这是华侨私人建筑，对外貌似进行商务活动，其实是省委机关秘密办公处。走到小楼跟前，杨峻德没有立刻进门。联络员对他特别交代过，切切不要立刻进，要先看看安全标志。大门上有两个铜环拉手，拉手上一年三百六十五天天天系有绸带，红色绸带表示安全可进，一旦换成绿色，则表示危险，必须迅速离开。杨峻德想，自己近期是在基层乡间工作，面对的是土豪劣绅，如今进入了白区，这以后，做任何事脑子里都要多一根弦哟。

杨峻德清楚地看到，虎巷8号门环上系的是红绸，便走了进去。

过了门厅，迎面是一方天井，天井中叠着一架太湖石假山，假山旁有一株三角梅。杨峻德本来不认识三角梅，但在施雅琼的外公家院里见过，施雅琼当时给他做过介绍，因此记住了它的名字。三角梅虽长得不高，但很壮实，枝叶间缀满了红红的花苞。杨峻德想，它们是不是在欢迎我，等待我的到来？

上楼是一道木楼梯，走在上面咚咚响。二楼有房屋数间，呈“回”字形布局，每间房有轩敞的大窗对着天井，房间与房间之间连以回廊。手抚栏杆，可仰头看云，亦可俯瞰天井中的花木假山。杨峻德心里想，共产党领导人民闹革命，目的是让劳苦大众过上好日子，住上好房子，吃上好饭菜，穿上好衣服。将来革命成功了，我要是能与贵珍住上这样的房屋，倒是一件挺美好的事。

在虎巷8号，杨峻德很意外地见到了省委联络部主任彭信。

“没想到，是你呀，我到一个新地方总会碰到你，真是前世有缘！”杨峻德拉着他肉乎乎的手，开心道。

彭信圆圆的脸上闪着光泽，总是那么一副精力充沛的样子，摇着杨峻德的手说：“这是因为我从事的是一份特殊工作，所以我们见面的机会多。”

彭信带他去见省委书记。杨峻德说：“你是个大忙人，你忙你的去吧，你告诉我他在哪间屋就行了。”

彭信笑了：“你犯经验主义的错误了，你以为省委书记还是陈昭礼？ 告诉你，不是了。”

杨峻德一愣：“怎么，陈书记走了？”

彭信说：“对，刚走不两天，调到广西去了，新书记王海萍，你不认识。”

杨峻德不说话了，本以为到厦门要见到陈昭礼，可以听听他的教导了，没想到他倒去了广西。 这也不奇怪，党的工作面向全中国，不是局限于一个地方，作为党的人，既然为党工作，就应该随时服从党的调遣，到任何一个需要你去的地方去。

杨峻德在二楼一间小会议室里见到了王海萍。 王海萍一定是听他人介绍过杨峻德，对杨峻德的情况很了解，先是问了一些杨峻德在北京读大学的情况，接着扯回话题，详细询问了崇安暴动后的近况。 当他听说民众局改为红军局，近期经过整编，顺利建立起中国工农红军第五十五团时，很是开心，连连夸赞：“你们干得好，你和陈耿同志都是好样的，应该给你们嘉奖！”

正说着，一位女同志进来，将一份文件交给王海萍。 王书记给杨峻德作介绍，原来这位干净利落的女同志叫梁慧贞，是王海萍的妻子，她在省委宣传部工作。

梁慧贞笑道：“怎么只是干坐着说话，不倒杯茶？”说着去烫了一只杯子，给杨峻德倒了一杯茶，同时给王海萍的杯里续上水。 为了不影响他们说话，倒完水就出去了，临出门，回手轻轻把门合上。

王海萍听完杨峻德的工作汇报，立刻对杨峻德的近期工作做出安排。 他说：“当前白色恐怖严重，省委决定一切会议从简，各地武装暴动及根据地建立的情况汇报，不集中开会，只采取各地单独汇报的形式，以尽量减少外界的注意。”

杨峻德听了王海萍的讲话，深深感到，目前是处在一个非常时期，所有工作的开展都要有一种安全保卫意识，这不仅是对党负责，也是对个人负责，自己以后在这方面一定要引起高度重视。

王海萍说：“你身为省委秘书长，在当前这种特殊的形势下，要用特殊的方式做好各方面的接待工作。下面区委书记、县委书记、游击队长或总指挥来了，你是第一个接待站。你要认真听取他们的汇报，对他们的工作提出一些指导性意见。记住，这些是你近期工作的主要内容。你在基层干了几年，有这方面的经验，有指导的能力。当然，遇有重大问题，要及时向上汇报，不要轻易表态。等到开会研究后形成统一精神，再传达下去，让他们落实。”

杨峻德说：“书记放心，你的话我记住了。这秘书长的工作对我来说是全新的，肯定有一定压力，我不敢说干得多好，但我向你王书记表个态，我杨峻德一定会尽力去干，努力去干，争取把它干好，干漂亮！”

王海萍放下茶杯笑着站起，握着杨峻德的手说：“我知道你的能力，我相信，你会干得很好的！”

走上省委秘书长的岗位，杨峻德不断接待下面县区人员的工作汇报，地点不确定，一般在虎巷8号小楼，但更多安排在其他地方，报馆、商行、书店、饭店，等等，目的是为了提高安全性，有效保护省委机关。

到厦门第三天，杨峻德见到了施雅琼。杨峻德知道施雅琼在厦门，与她见面是早晚的事，但没想到这么快。

这天，泉州的一位区长由省委联络部安排向杨峻德汇报工作。汇报交谈结束，区长告辞，杨峻德还没有转过身，一个身影一闪，施雅琼出现在面前。

“天呀，怎么是你？”杨峻德先是一愣，接着用手指着施雅琼的脸，惊喜地叫起来。

施雅琼显出一脸的调皮：“为什么不能是我？意外了？”

“是的，很意外，天上掉下来似的。”

施雅琼睨着杨峻德，美美地笑：“你难道不知道我在厦门？”

“知道，早听汤忠说了。”

“怎么不找我?”

杨峻德手一摊：“你不看到了，我这忙得四脚朝天的。当然，过后肯定要去看望你。怎么找过来的?”

施雅琼神情一下神秘而俏皮：“还要我找？告诉你，你人还没到，我已把你掌控了。杨实，是你的化名吧？我就知道是你。今天与你见面的泉州客人，就是我带过来的，你不知道吧？我是为了不分你的心，故意回避了你。”

杨峻德惊愕：“原来你在省委联络部工作?”

“对。”

“跟彭信在一起?”

“在一起。”随即诡谲地一笑，“不光在一起，而且他是我丈夫。”

杨峻德惊奇：“你结过婚了?”

施雅琼娇嗔地望住杨峻德：“怎么，不可以?”

杨峻德不禁有些尴尬，随即哈哈笑道：“什么话？怎么叫不可以呢，祝贺你，为你高兴！为你们高兴！”

说笑之间，天已傍晚，杨峻德提出找个饭馆吃个便饭，他乡遇故知，不容易，好好聊聊。施雅琼当然乐意，两眼晶晶亮地盯住杨峻德说：“你要是今晚不请我吃饭，我还不饶你呢！”

施雅琼已成了半个厦门通，厦门哪里有饭店，饭店的大小，环境的好丑，菜肴如何，全部清楚。杨峻德说：“到这里我没有发言权，吃什么你点，我只负责买单。”

施雅琼选了一家临海的环境清雅僻静的饭庄。她没有拿菜单，直接向服务生报了几个菜。等菜的工夫，两人正好喝茶说话。原来施雅琼在厦门有不止一个大学同学，关系挺好，其中一个是中共地下党成员，因为他的关系，施雅琼认识了彭信，并很快进入了福建省委联络部。

施雅琼两臂伏在桌上，突然望定杨峻德的脸，“噗哧”一笑：“告诉你一件你八辈子想不到的事，我去过你老家，看过你妻子。”

杨峻德眼瞪大了：“是吗？ 什么时候？”

“就在我到厦门前。 说实在，我一直想去一趟你老家，想看看你妻子，就是想看嘛。 我想，我今生无缘，倒要看看那位成为你妻子的女人是什么样子？ 比我温柔？ 比我贤惠？ 这是完全有可能的。 我这人经常一团火似的，烤得人受不了。 是不是受不了？ 对不起，请原谅我今天的直率。 我想，我反正是有主的人，你也有家有室，没有什么不安全，就把心迹暴露一下吧，你不会怪我吧？ 打中学起，我就喜欢上了你，之后一直喜欢你。 知道你结婚了，我劝自己放下也不行，就是不行，真没有办法，傻呀！ 我不认识你家，是汤忠陪我去的。 汤忠对我的好你是知道的，像我的哥，不，就是我的哥！ 在你吉阳老家，我见到了你妻子。 她挺好的，很本色，很纯朴。 汤忠告诉她，我们是你的同学，特地来看看的。 她一直含着笑，抱着你跟她生的吃奶的儿子，在我们面前有些不好意思，有些害羞。 真是一个很本色、很纯朴的女人。 我看到她那样子，当时就想，你要好好爱她，对她好才是，我不能打搅你们。 我说了这么多，你明白了吗？ 其实我这人心也是挺好的，挺纯洁，挺善良，很会为人着想。 你觉得是不是？”

施雅琼一口气说了一大堆，有些激动，一双大眼水波似的闪着光，美丽的脸蛋上泛着一片红晕。 杨峻德说：“我知道你的心。 你在我心中，一直是美丽的，可爱的。 从今以后，你就做我的妹妹，我做你的大哥，好吧？”

施雅琼白他一眼，娇嗔道：“做哥的是要惯妹妹的！”

杨峻德笑道：“一定。 过一天我请你跟彭信，不，改口改口，应该称为我妹夫，请你们吃个饭！”

两人逗着闹着，开心极了。

又说到杨峻德的老家吉阳，施雅琼不无感叹道：“吉阳真好，我跟汤忠走了一圈，你家乡的那座桥太美了！ 叫什么桥的？ 噢，想起来了，步月桥，一个多诗意的名字呀。”

说到故乡，杨峻德不禁有些心驰神往："你还不知道呢，我们吉阳人还有一个习俗，每年元宵节，家家都到步月桥上挂灯笼，灯笼分两种颜色，红色与白色，挂红色的是祈求新的一年生意兴隆、财源滚滚，挂白色的是希望一家人平安幸福。"

又谈到建瓯，谈到那段如火如荼的日子，两人不由想到葛越溪与潘作民。杨峻德说："自从葛越溪离开建瓯后，一直没有与他见过面。前年我到福州，与他失之交臂，中央特派员陈昭礼跟我谈话时说到过他，他当时被派回建瓯了。这之后，他一直在建瓯工作，听说情况挺好。"

施雅琼说："他的情况我清楚，一次他到厦门开会，我接待过他。可是那位潘作民，就一直没有他的消息。"

杨峻德声音不由低沉下来："是呀，我不止一次向人打听，始终没有他的消息。"

施雅琼幽幽道："一想起他，眼前就浮现出他的样子，戴一副眼镜，皮肤很白，看上去有些文弱，挺好的人。"

虽没有喝酒，但这顿饭两人吃了很久，一直在不断地说，整个心扉敞开着。

杨峻德为了更深入地了解和掌握基层工作情况，减轻基层党组织领导来回奔走的负担，同时考虑到减少在省委驻地厦门活动的频率，确保省委机关的安全，他经常往下面跑，去漳州，去泉州，去建阳……为各地的党组织发展和红色苏区的建立做一些指导工作。杨峻德整天东奔西走，忙碌不断，有时忙得顾不上吃饭，加班加点干到半夜。省委书记王海萍的妻子梁慧贞，看到他整天忙得四脚朝天，给他起了一个绰号："杨陀螺"。你看那陀螺不停地飞转，一刻停不下，像不像杨峻德？像。一经叫起，大家都叫开了。

1930 年 2 月，福建省第二次党代会在厦门召开，杨峻德是会务组负责人，负责整个会议的安排与文件材料。文件材料有两样。第一样，编印《农村土地革命纲领》。这份资料很重要，会上要发下去，是来自县区与会代表今后工作的指南。第二样，给会议起草一份工作报告，宏观地对全省各地党组织发展与苏区建设工作进行总结，并对未来的发展趋势做出规划与展望。杨峻德到省委秘书长的位置上后，起草过大会小会各种材料，但对于全省党代会上使用的这种高规格的高屋建瓴式的报告，还是第一次接手，因此他对王海萍坦言，起草这份报告心里没底，只怕起草不好。王海萍望着他微笑道："这项工作让你做，是有一些难度，但我知道你做得了，也做得好。你在崇安干过，这段日子又做过大量接待工作，下去又跑了很多片区，点上的与面上的情况都有很好的掌握，因此不会有问题。你先做，之后我看看再作补充。"

除了要啃会议报告这块硬骨头，《农村土地革命纲领》的印刷也是一桩棘手事。这套材料是党的机密，不能拿出去印，只能在地下印刷所秘密印刷。打字员生病两天没过来上班，杨峻德问："有没有人顶替？"

印刷所的负责人老杨回答："没有，就一个人。"

杨峻德问清情况后，上街买了一包点心水果，让老杨带他去生病的打字员家看望。

打字员一天没吃什么东西，体温始终居高不下，见杨峻德亲自上门，知道事情紧急，立刻要到印刷所打字。杨峻德很感动，专门为她叫了一辆黄包车，把她送到印刷所。途中还特地给她买了两只易消化的新鲜面包。

打字结束需要校对，一校由印刷所负责，二校三校杨峻德亲自上阵，把小样带到宿舍校，一行一行细看，像寻找仇敌一样寻找那些打错的字和标点，一经发现，立刻用红笔标出。为了按期付印，杨峻德一趟一趟赶到印刷所，与工人们一起推墨筒，一起折叠，一起装订。杨峻德发现早过了下班时间，大家晚饭还没吃，禁不住对老杨说："大家辛苦了，我请你们吃晚饭，不，应该叫吃宵夜！"

杨峻德回到宿舍，夜已深。他没有上床休息，而是立刻伏在书桌上修改党代会报告。钢笔水用光了，出门到小店买。街上没有一个人，所有的店铺黑灯瞎火。想去离宿舍不远的书记王海萍家找些墨水，但时间已是下半夜，去敲门有些不妥。只好回到宿舍，往墨水瓶里滴了几滴水，晃晃，吸到笔芯里写。虽颜色很淡，但勉强能够看清。

车轱辘似的不停地转，杨峻德一口气写了两小时，确实有些累了。不能睡，再坚持一下，今夜务必把第二稿拿出来，明天交给王书记过目。他用冷水洗了一把脸，活动一下腰肢，揉揉眼，坐下又写。

不知不觉，天已拂晓。当第一缕早霞的红光映射到杨峻德宿舍的玻璃窗上时，第二稿完成了，实在困得不行的杨峻德伏在办公桌上睡着了……

三到崇安

1930年2月，福建省第二届党代会在中共中央代表恽代英同志的指导下，于厦门召开，杨峻德在党代会上被选举任命为中共闽北特委书记。鉴于崇安地区斗争形势的有利发展，《福建省第二次代表大会决议案》上明确指出，“闽北崇安武装斗争已进入一个新阶段，为使斗争更加深入，必须加强发动地方百姓，召集乡村或工厂人员召开代表大会，建立基层苏维埃政权，将此作为不断斗争的政治机构。”刚刚当选为闽北特委书记的杨峻德，为了落实这一决议精神，于党代会结束后赶赴崇安开展工作。

施雅琼得知这一消息后，与彭信要为杨峻德饯行。杨峻德说：“明天就要出发，好些事需要处理，实在没时间吃饭。况且都是老朋友了，常来常往，饯什么行呀？”

施雅琼不高兴了，说：“工作是重要，但哪有这么急的？天大事，先放一放就不行吗？”

杨峻德见施雅琼有些不高兴了，况且她说的话也不是没有道理，就只好答应，三人一同吃了个饭。

饭桌上，施雅琼问杨峻德：“这次去崇安，准备不准备顺便回一下家？”

杨峻德面有愧色道：“已有两年多不回家了，真想回去看看。”

彭信说：“想回去，那就回去一下，去崇安经过建瓯，停留两天回一下家，顺便。”

施雅琼说：“我估计，我嫂子做梦都在想你回去，我觉得你无论如何也要抽空回家一下。”

杨峻德笑道：“对，对，回去一下。说实在，我也想呢，做梦都想。”

平时都在忙于工作还不觉得，如今有了机会，回家看看亲人的心情倒真变得很迫切了，以致晚上回到宿舍上了床都在想着回家的事。

杨峻德是坐船回去的。时移世易，社会有了进步，从建瓯通往徐墩的船不再是以往的小船，竟换成小火轮了。吉阳也有了变化，街上出现了好些新房子新店面，面貌一新。哥哥正一年三百六十五天如一日地守着操作台敲打金银器，但精神很好，见弟弟回来，喜笑满面。巧，贵珍这一回没有跟嫂子一起上后山采木耳蘑菇，人在家呢，皮变白了，娇气了，笑眯眯地望着他进来。杨峻德也望着她笑。儿子呢？杨峻德问。贵珍不说话，只是往身后一努嘴。原来身后放着一只竹编小摇床，一个白胖胖的娃娃睡在里面呢。杨峻德一步上前，心里想，他就是我的儿子吗？他叫宏农，是我离家时给他起的名字。贵珍见他想抱，弯下腰轻轻把儿子抱起来送到他手里。杨峻德两手张开笨笨地接着。哈，好娇软的身子，杨峻德有生以来还没有抱过小孩，这是第一次。宏农眼闭着，仍睡着，睡得很酣。嗅嗅鼻子，有一股淡淡的奶香。杨峻德撮起嘴想去亲亲儿子娇嫩的小脸，宏农突然小嘴一咧，哇哇哭起来，哗啦啦一泡尿喷泉似的尿下来。杨峻德没有处理这类突发事件的经验，立刻手忙脚乱。一着急，醒了，原来是一场梦。

临行，施雅琼将一只大旅行包拎来要杨峻德带着。

“是什么？”杨峻德问。

施雅琼说：“你别问是什么，给我好好带着就行了，是我给嫂子和小宏农准备的一点东西。”

杨峻德打开看看，是一身小孩子的新衣，一只塑料玩具马，一件成人扎头的红纱巾，此外还有一包花花绿绿吃的玩意儿。

第二天一早，杨峻德离开厦门。

船到建瓯，他在码头上下船进了建瓯城。一别两年多，依然是绿油油的城壕，依然是青砖斑驳的老城墙，依然是坑洼颠簸的条石街，依然是一家挨一家幌子招摇的店铺，一切都还是原来的样子，今天跟昨天没有什么分别。山区的城市大概都这样，静止的，不变的，像装在一只盒子里。

回到故地，自然想到一些老朋友，老熟人。汤忠在忙什么呢？方儒贤老先生身体还好吗？欧阳老师思想还那么偏激吗？还有一同战斗过的葛越溪、潘作民。葛越溪在山乡领导农民搞土地革命武装斗争，将来革命成功了，他应搬到这城里办公，到那时就可以去会会他了。

杨峻德来到大甲巷7号汤忠开的吉阳货栈。汤忠不在，管事的老张认得杨峻德，毕恭毕敬地迎上来，笑着向杨峻德请安问好，告诉他，汤老板因为生意上的事去建阳了。

杨峻德本已决定回一下家看看贵珍和孩子的，可临走前王海萍找他谈话，叮嘱他要尽快赶赴崇安，中共中央对闽北地区的武装斗争和红色苏区的建立特别重视，特派恽代英同志前来检查指导，时间紧，任务重，刻不容缓，杨峻德考虑再三，最终决定先赴崇安，待工作结束回厦门时，再做回家的安排。杨峻德的小妹阿芳如今在汤忠的帮助下进建瓯城开了一爿山货店，他本打算让汤忠陪着去看看，同时把施雅琼给买的一包东西交给小妹，让她回家时带给贵珍，可既然汤忠不在，只好自己直接去妹妹家了，只是不知道妹妹新开的店在哪条街哪个门号。向管事的老张一问，老张居然全清楚，仔仔细细地告诉他地址，但最后一拍脑门，说：“哎呀呀，你不要去了，他们两口子都不在城里，都跟汤老板一同去建阳城了。”

机缘不凑巧，杨峻德只得在一张纸上匆匆写了几句话，与那只大包一同交给管事的老张，拜托他，待他妹妹回来，请他转交给他妹妹。

杨峻德在建瓯没有停留，当天晚上赶到崇安，第二天与陈耿、徐福元、左诗赞等一批老朋友见面了。

陈耿腰间扎着武装带，腋下挂着驳壳枪，衣服虽有些破旧，但完全是一副红军团长的架势，他跨步上前，一双大手一把握住杨峻德的手，咧开被黑胡子围着的大嘴大笑道：“终于回来了，回来太好了，都在想你呢！”

杨峻德被大家火一样的热情点燃了，十分高兴道：“你们想，我又何尝不想呢？ 这不又到一起了？”

当晚大家聚在一起吃饭，喝土烧酒。 杨峻德对大家说：“闽北地区，特别是我们崇安这一带，中共中央特别重视，省委书记在党代会上对大家近期工作所取得的成果做出了充分的肯定与表彰。 当前我们的工作重点是，进行土地革命，把地主的土地分给农民，调动广大穷苦百姓的积极性，建立基层红色苏区。 同时进一步建立革命武装，发展红军团，壮大革命力量。”

陈耿把近期的工作向杨峻德做了汇报。 原来1月福建土著军阀刘和鼎与卢兴邦之间发生了“刘卢战争”，卢兴邦为了对付刘和鼎，调走了驻守崇安城的大部分军队。 崇安城里一时兵力薄弱，陈耿手下侦察人员发现这一重要情况后回来做了报告，陈耿立刻召集徐福元、左诗赞二位营长商量，最后决定抓住这一良机，对县城及周围乡镇全面出击，一路攻村占镇，势如破竹，红军团占领了大浑、岚谷、吴屯等崇安下属的大部分乡村，向外打到了建阳县北部、浦城县西部和江西铅山、上饶等地。

杨峻德听完高兴道：“这是极好的形势，省委书记王海萍与中央代表恽代英听到这一喜讯后，非常高兴。 这为以崇安为中心的包括邻县邻省部分区域革命根据地的建立奠定了基础。”

饭后，杨峻德把他从厦门带来的《土地革命纲领》以及毛泽东的《湖南农民运动考察报告》拿出，分发给大家传阅学习，要求大家务必深入领会精神实质。

崇安要搞乡村苏维埃政权和土地分配试点，杨峻德亲自出马，提出要到上梅蹲点。上梅是杨峻德战斗过的地方，陈耿知道他对那里有感情，便安排徐福元陪他去。杨峻德哈哈一笑："各人手中有各人的事，干吗要陪呢？要人陪，不是下来工作的，倒是下来观光的了。放心，那片地方我熟悉。党小组长张小元，徐履峻的表弟，我跟他熟，我就住到他家去。"

陈耿没想到，杨峻德如今作为省委秘书长、闽北特委书记，居然一点不摆架子，也就不再说什么，派了一个通讯员跟他上路了。

在上梅

杨峻德是坐的小篷子船去的上梅。

崇安的山水实在太美了，青青的山，绿绿的水，山似螺黛，水似碧玉，山水风光太养眼了。在崇安，杨峻德曾不止一次地想，这么美丽如画之地，将来革命成功了，有宽余的时间，有闲适的心境，应该好好过来走走看看，充分领略这方天地的美妙情趣，否则就太对不起它们了。

张小元的家在上梅乡岭南村。张小元听杨峻德说要住在他家，有些紧张，说："这哪行？我家屋里脏兮兮的，又是鸡，又是狗，孩子又会哭闹，不大安静，怕是不妥吧。"

杨峻德说："能行，不光住在你家，还要在你家代伙，苦日子我都过过，你全不要担心！"

就这样住下了。

晚上一个锅里喝粥，有缺口的粗瓷碗里，盛着不知山上一种什么野菜做的腌菜，浇了两滴油，香香的。张小元还让他老婆烙了两块饼。杨峻德见张小元坐在桌上陪他吃，老婆只是在灶间忙，都没有上桌的份，两个五六岁的孩子站在桌边吮指头，就对张小元说，要老婆孩子一起过来吃。张小元说，我们先吃，不管他们。杨峻德将抓在手里的竹筷放到桌上，说："这习惯不好，共产党人最反对封建主义，反对大男子主义家长作风，你搞这种等级对待，不好，很不好。"

张小元被杨峻德说得不好意思起来，连忙把老婆孩子叫过来。

晚饭后，张小元的老婆把厢房收拾好，给杨峻德和通讯员临时铺了两张铺。张小元想到他们一路颠簸过来，可能有些累，想让他们早些休息。杨峻德觉得时间还早，就要张小元叫几个党员和群众过来，说说话。张小元说，这容易。不一会，就叫来三个。一个是党员，四十多岁，张小元叫他老张。一个是赤卫队队员，张小元叫他张大勇。一个是基层群众，张小元叫他小老巴子。五个人一起聚在厢房里。凳子不够，张小元要到别的屋间找，杨峻德说，罢了，就床边上坐吧。大家就在床边上坐了下来。

杨峻德对大家说，他这次下乡的目的，是要搞土改，具体说，就是打土豪，分田地，把地主老财长期占有的土地分给穷苦百姓，让广大农民真正得到实惠，成为土地的主人，从此以后不再缴租缴息，奔自己的好日子。

张小元说："这肯定是好事，只怕农民们不敢相信。"

杨峻德目光转向张小元："你是说，农民们不敢相信分田这件事？"

张小元说："正是。田从来都是地主家的，把它拿过来分，他们怎么敢？"

通讯员插嘴："有什么不敢？我们党员干部亲自出马，按人口去分，直接分到他们手里，不就得了？"

老张吸着烟锅说："分了怕是不敢拿，这地一直是地主家的，好好的怎么就跑到你家来啦？敢收吗？"

张小元接着老张的话说："种田的人哪个不想有田？做梦都想。

老张的意思是说，这几十年了，一直种的地主家的田，这如今用尺子一量，手指着说，这地是你家的了，分给你，让人一下不敢相信，不敢接受。”转脸问老张：“是这个意思吧？”

老张在鞋底上磕磕烟锅，在烟袋里又挖了一锅子，点头道：“是这个意思，没错。”

杨峻德转脸对老张说：“老张呀，你这想法不对呀，这地并非天生就是地主家的，它是大家的，是天下人的。天赋人权，但凡在这世界上的人，个个都有拥有一块土地的权利。地主手中的土地本来是大家的，他是通过剥削，通过压迫，把大家的土地强占了过去，成为他自己一家的了，这本来就是不对的。共产党专为穷苦大众鸣不平，就是要推翻这种人剥削人、人压迫人的制度，把本来属于大家的土地拿出来，重新分给大家。”

小老巴子一直坐在角落里不吱声，这时冒出一句：“地主家会答应呀？”

赤卫队员张大勇翻了小老巴子一眼：“他不答应怎么啦？不答应，收拾他！”

杨峻德问张小元：“这里的赤卫队有多少人？”

张小元答：“不多，大埠头村有六七个人，东西两个村子的少些，合起来一共十来个。”

老张吸了一口烟，对杨峻德说：“赤卫队只是一个空名，又没有一把刀，没有一支枪，各人在家种各人的田，不像地主家有家丁，有捐棍，与民团又有狗扯连环的关系，上面还有卢兴邦的军队，让人害怕。”

杨峻德身子坐直了，挺起腰杆子说：“怕，这是过去，现在形势变了，农民弟兄们组织的赤卫队虽说人数有限，武器缺少，但毕竟有了。更重要的是，共产党在闽北开展武装斗争，建立了红军。红军是干什么的？是专为穷苦大众打江山的，是农民兄弟们的靠山，是专门保护家家户户分田地的。往下，共产党要在闽北建立革命根据地，形成一个红色苏区，专门防止敌人的反扑，你们还怕什么？ 没有什么可怕的。”

老张嘴巴连续凹陷下去两次，猛吸了两口烟说：“分了人家也不认账。”

“谁不认账？”杨峻德问。

老张说：“当然是地主啦。”

张小元对杨峻德解释：“地主手中有地契，所以他们会不认账。”

通讯员斩钉截铁：“这很简单，把它烧了！”

杨峻德发现小老巴子嘴一下张得老大，立刻表明态度：“说得对，把它烧了。”转脸问赤卫队员张大勇：“让你去烧地主家的地契，你敢吗？”

张大勇脖子一梗：“敢！ 我带人去！”

杨峻德对大家说：“地契烧掉了，然后由我们乡级苏维埃政府发给各家一个土地证，这样放心了吧？”

张小元笑着对老张和小老巴子说：“天变了，不是过去了，地放心大胆地分，没事的，有共产党跟红军给我们撑腰！”

一直谈到半夜才散。

张小元不想回屋里去，对杨峻德说，他想把两张床拼在一起，三人挤在一起说说话。 杨峻德笑道，当然好，挤挤也暖和呀。

次日，杨峻德让张小元与老张把穷苦农户都通知到村头大庙开会，让张小元与老张给大家讲共产党打土豪分田地的事。 农户们都张大眼，像听天书，觉得这天下哪有这样的好事，一个个叽叽喳喳议论，持一种怀疑观望的态度。 杨峻德知道张小元与老张的讲话缺少分量，难以让他们立刻信服，就主动上前给大家讲话：“分田到户这确实是共产党的决定。 共产党要在中国搞一场土地革命，推翻几千年来土地集中在少数地主手中，而广大劳动者没有土地，靠租人家田种的剥削制度。 告诉大家，这样的日子结束了。 土地是大家的，是天下人的，地主通过剥削与压迫的手段将大片土地占为己有，这是不合理的。 共产党一心为着劳苦大众，就是要把土地分给大家，这是天经地义的事，是大快人心的事。我们每个人都应该拍手称快，积极参加到这一场打土豪分田地的运动中来。这场运动是一场伟大的运动，是一场改天换地的运动，它是我们的节日，是一件天大的喜事！有人担心地主老财秋后跟我们算账，因为他们背后有人，手中有地契，我跟你们说，这种担心是多余的。因为我们现在不光有了自己的红军队伍，而且我们组织了赤卫队，这是我们自己的武装，在接下来的日子里，我们要进一步发展壮大赤卫队，把它建好，建强，建大，专门保卫我们的土地，使敌人欺负不了我们，害怕我们。刚才说到他们手中握有地契，这不成问题，我们通通把它烧掉！如今我们有了自己的武装力量，我们还将建立自己的地方革命政府——苏维埃政府，从今往后我们劳苦大众就完全可以当家作主奔好日子了！”

杨峻德这一番充满激情的讲话，把在场所有穷苦农户们的心点燃了。

当天下午，张小元派张大勇将大埠头村及东西村的赤卫队员集合起来，手持梭镖长矛铁叉，到地主家收缴地契。大埠头村的地主张万财缩在家里不肯开门，赤卫队先是敲门，敲不开就喊：“再不开门我们就冲啦！”张万财吓坏了，连忙要人开门，屁颠屁颠地跑到门口，觍着一张笑脸迎接。要他缴地契，哪里肯，跪在地上求饶。赤卫队冲到里面翻箱倒柜，绸缎锦袄撂得满地，就是找不到。张大勇火了，对张万财发话：“要是找不到，就放一把火把你这宅子烧了！”张万财吓得屁滚尿流，眼一翻，对他老婆吼：“还不快去拿出来！”这才拿出。张小元估计拿出的不全，跟进去又搜，果然又收出一沓。都是一张张老黄纸，上面写着当年约定的条款，下角盖着图章，或按有手印，都年代久了，有的已破破烂烂，缺边少角。大埠头村及周围四乡的众农户们听说要烧地主老财家的地契，都很新奇，叫着喊着跑过来，人围了一圈又一圈。杨峻德让张小元讲了一番话，接着就在众多穷苦农户的围观中，点火把地契烧了。

海一样的胸襟

1930 年 7 月的一天，暑气逼人，炎热难当，福建省委调研员邱林来到崇安传达省委重要精神，给杨峻德、陈耿布置当前工作。

邱林骑着一头毛驴。他大概没有走山路的经验，以为骑着毛驴会轻松许多，没想到这毛驴在山间一路高高低低颠簸，加之天气又太热，让他觉得很难受。他肩上挎着一只包，包不住地晃荡晃荡打在身上，让他从未有过地觉得讨厌，到后来他就把包交给徒步跟在后面的通讯员背了。但尽管这样，他仍然觉得不舒服、难受，腰酸背疼，衬衫湿透，浑身颠得像散了架。

杨峻德在省委机关工作过一段日子，但没有见过邱林。杨峻德之后才知道，他原在共产国际工作，刚从苏联回来，由中共中央派到福建。邱林是上级领导，而且是大热的天过来指导工作，杨峻德与陈耿连忙出来迎接。

邱林摇着纸扇对杨峻德说，这崇安的天气怎么这么热？也太热了呀！他打算在这里只待一天，明天就准备离开，要杨峻德立刻召集领导层人员听他传达省委指示。

杨峻德根据邱林的要求，让陈耿将红军团排级以上人员全部召集到场，请邱林传达省委精神。邱林从一直跟在他身边的通讯员包里取出一份文件，对大家宣读，宣读之后并作讲解与强调。原来中共中央根据福建全省革命形势的发展，决定将闽北革命根据地划归赣东北特委领导，将闽北红军第五十五团调往赣东北，同那里的红军合并组建中国工农红军第十军。福建省委对中央的这一指示精神高度重视，特派邱林同志前来崇安宣布这一重大决定，落实此项工作。

杨峻德没想到，邱林话一讲完，会场立刻哗然。

什么什么？我们红五十五团要去跟人家合并？合并是什么意思？合并可是我们自己的红五十五团不存在了，被人家吃掉？去赣东北？赣东北是什么地方？离这里很远吗？天呀，要离开崇安了？离开武夷山了？见不到家人了？大家一个个你望住我，我瞪着你，叽叽喳喳地议论起来。

邱林见会场吵成一锅粥，立刻来火了，转脸责问杨峻德：“你手下的这批人什么素质？ 他们是党员吗？ 是干部吗？ 这种状态，怎么干革命？ 跟你说，你要好好批评教育他们！”说完，拂袖而去。

杨峻德被邱林当着众人的面责问有些尴尬，但默默承受着，当即对邱林表态：“请领导放心，我们一定负责做通大家的思想工作，按照省委的决议去办。”

邱林本计划第二天下午离开的，但因心情不佳，尤其山区气候湿热，蚊虫太多，第二天一早就下山了。杨峻德与陈耿把他送到路口。这一回他不要驴子骑了，打着一把扇子，白衫飘飘，一路步行。

送走邱林回头，陈耿一家伙把手里的烟锅掼到地上：“什么玩意儿！ 跑到大山里耍你的官僚主义！ 要不是上级党组织派来的，我陈耿八辈子不会拿眼看他！”

杨峻德替陈耿拣起烟锅，苦笑道：“犯不着生气，他可能一直没有到基层跑过，有些大老爷派头。”

杨峻德深感省委下达的这项任务意义重大，落实有难度，要把它做好，首先领导层必须统一思想，于是在回去的路上，与陈耿做了一番交流。陈耿手一摊：“我能有什么想法，奉令行事呀。”

很显然，陈耿是有情绪的。有情绪可以理解，其实从内心深处讲，杨峻德也有点不乐意。这队伍都是自己一手拉出来的，怎么说合并就合并给人家了，情感上舍不得。看到陈耿这种状态，再扪心问问自己，杨峻德深深预感到完成这项工作的艰难。

次日，杨峻德与陈耿商量决定，召开一个排级以上人员会议。会场上点了一下人头，各个连参加会议的人都到齐了，独独就缺左诗赞和他手下的排长。杨峻德问怎么回事，陈耿本来就一脸黑气，加上这几天没刮胡子，黑气显得更重，对身边的一个排长说：“去，叫他带人过来！”

一会，排长回来了，身后没有人跟着。陈耿问怎么回事？ 排长望着陈耿不敢说话。陈耿拍着桌子往起一站："一个个不得了了，我倒要去看看怎么回事！"

杨峻德感觉情况不妙，要大家等一等，起身立刻跟过去。

还没走到左诗赞连队的门口，杨峻德远远地就听到陈耿在跟左诗赞吵架。两个人嗓门都挺大，只见左诗赞梗着脖子说："什么了不起的破会，我反正不想去。至于他们去不去，关我屁事？"

陈耿翻着眼睛："不是你对他们发话，他们怎么可能不去？告诉你，你没有这个权力！"

左诗赞也跟着翻大眼："我没有说我有这个权力，他们要去他们去，我说过了，这个会我反正不参加！"

陈耿火了："你以为你是谁？你翅膀硬了，胆子长肥了，就老子天下第一啦？"

"我就不去开会，咋啦？"

"好你个小子，你反啦？"

杨峻德连忙上去拦他们。左诗赞脖子通红，气喘吁吁，对杨峻德说："跟你老杨打个招呼，不是我左诗赞不给你面子，赣东北我是肯定不去，我答应，我手下的弟兄们也不答应，要我去，除非一刀把我杀了！"

会议最终还是开起来了，但因为左诗赞没有到，陈耿心情不佳，整个会场气氛沉闷，成了杨峻德"一言堂"。杨峻德说服动员结束，要大家自由发言，个个都成了闷葫芦。杨峻德想，这锅水不可能一下烧开，急还急不起来，就先散了会。

这天中午，杨峻德主动到左诗赞所在的连与大家一同吃饭，目的是想深入了解战士们心中的想法。一同吃饭的人中有心直口快的，当着杨峻德的面说出了对闽北红军团与赣东北红军合并的不满："我们又不比他们矮一头，凭什么要钻到人家裤裆底下去？"

一个战士附言："就是，我们又不是不能打仗，干吗要去被人家管？"

又一个说："谁管谁，这都放在其次，首要的是，我们这一走，还乡团又回来怎么办？"

"不光还乡团，还有卢兴邦的军队，都会杀回来。"

"了不得，那些地主老财们，分了他们的地，一个个恨得牙痒痒，做梦都在磨刀，这段日子之所以蹦跶不起来，是因为我们红军团在崇安，我们这一走，谁给农户们撑腰？"

"地是保不住了，肯定要缴出去。"

"不是缴出去这么简单，怕的还要挖坑埋人呢！"

"还有刚成立的乡苏维埃、区苏维埃。"

"没有个靠山，怕都保不住了。"

"不能走，肯定不能走，左连长跟我们一条心，都不走！"

"别忘了我们的徐履峻大哥，他为了建这支队伍，把命都搭上了！"

一个战士把手里的馒头掼到地上，翻着眼说："哪个逼我走，我就扛着枪回家！"

杨峻德深感问题严重，事情重大。闽北红军与赣东北红军合并，这不光是福建省委，而且是中共中央下达的重大任务，这项工作意义重大，它直接关系到闽北地区，乃至赣东北地区未来革命形势的发展，关系到闽赣工农红军的建设，这项任务不仅要完成，而且要不折不扣地完成好。当前红军团里上上下下思想不统一，怎么办？杨峻德觉得第一步要统一领导层思想，把大家的思想统一到坚决拥护与执行党中央的这一重大决定上来。只有领导层思想统一，下面的工作才能做好，做扎实。他决定还是先找陈耿谈心。陈耿跟左诗赞吵架，固然是左诗赞的责任，但其实也因为陈耿自己带有情绪在借题发挥。因此，首先要解开陈耿的思想疙瘩，陈耿的疙瘩解开了，下面徐福元、左诗赞等几个连长的工作才好做，才做得顺。

第二天一早，杨峻德走进陈耿的宿舍。陈耿不在。一个战士告诉他，陈团长今儿起得特别早，此刻在溪边散步呢。

杨峻德来到溪边，果然在。陈耿迎着他走过来，到了面前，望着杨峻德说：“眼睛红红的嘛，这一夜也没有睡好？”

杨峻德苦笑笑：“哪能睡好，心里一直在烦呢。”

陈耿咧开大嘴笑了：“烦我？我的工作难做？你放心，我已经想通了，你不要烦，彻底地想通了。我坚决拥护坚决执行上级的决定，没有一丝一毫含糊！”

杨峻德很诧异，望着陈耿被霞光映得红光光的脸：“说说，怎么就想通了？”

陈耿笑道：“也不是一下想通的，想了大半夜，头都想疼了，烟都抽过了，这才想通。我就在想，都是党员，当时我们入党时怎么宣誓的？不是有一条，坚决执行党的决定吗？如今党的决定摆在你面前了，你怎么打起个人的小九九，不执行了？不愿执行的根子，其实是一种狭隘的农民意识在作怪，只顾个人眼前利益，只顾小集体的局部利益，没有立足于全国革命形势的发展，没有从整个中国工农红军建设的角度去考虑问题，你说是不是？我终于想通了。一通百通，浑身轻松。这样吧，我们分头做工作，左诗赞他一向跟我有些拗着，这回又跟我吵了架，他的工作你去做，他服你。别的人，我都可以找他们谈。”

杨峻德喜出望外，高兴地一把握住陈耿的大手，猛力摇晃道：“这太好了！我看你昨天有情绪，正愁不知怎么跟你说，没想到，你这一刻比我的认识还要高！你刚才说到入党宣誓，有意思！我想，我们是不是把全体党员召集起来，重新再搞一次入党宣誓活动，让大家不忘初心，牢记誓词，将一切落实在行动上？”

陈耿拍手：“好办法，完全赞成！”

次日，陈耿与杨峻德就把红军团全体党员召集到一起，举行了一次入党再宣誓仪式。仪式结束，陈耿请杨峻德对大家讲话。杨峻德觉得让陈耿联系自身实际跟大家讲效果更好，而且在心理上他跟大家更贴近，就要他讲。陈耿一向是个爽快人，也就不推，对大家说：“大家想想，我们为什么要搞这一次入党再宣誓活动？很显然，因为我们遇到了一个难题，遇到了一个障碍，它挡住了我们，让我们很头疼。我们搞这个活动，就是想统一大家的思想，找到一个解决问题的办法。入党宣誓中有一句话，叫‘执行党的决定’，我陈耿觉得，这话不能只是口头上讲讲，而是要落实在具体行动上。现在，党中央要我们与赣东北红军合并，组建一支新队伍，就这么大点事，远不是抛头洒血牺牲生命，有人倒不愿意了，在背后说三道四了。这是执行党的决定吗？这对吗？当然，平心而论，这也不能全怪大家，说实话，最初我也不乐意。崇安这块地方我们待熟了，现在一下要我们挪窝，肯定舍不得，不乐意。况且，这里还有我们的父老乡亲兄弟姐妹，我们把他们丢下，心里不踏实，不放心。但后来我怎么又想通了的呢？这就是，共产党人要有大局观，两眼不能只看到鼻子底下这一小块地方。一下离开崇安，是有些不舍，是有些这样那样的担心，特别是敌人的反扑。但从长远看，从全国革命形势的发展看，这是必须的，是一个英明的大决策、大举动，我们不光要拥护，而且要不折不扣地执行。至于地主土豪及卢兴邦的军队，大家不要担心，我跟杨峻德同志已做了商量，我们会在走之前采取一系列行动，做好相应的防范工作。因此，红军团合并的事，请各位党员务必团结一心，积极配合，切不可自说自话，另做打算。”

陈耿声音高，嗓门很大，树叶都被震动，栖息在枝上的几只鸟雀吓得扑棱棱飞起。

在陈耿讲话的过程中，杨峻德发现左诗赞一直在歪头看天抽烟，一副不大听得进的样子。杨峻德想，要他一下转过弯子怕有些难，之后要跟他好好谈心。杨峻德接着给大家讲了话，他的声音比较平缓，但平缓中有一种热度，有一种力量，能将大家的心吸引住，他强调：“中共中央将闽北红军与赣东北红军进行合并，是为了实施‘饮马长江，会师武汉’的大战略，我们每个共产党员必须无条件地拥护与执行这一决定，这是对我们党性的考验。如果在这种需要我们做出一点牺牲的时候，我们就只考虑个人利益，就退缩，我们就对不起共产党员这个光荣称号。一下离开崇安，不要说你们有些不舍，就连我这个仅仅在崇安待过一段时间的外乡人都有些不舍。至于地主土豪及卢兴邦的军队，刚才陈耿团长说了，我们会在走之前采取一系列行动，大家不要担心。”

经过陈耿与杨峻德反复地说服动员，大多数党员的思想认识基本得到了统一，最后陈耿要求一个个表态，杨峻德发现左诗赞不在了，问他手下人，手下的一个排长说：“他拉肚子，上茅房了。”

陈耿手里烟锅往下一掼：“煮不烂的混账东西，我要把他的连长撸了！”

杨峻德摆摆手，连忙压住陈耿的话头。

在这之后，杨峻德专门找左诗赞谈了一次话，对他这些天的错误行为进行了批评。左诗赞耷拉着一副脸，任你说的道理多得用箩筐盛，用车子装，他死活就是没反应。杨峻德晓得他的个性，坚持苦口婆心地给他说理，一条一条扳碎了说，最后问他有没有想通？左诗赞有些不过意，很干脆地对杨峻德说：“你放心吧杨同志，你是上面派下来的领导，一点不跟我们摆架子，为了做我的工作，跟我费了半天嘴皮子，我向你表个态，我这里通也是通，不通也是通，保证服从就是了！”

为了解除大家心中红军撤离后土豪劣绅回来报复的担忧，8月1日召开了规模空前的武装大示威，将当地的九个土豪劣绅通通捉到现场示众，将其中罪孽深重的两名进行审判后执行枪决，以对其余土豪劣绅做出警示，并正告他们，红军离开崇安是执行重大任务去，不久还会回来，在红军走后，如向分得土地的农户索要土地，施行报复，红军一旦回来，定将严惩不贷！随后，将没被枪决的七名土豪劣绅押赴刑场，亲眼目睹他们的两名同伙被枪决的过程，他们个个吓得屁滚尿流，面如土灰，大长了红军战士的斗志，使山村农户的心安定了下来。

但让杨峻德意想不到的是，主动请缨负责捉拿土豪劣绅的左诗赞，在枪决了两名罪孽深重的土豪劣绅后，并没有把其余七名放掉，竟将他们拉到山里一起杀了。杨峻德得知这一情况后，非常生气。对土豪劣绅的处置得由组织决定，你左诗赞怎么可以自说自话大开杀戒？身为一连之长、党员干部，还有一点组织观念吗？陈耿更生气，他这种行为，简直就是不把他陈团长放在眼中！

继武装大示威后，杨峻德与陈耿指挥红军团主动出击，攻克兴田，歼灭了企图袭击红军后方基地，切断红军归路的卢兴邦部队。战斗的胜利，进一步鼓舞了苏区革命群众的斗志，对闽北革命根据地的交接和巩固起到了重要作用。崇安红军在这段时期，队伍进一步扩大，总人数由一千五百人增加到两千人，在原来一个团的基础上，又增建了一个教导团，陈耿兼教导团团长。

1930 年 8 月，正当红军团准备开赴赣东北接受合并，各项交接工作处于紧要关口时，杨峻德接到赴上海参加会议的通知。临行前，杨峻德想到左诗赞的思想工作还没有完全做通，特别是在攻克兴田战斗中，左诗赞不积极，不配合，自保实力，对陈耿整个的作战计划造成不利影响，事后杨峻德再一次对他进行了批评教育，但看得出，问题尚未根本解决，让杨峻德放心不下。因此，他被送到路口时，心中惴惴不安，对给他送行的陈耿与徐福元说："务必不能急躁，左诗赞毕竟是我们的战友，不是敌人，要帮他，拉他，让他跟我们一同走，切实做好思想工作。"

陈耿拉拉杨峻德的手说："你放心去吧，这里有我，有徐福元，还有好一批人，红军团接受整编的事肯定没问题。"

杨峻德当时想，去上海开会能推迟十天半月就好了，到那时，红军整编合并结束，肩上的担子卸下了。可现在正处于关键时刻，怎让人放得下心呀。

会议结束已经是 9 月。杨峻德一心挂念着崇安，会议一结束就赶往崇安。途经建瓯，又一次想到吉阳的老家，想到妻儿与母亲，坐在船上望着远处的青色山峦，脑子里冒出大禹治水三过家门而不入的故事。自己虽然无法跟大禹比，但要他丢下手中的工作先回家，实在做不到呀。

到崇安见到陈耿，一问工作进展，先是一喜，接着又一惊。整个队伍整编结束，等候命令开拔，但左诗赞拒不接受命令，带着一小队人马跑进山里了。

杨峻德眼睛一下瞪大："在哪边？我去找他！"

陈耿脸黑下："找他干吗？由他龟孙子去！"

徐福元低声告诉杨峻德，左诗赞拒不接受命令，在他所带的整个连队中造成不好的影响，陈耿最终带着教导团把他"办"了。

"办"了？杨峻德眼前立刻浮现出左诗赞那张生机勃勃的脸，愣怔着，接着摇摇头，一声叹息，半天什么话也说不出。

10月，闽北红军团正式开拔与赣东北红军会师，合编为红十军，陈耿任红十军八十二团参谋长。杨峻德圆满结束了闽北的工作，当他把队伍刚刚送走准备回吉阳老家探亲时，突然接到省委紧急通知，要他立刻回厦门参加紧急会议，回家的计划再一次落空。

第八章 烈火真金

刀丛中

1930年11月，杨峻德参加福建省委常委扩大会。会上，王海萍充分肯定了杨峻德在闽北的工作成绩，表彰杨峻德为“对党忠诚”的好同志，决定留杨峻德在省委工作，任省委秘书长兼组织部长。

在厦门期间，杨峻德经常奔走于泉州、厦门之间，领导国民党辖区内的革命工作。厦门不同于崇安，敌人经常进行“拉网行动”，白色恐怖严重。王海萍专门给大家强调了“安保”问题，指出工作中要注意保密，加强防范，对敌人不可掉以轻心。出于工作安全需要，杨峻德到基层检查或布置工作，总是装扮成客商，省委联络处的联络员担着货物与他同行。11月底，漳州党组织受到破坏，党内出现了变节分子，情况复杂。杨峻德要亲赴漳州处理党内复杂的人际关系，选举产生新的领导班子。这是一次深入虎穴的行动，为了确保安全，王海萍特地关照省委联络处派一女性随同，以夫妻名义相待。杨峻德想，装扮成客商不就行了，干吗要以夫妻相待？有这么严重？

正自纳闷，人来了，竟是施雅琼。

“怎么会是你？”杨峻德叫起来。

施雅琼一双美丽的大眼瞪住杨峻德，半嗔半喜道：“为什么不能是我？老实告诉你，是我特地申请的。”

杨峻德笑了：“这是干吗呢？”

施雅琼睨住杨峻德笑着：“保护你呀。当然，也想多跟你在一起待待，说说话。平常都在乱忙，没有机会。”

去漳州的路上，施雅琼问到杨峻德回家的情况。杨峻德惭愧地笑道：“一直乱忙，没有回去。不过，你送给贵珍和孩子的东西，我已托我妹妹带回去了。”

施雅琼怨道：“有你这样做丈夫做爸爸的吗，居然一点不把家放在心里！”

杨峻德辩解：“对不起，我不能接受这样的批评，虽没有回家，我其实是经常想到他们的，不信，有照片为证。”

说着，从贴身衣兜里掏出照片。施雅琼接过一看，是一张杨峻德的妻子抱着小宝宝的照片。

他们是坐船到的漳州，与交通站的接头人员联系上以后，根据对方安排，杨峻德与施雅琼来到地处郊外的漳州英才中学。这天是礼拜天，师生放假，校园一空。英才中学校长是中共漳州区委副书记（书记已遭杀害），他以教研活动为名，将漳州区幸存的党组织成员召集到学校，召开秘密会议。杨峻德临时化名杨文兆，代表省委组织部在会上作了讲话，明确当前形势下漳州的工作重点：第一，确保现存党的力量的安全，在基层建立秘密工作站，形成网络；第二，恢复党组织，发挥其功能与作用。杨峻德强调，要让党组织长成一棵大树，在白区深深扎下根。在杨峻德的指导下，会上选举产生了新的区委领导班子。

除了跑泉州跑漳州，杨峻德还经常深入厦门海港码头、建筑工地，与工人们一起打石子，拉板车，了解工人群众的生活状况与思想动向，为工人革命运动的开展播下火种。

年底的一天，杨峻德去参加码头工人工会活动，坐汽渡到鼓浪屿。汽渡船还没有过来，杨峻德在海边徘徊等待。快过年了，岛上居民都到厦门市区采购，挑的，背的，大一筐小一篮，都是各种各样的年货。杨峻德不由想到在家过年的情景。到了年底这段日子，母亲总要把家里掸一次尘。掸尘时要把屋里各种零碎东西搬到外面，母亲头上蒙一条毛巾，用一把之前扎好的长竹帚，将屋顶、墙壁、墙的四角依次细细地掸一遍，掸得地上落了一层厚厚的灰。掸过尘，东西搬进屋在原处放好，你会突然觉得家里多清洁多明亮多可爱呀。

迎面过来一男一女，男的挑着满满一担年货，女的怕人多拥挤筐子碰着人，一只手在前面抓着筐子的系绳，不住对前面的人打招呼："对不起，得罪了，请让一下，请让一下。"一个七八岁的小女孩，头上红绒绳扎着冲天辫，小手紧抓住后面筐子的一道系绳，紧紧跟着。杨峻德想，这是一家子，夫妻俩带着女儿出来采购了。面对此景，杨峻德想到了贵珍，想到了儿子。贵珍还好吗？如今带孩子比以前忙，还有时间学认字吗？这段时间下来，是不是又多认识好一些字啦？宏农是不是很闹很缠人？还像照片上那么白白胖胖吗？想着想着，杨峻德嘴边绽出了笑容，好像回到了家中。

摇摇头，杨峻德又觉得自己也太儿女情长了，不由笑了起来，抬头将目光投向远方。鹭江上，一只海燕在飞翔，因相距不远，海燕翅羽搏击的姿态清晰可见。杨峻德记得苏联作家高尔基有一首散文诗，标题好像叫“海燕”，它的开头几句杨峻德一直清楚地记得，“在苍茫的大海上，风聚集着乌云，在乌云与大海之间，海燕像黑色的闪电高傲地飞翔。一会儿翅膀碰着波浪，一会儿箭一般直冲云霄！”杨峻德觉得这是把海燕当人来写了，这分明是在写一种精神，一种不畏强暴的战斗姿态。这世界就像诗中所写的大海，乌云密布，雷鸣电闪，一个真正大写的人，就应像大海上的海燕，不断地飞翔，不断地搏击！只有这样，才能使自己的人生像金子一样发出光芒。

春节过去，转眼到了花红柳绿的三月。

然而1931年的3月，对杨峻德来说不是春光怡人，而是一个黑色灾难之月，因为在这个月的25号，他被捕了。

这天，他与省委宣传部部长李国珍一同去参加厦门市委常委会。会议地点即鼓浪屿虎巷8号。出于安全考虑，两人没有同行。坐轮渡登上鼓浪屿，穿过两条街，很快进入了虎巷。虎巷窄窄，行人不多，两边不时出现的一座座形式各异的中式或西式的院落里，不时有正在开花的三角梅与桃花探出铁栅栏或墙头。三角梅红红的像跳动的火苗；桃花开得很艳，粉粉的，触人眼目。古诗中说“桃之夭夭，灼灼其华”，精当也。除了三角梅与桃花，还有三色堇、石竹、虞美人、一串红等。春色融融，春光淡荡，这一路往前走，真是十分悦目。

不知不觉到了8号院。依据惯例，杨峻德没有直接走进，而是放缓脚步两眼往大门上的两只门环看去。在省委机关工作的人都知道，门环系有一根绸带，红色告诉你安全可进，如换成绿色，则已出事，必须速离。

就在这天，1931年的3月25号，杨峻德走到虎巷8号的近前，放开目光远远地望去，心不由一下紧缩起来。出事了，门环上的红绸带换成了绿色！

杨峻德虽然深知厦门是国民党反动势力所控制的白区，在此工作时刻有遭遇危险的可能，但毕竟缺少应对党组织被敌人发现这一突发恶性事件的经验，因此禁不住心里一紧，浑身肌肉绷紧，心“噗通噗通”急跳。

镇定，务必镇定。杨峻德目光立刻从8号院大门上移开，稍作停顿，立刻抬脚向前走去。

杨峻德之后不止一次回忆此刻的情景，细细分析后他发现，自己太大意了，太不严谨了，太缺少经验了。你看门环上的绸带，瞄一眼就足够了，岂能放缓脚步细看？你在大街上脚步慢下没事，你在这里慢下，躲在角落里的敌人就会立刻发现，就会立马盯上。真是太没有经验了，太掉以轻心了。反之，我要是不在8号院旁稍作停顿，只是落落大方一直往前走，敌人能从我身上发现什么蛛丝马迹？什么也发现不了。

杨峻德向前走时脚步有些急匆匆的，但他很快意识到这是一种错误，立刻放缓下来。他一直往前走去，看到前面出现一个巷口，打算拐进去，可就在这时，他感觉到有人在身后跟踪他。他没有回头，继续往前走，到了巷口，正要往里弯，有人一把扯住了他的臂膀：“站住！”

杨峻德扭过脸，跟踪他的是两个人，一个低低地戴着鸭舌帽，目光像钻子一样对着他，一个平顶头，样子有些凶悍。杨峻德知道麻烦大了，镇定地问：“什么事？”

鸭舌帽冷冷地说：“少废话，跟我们走一趟。”

就在这时，杨峻德发现，又有两个与他们一伙的家伙从巷子里冒出。

杨峻德被带到一辆封闭的闷罐车上。抬脚跨进车门，里面黑黑的什么都看不清，坐定了一会才发现，一同坐在车里的还有省委宣传部部长李国珍、厦门市委副书记郑裕德。

杨峻德之后在监狱里过了许多天才知道，这一天与他一同被捕入狱的有八位同志，整个中共福建省委与厦门市委遭到了极大破坏。事件的发生，是因为党内出现了叛徒。该事件影响很大，时称厦门“三二五”事件。

烈火真金

杨峻德被捕后，被关进了漳厦海军司令部监狱。

漳厦海军司令部监狱在厦门中华路（现名中山路），原为福建水师驻地。关押犯人的牢房由原水师营盘改造而成，混凝土建筑，虽老旧，但异常坚固。一间间隔开的监室，窗口小，阳光照不进，加之海边气候，一年四季阴暗潮湿。囚犯是分类关押的，刑事犯关在一楼，政治犯关在楼上。政治犯四至五人一间。

进入漳厦海军司令部监狱的当天，杨峻德被带到一间封闭的暗室，狱官丢下纸和笔，要他好好反省，写一份自供状。杨峻德瞥了一眼，只在纸上随便写了一个假名，别的什么也没写。

次日，他被带到审讯室。审讯员态度十分凶恶，问他叫什么名字？到虎巷8号干什么来的？都跟哪些人联系？杨峻德感觉到对方并不知道自己的真实身份，镇定自若地回答："我不是都写给你们了嘛，我姓张，单名一个平字。因为失业，到厦门找工作来的。至于跟什么人联系，初来乍到，两眼漆黑，能跟什么人联系？什么人也没有联系成，倒跟你们联系上了。"

审讯员一拍桌子："一派谎言！来找工作，为什么身上藏有共产党的宣传材料？老实交代，你是共产党的什么人？"

杨峻德佯装不解："共产党的宣传材料？我哪知道它是共产党的宣传材料？人家大概见我识几个字，就给我了。我一直没有看。饭都吃不饱，看什么看？就随便塞在口袋里了。"

审讯员再怎么逼问，他都这么说，别的一概不认账。因为一时获取不到任何线索，敌人只好把他当作共产党嫌疑分子关着。杨峻德想，嫌疑而没有证据，他们能拿我怎样？你想审问你审问好了，我就这么对你说。一而再、再而三地审问而无收获，最终你们一定会觉得无聊，把我放掉。

可是，杨峻德没摊上这么好的运气，因为在被捕的人中出现了叛徒，他被供了出来。

敌人欣喜若狂。天呀，抓住了共党福建省的组织部长，这是一条大黄鱼呀！

当天，杨峻德被关进要犯囚室。从这一天开始，敌人不断对他进行车轮式刑讯。

可是一周下来，无果。

这天下午，一个狱卒开门进来，将一只包裹放到门里。杨峻德忍着一身伤痛，从简陋的床铺上挣扎着侧过身，问："包裹里是什么？谁送来的？"

狱卒回答："好像是一包吃的用的东西，是你的朋友带来的，他们来看你，没有获得监狱长批准，硬想方设法转送进来的。"

杨峻德忍着痛从床上爬起，将包裹打开，是四只罐头、两盒酥饼、几只苹果。

来看我的是谁？施雅琼？百分之九十九是她。给政治犯送东西是很危险的，她一定是动了不少脑筋。当然，她在厦门有很要好的同学，有很特别的关系，否则她不敢这么做。想到施雅琼，再想到远在建瓯的汤忠，杨峻德心中涌上一股暖流。

6 月初的一天清晨，杨峻德被押离厦门，一路轮船火车颠簸，被辗转押解到南京，关入老虎桥监狱。

老虎桥监狱系中国第一监狱，在南京老虎桥 32 号，监押的多为高层政治犯。令杨峻德十分诧异的是，入狱之后，他被安排在一间陈设考究的花园式洋房。当晚有美味的晚餐送来，托盘里还外带一瓶法国红葡萄酒。杨峻德立刻意识到，他们来软的一手了，心里想，软的就软的，你想来，来吧。

第二天没有动静。杨峻德想，这算是让我休整一下消除旅途疲劳？第三天，一个戴眼镜的人面含微笑来到他房中，见了杨峻德吃一惊，连连咂嘴感叹："天呀，怎么这么多伤？太野蛮了，太没有人性了。他们怎么可以这样待你？监管也是要文明的嘛。不像话，真不像话。用药了吗？这天气越来越热，要防止发炎。我过后给你找些药，让人送来。云南白药，外敷的，很管用。让你受苦了，真的太不像话了，太不像话了。”

接着戴眼镜的老相识似的一点也不见外地坐下，跟杨峻德聊闲话，自说自话地谈中国革命，谈社会发展，谈共产党与国民党，谈曾经的两党合作与最后分离，谈当前的形势与未来的趋势。他说：“中国革命是资产阶级领导的革命，这一点俄国共产党领导人托洛茨基都是承认的，因此，你们共产党人应该服从大局，做一些配合性工作，而不应与我们国民党为敌。”

杨峻德不屑地扬了扬头：“你说的真是天大的笑话。孙中山先生与共产党共同制定了两党合作方针，这是一条光明大道，一切本来都在顺利地向着既定的目标前进，是谁突然翻脸举起屠刀大开杀戒，破坏了这一方针大计的执行？是你们国民党右翼势力。明明是你们与我们为敌，怎么是我们共产党呢？至于谁来领导中国革命的问题，我想告诉你的是，这要看谁更能代表广大人民群众的根本利益。事实证明，你们国民党右翼势力代表的是中国民族资产阶级的利益，代表的是一小撮剥削阶级的利益，根本没有把劳苦大众放在心上。而真正站在全国广大劳苦大众立场上，并为其谋利益、谋幸福、谋发展的，是我们共产党。所以说，在中国掌握革命领导权的，应该是共产党，而不是你们。”

眼镜先生对杨峻德的驳斥不作辩解，含着莫名其妙的微笑对着虚空点点头，又摇摇头，点上一根雪茄吸着道：“杨先生言之有理，言之有理呀。不过，这只能说明你我的政治观点存在差异，别的不能说明什么。罢了，我们姑且搁置不论吧。我想跟杨先生讨论的是当前形势，你杨先生是个聪明人，绝顶聪明，在这里我想提醒你思考的是，当前两党的政治影响力与军事实力，可以同日而语吗？未来的前途又会是怎样？古语道，良禽择木而栖，良将择主而事。因此我由衷地奉劝杨先生，识时务者为俊杰，要审时度势，顺势而为，不要固守己见，抱残守缺嘛。”

杨峻德笑了:“你说的也未必没有道理，目前贵党在军事上确实比共产党强大百倍，但你别忘了一句古语，得人心者得天下。你扪心自问，国民党右翼目前的所作所为，得人心吗? 得到天下人民的拥护吗? 不能。共产党目前是弱小，是不够强大，但它所做的一切为了普天之下的人民，得到人民的赞成拥护，所以它虽弱小，但生机勃勃，就像四月山间的竹笋，欣欣向荣，不断壮大，不久就会长成冲天的翠竹! 因此，我对共产党的未来充满信心，而你们国民党右翼反动势力，就像西天的太阳，目前看上去又红又大，但要不了多久就会沉没下去。总之一句话，我不可能接受你的观点。”

“政治见解不同，相互尊重，无须攻讦。”眼镜先生不急不躁道，随即另辟蹊径，又从个人生活上加以劝导:“杨先生坚守自己的节操，不为大势所动，真乃君子之风，令我敬佩。不过，说一千，道一万，人生一世，草木一秋，大概无一例外都是为了求幸福，求快乐，求享受。而且，你杨先生是有家有室之人，上有老母要你侍候，下有妻子儿女要你供养，凡事不能只考虑一己一身，要顾及家中父老、兄弟姐妹呀，你硬这么抗拒下去，吃莫名其妙的苦不说，搞不好还要搭上性命，值得吗? 以愚之见，很不值得。反之，你写一份材料，把他们所需要的内容提供给他们，一切不就结了? 你要是想为党国效劳，为社会奉献，他们还会给你安排一个适当的位置，这有何不可呢?”

杨峻德轻蔑地望了眼镜先生一眼:“这肯定不可，按你说的去做，这是一种变节。人一变节，就不再成为人，而是成了一条狗，这我永远做不到。你所说的写一份材料，不就是写悔过书? 笑话，悔什么过? 我无过可悔，我所做的一切日月可鉴，有什么错处? 固然，人都是血肉之躯，挨鞭打，受酷刑，肯定是痛苦的，但既选择了走这条路，事到如今，那就只好咬牙忍受了。至于要我把他们交代出来，第一，我不能，这是我们党的纪律，出卖组织与同事，这将为人所不齿; 第二，我也无法做到，因为共产党的组织极其秘密，同是党员，非有特别关系，均不能认识，因此，即使我想交代什么也无法交代。至于我个人，我做的事情我负责，现在既然落到你们手中，如何处置，悉听其便。”

眼镜先生发现自己说了半天不见一点效用，最终失去了耐心，鼻子里“嗤”了一声：“好样的，佩服，佩服。既然敬酒不吃吃罚酒，那就走着瞧吧！”拂袖而去。

当日下午，杨峻德被带到刑讯室。

这是一间地牢般的暗室，虽是白天，但里面十分黑暗，头顶上悬着一盏灯。两个打手与一个审讯员面无表情地望着他。杨峻德看到架子上挂着各种刑具，知道要受更大的罪了。受就受吧，吓不死人。

审讯的狱官，看上去有点凶神恶煞，见杨峻德被带进来，也不绕弯子，开门见山道：“听说你到今天什么也没有交代，挺像个汉子。哈哈，好样的汉子呀。不过我倒要试试你这个汉子的骨头有多硬！我这里是什么地方你知道吗？我这里可不是你昨天住的花园洋房，这里呀，嘿嘿，你好好看看，转过身来仔细看看。这样告诉你吧，你就是一只老虎，我保管叫你活的进来，死的出去！是的，死很简单，但想痛快地死呀，哈哈，不——可——能！死也要让你死得活受罪，死前让你尝足各种好滋味。受活罪，懂吗？它可比死上一百遍还难挨呀。告诉你，在我这里很少能有能熬过去的记录。熬一刻的有，想熬到底，一个字不说，嘻嘻，试试看，不叫你脱掉三层皮跪在地上求我，我就喊你爹爹！我也不跟你费口舌了，来一句痛快的，说还是不说？现在想说还来得及，我看你放聪明点，还是乖乖地说了吧，免得让我们动手。”

杨峻德撇嘴冷笑：“这不可能。昨天我就对他们说了，今天我也只能这样对你说。”

审讯官眼睛翻起：“真的不可能？”

杨峻德声音不高，但很坚定：“真的不可能。”

审讯官手一挥：“开始！”

两个打手立刻狼一般扑上来，将杨峻德绑定在屋中一根柱子上，挥起皮鞭劈头盖脸一阵抽。转眼间杨峻德身上的衣服被抽破抽烂，脸上、额头上、脖子上，爆出一道道血淋淋的伤口，眼睛青肿，鼻血流下，鲜血流到衣襟上，再又流到地上，胸口与臂膀处的衣衫被血洇湿……

审讯官令打手住手，亲自上前问杨峻德："怎么样，这木柴煨肉与毒蛇缠身的滋味不好受吧？这不能怪我，我跟你打招呼你不听，是你自讨苦吃。还是交代了吧，现在交代还不迟。"

杨峻德尽管身上的伤口疼痛难忍，几欲昏厥，但审讯官的话却是清楚地听明白了，他没有答理。

杨峻德被松绑后架到一张桌前，桌前有椅子，身子坐不住，摇摇晃晃往下瘫，最后只能伏在桌上。审讯官将之先准备好的纸与笔推到他面前："好汉不吃眼前亏，就痛痛快快写了吧，先写他们的姓名，再写他们的职务、住址。一点也不难，很简单的事呀。"见杨峻德始终不动，有点耐不住了，把笔一下塞到他手里："你写呀，写完了，我让他们送你回去，安排人给包扎伤口。写呀！你放个响屁，到底写还是不写？"

杨峻德把纸笔扔到地上。

审讯官火了，对站在两边的打手吼道："竹针侍候！"

打手立刻从抽屉里拿出一盒竹针，先将杨峻德的两只手锁定在桌上两只铁环里，一个打手使劲在桌上捺住杨峻德的手掌，另一个打手抓起一根竹针，一下深深扎入杨峻德的指甲缝，杨峻德身腰往后一挺，"啊"的一声大叫。

审讯官以为杨峻德熬不过去，不失时机地凑近了问："怎么样，还是交代了吧？"

杨峻德闭上双眼，紧紧地咬住牙关。

接着是第二根，第三根……

仅仅那一声大叫后，杨峻德再没有叫出第二声，连一丝丝呻吟都没有。每插一根竹针，他的身子就剧烈地抖一下，双眼一直紧紧闭着，额头上滚下黄豆大的汗珠。“咯吱吱，咯吱吱”，是他牙关紧咬的声音，牙根渗出血了，一股腥味。半昏迷状态的杨峻德远远地听到似乎从地狱的深处隐隐传来一个声音，这声音很细很弱，直接对着他的耳朵：“你说还是不说？说，说呀！”

刑讯了一天，毫无收获。杨峻德被叉着扔进了数人合关的囚室。

这一夜杨峻德浑身如刀割般疼痛，躺在草铺上不住呻吟。

敌人不可能就此死心，相隔一天，又一次对他施以重刑。还是那个凶神恶煞般的审讯官。他知道杨峻德不好对付，这一回对他使用了老虎凳。两个打手一边一个把杨峻德拖到老虎凳前，令杨峻德坐到凳上，将其双臂与上身在柱子上绑定，然后取下挂在钩子上的粗绳将杨峻德的双腿平直地绑在老虎凳上。接着，一个打手拿起屋角的一根粗粗的棍子插入杨峻德的小腿与凳子中间往上撬，另一个打手从身旁的砖堆里抓起一块砖塞入杨峻德脚跟的空隙处。一块砖塞进，杨峻德的小腿立刻往上跷起。

审讯官叫道：“再加！”

粗粗的木棍往上撬，又一块砖加进。

“加！”

又是一块。

黄豆大的汗珠从杨峻德额头上又一次滚出，此刻他只觉得两条腿骨快要断了。

审讯官逼近了问：“说不说？”

杨峻德闭起眼。

审讯官吼叫：“再加！”

又一块。

“再加！”

棍子撬得与地面垂直，杨峻德眼睛暴突，身子绷直，脸上变成了紫黑。“噗咚！”棍子断掉了。杨峻德昏死过去。

迷迷糊糊中，杨峻德醒过来，只觉得脸上脖子上有冰凉冰凉的东西。是水。打手在往他脸上喷水。好凉好凉的水。隐隐约约有一个凶凶的声音不住地在耳畔重复：“给我快快地招！ 再不招，打死你！”

胸口一阵刀剐似的痛，一股肉烧焦的气味飘入鼻中。模糊薄弱的意识中，杨峻德想到了古代的炮烙之刑，他们可是对我在用这种酷刑？

杨峻德始终不开口，又一次昏死过去。

当他再一次醒来时，发现身边围着几张脸。是同一个监室里的狱友。一位年长者见杨峻德醒来，立刻把他扶起，对身边伙伴道：“快拖他转转，不然这腿就废了！”

杨峻德只觉得整个身子不是自己的了，在死一般难熬的剧痛中被他们叉着拖着沿墙转着。天呀，转得好疼呀，转得好难受呀。之后他才知道，他的双腿因坐过老虎凳筋络血脉严重损坏，如不及时转一下，将会瘫痪。他知道，同监室的这些素不相识的狱友，都是共产党人，跟他们在一起，他感到温暖。

牺　牲

杨峻德牺牲于 1931 年 5 月 23 日。

这一天早上天还没有亮，看守就过来哗哩哗啦开门，高声叫着杨峻德的名字。这么早把人提出，显然不是好事，昏暗中同监室的狱友一个个爬起。杨峻德估计，这是敌人要对他下毒手了。竹针戳了，老虎凳坐了，之后又灌辣椒水、电麻、服迷糊药，都不能达到他们的目的，他们还有什么指望？ 下毒手是早晚的事。

杨峻德翻开床铺里面的一个角，用手摸摸，摸到一个小纸包，里面包的是儿子的照片和那只结婚戒指。这些日子他经常被提审上刑，杨峻德生怕它们受损或丢失，一直藏在床铺下。此刻，他默默地把戒指戴上，借朦胧的晨光看了看儿子的照片，将它细心包好放入贴胸的口袋。

临出门，他望望大家。同监室的三个狱友都从床上爬起为他送行。杨峻德想说什么，没有说，上前一一与他们握手。那位在他受刑回来硬叉住他转圈的长者，张开双臂抱住他，两只大手在他背上拍拍，低沉道："好样的，走好！"

铁门"哐当"一声响，杨峻德从监室里走出。

是一部闷罐子车，里面一股怪异的气味。路很差，车子一路颠簸摇晃。应该是往郊外的雨花台去，杨峻德在牢里听狱友们说过，南京的国民党反动派在雨花台设有刑场，许多共产党人都在那里被他们杀害。

大概过了一个多小时，车子停下了，杨峻德被他们带下车。

很荒凉，周围全是丘冈杂树。天大亮了，东边天空一片彩霞，鲜亮的霞光油彩似的涂在草上、树上、石头上、土块上。

两个行刑员一边一个押着杨峻德往一片荒坡上走。杨峻德觉得控制他两臂的那两只手很讨厌，很可恶，扭脸道："放开，让我自己走。"

行刑员将手放开。

往前走，地上时不时有瓦片土块，脚走在上面很不舒服。身上的伤口一阵阵痛，杨峻德咬着牙，努力把腰杆挺直。

好像走了很远，行刑员令他停下，上前给他蒙黑布。

杨峻德冷冷地说："走开，不要蒙。"

行刑员将伸出的手缩回。

杨峻德转过身，背对着行刑员，脸朝着东边逶迤起伏的山峦上空。此刻东边的天空正越来越红，越来越亮，一轮灿烂的朝阳即将从云彩间升腾起来。多美丽的天空呀，多灿烂的云彩呀。杨峻德清楚地知道，行刑员就站在离他不足二十米的后方，此刻可能正在举枪，正朝他瞄准。杨峻德腰板挺直地站着，两眼一眨不眨地对着东方。

啊，太阳就要出来了，就要出来了，多么金光灿灿的天空呀！

此刻，他脑海中突然闪现出一张张面孔：母亲、父亲、妻子、大哥、儿子，还有汤忠、施雅琼、葛越溪、徐履峻、陈耿……

太阳出来了，金光灿烂。

（完）

杨峻德年谱

1900 年，生于福建省建瓯县吉阳镇。原名杨克宽，字占魁。

1907 年，进家乡私塾读书。

1914 年，进建瓯县第一高等小学（梨山高等小学）读书。

1915 年，袁世凯与日本签订“二十一条”卖国条约，全国倒袁反日，民气激昂，杨峻德参加学联，抵制日货。

1917 年夏，小学毕业，父亲亡故。迫于父母之命，杨峻德回乡结婚。秋，进建瓯中学读书。

1919 年“五四”运动，杨峻德被推选为建瓯学联主席，响应北京号召，率领同学游行示威，组织反日演讲队、日货检查队，并将查出的日货当众焚毁。

1921 年，中学毕业，考入北京中国大学法律系。在校读书期间，曾为司法机关抄写文件弥补日用。课余阅读新文化书刊，与李大钊接近，受其思想熏陶，奠定了马克思主义的思想基础。

1923 年，杨峻德利用暑假往返京沪汉间，串连闽北学生组织“建属六县国内外留学同志会”，发表宣言，反对军阀专制，宣扬新文化，力主改造社会。并参加李大钊组织的“马克思主义研究会”，开展马克思主义研究，经常将《向导》《觉悟》等刊物寄给建瓯的同学朋友阅读。

1924 年，在北京与葛越溪等人合办《建声》周刊，传播革命思想，形成了闽北学生在北京的影响力。

1925 年，大学毕业。

1926 年，加入中国共产党。

7 月，受党派遣，与葛越溪、潘作民一同开展革命工作，成立建瓯支部。建瓯支部为闽北第一个中共组织，杨峻德任宣传委员。

12 月，北伐军二军六师入驻建瓯。中共建瓯支部派杨峻德前往师部，揭发反动县长谭国政罪行，并请求废除苛捐杂税。党代表肖劲光予以采纳，逮捕谭国政，改县长制为委员制。

1927 年 1 月，国民党福建省党部通令成立国民党建瓯县委员会，后改为筹备处。葛越溪为筹备处主任，杨峻德以个人名义加入国民党。

4 月 3 日，福州国民党右派发动反革命政变，建瓯国民党右派也于 4 月 18 日召开“拥蒋护党”大会，驻军何麓崑支持政变，形势险恶。杨峻德继续领导群众开展革命活动，“五一”劳动节，以国民党建瓯县委筹备处名义，通电声讨福州国民党右派背叛革命的罪行，反对南京政府成立。

5 月，杨峻德任国民党建瓯县委员会筹备处主任。他深入群众，组织县总工会和农民协会，全县工会会员达千余人。郊区东溪、小桥等乡农民纷纷成立农协分会，与农村封建势力斗争。

6 月，国民党福建省党部下令逮捕共产党人。杨峻德 7 月赴福州，临行时写下“牺牲　奋斗”四个字，留给同志共勉。绕道吉阳家中，与妻告别，此时妻子已怀孕。

7 月，至福州，寻找中共党组织。

8 月，中共中央派陈昭礼来福州，安排杨峻德至崇安建立农会，与徐履峻一同策划武装暴动。

年底，崇安党员发展到一百多人，上梅成立党支部。

1928 年，任福州市委书记。建立南台帮州、仓山、泛船浦等处工人运动据点，举办三期干训班，形成对福州工人运动有利的形势。福建临委决定，由武装暴动转为游击战争，最终汇合为总暴动。杨峻德派黄孝敏、郑乃之到古田、长乐，建立古田、罗源、凤岗、高湖、马鞍等支部，形成新的革命据点。

9月，福建省委正式成立，杨峻德被选为省委候补委员。

10月，崇安武装暴动失败，徐履峻牺牲，杨峻德奉命以特派员身份赴崇安指导工作，继续开展武装暴动。

11月，在崇安协同陈耿建立脱产的武装民众队，筹建兵工厂，制造武器，准备通过暴动建立红色苏区，并产生以陈耿为书记的崇安县委。

1929年1月18日，崇安东、西、北部和浦城西部、建阳北部、铅山南部，农民和纸槽工人万余人，在崇安县委领导下，建立以民众队为代表的各级政权机构，发布训令，号召农民群众开展平田和废债运动。

2月23日，杨峻德和陈耿发动上梅暴动，集中土炮土枪分两路围攻五夫，曾一度占领五夫，后受卢兴邦部队反攻，撤出五夫，转入游击战。

3月，形成以上梅和浦城边境为中心的游击区及铅山游击队，为闽北红色根据地和闽北工农红军的建立奠定了基础。

9月，由中共福建省委候补委员转为委员，任省委秘书长。

1930年2月，建立闽北特委，任特委书记后重返闽北，组建闽北红军独立团，建立乡村苏维埃政权。亲赴上梅，搞苏维埃政权试点，开展土地革命。闽北农民第一次获得土地，红军团进一步扩大发展。

5月1日，领导闽北特委在上梅召开崇安县第一次工农兵代表大会，成立崇安县苏维埃政府，产生闽北第一个县级人民政府。

7月，福建省委传达中央决定，将闽北根据地划归赣东北，将闽北红军五十五团与赣东北的红军合编为红十军。

8月1日，发动四五万群众举行大规模示威，镇压有血债的土豪恶霸，继又指令独立团出击兴田，歼灭企图袭击根据地后方的国民党军队。

11月，回到省委机关，任省委常委、秘书长兼组织部长。从此，经常往返泉州、厦门之间，领导福建国民党政府辖区的革命工作。

1931年3月25日，往厦门郊区出席厦门市委常委会，被国民党特务跟踪逮捕，羁押于漳州海军司令部监狱，旋又秘密押往南京。

5月23日，在南京雨花台被杀害，年仅31岁。

主要参考文献

1. 《厦门英烈》(第一集)，中共厦门市委党史办公室编，中共厦门市委党史办公室 1985 年印刷。

2. 《八闽通志》，黄仲昭著，福建人民出版社 1991 年出版。

3. 《建瓯县志》，建瓯县地方志委员会编著，中华书局 2002 年出版。

4. 《闽北革命史》，中共南平地委党史研究室编，人民出版社 1992 年出版。

5. 《赣南三年游击战争》，陈丕显著，人民出版社 1982 年出版。

6. 《南方三年游击战争》，中国人民解放军历史资料丛书编审委员会编，解放军出版社 1994 年出版。

7. 《闽北革命老区》，南平市革命老根据地建设委员会编，海潮摄影艺术出版社 2001 年出版。

8. 《铮铮铁骨杨峻德》，作者夏维奇，《福建党史月刊》2000 年第 9 期。

9. 《追寻杨峻德烈士》，作者葛思华，建瓯市人民政府门户网站，2015 年 11 月 27 日发布。

10. 《中国大学英烈：杨峻德》，北京大学校友会网 2015 年 8 月 16 日发布。

雨花忠魂·雨花英烈系列纪实文学

《流火：邓中夏烈士传》 龚 正 著
《落英祭：恽代英烈士传》 徐良文 于扬子 著
《去留肝胆：朱克靖烈士传》 王成章 著
《夜行者：毛福轩烈士传》 周荣池 著
《残酷的美丽：冷少农烈士传》 薛友津 著
《爱莲说：何宝珍烈士传》 张文宝 著
《飙风铁骨：顾衡烈士传》 邹 雷 著
《碧血雨花飞：郭纲琳烈士传》 张晓惠 著
《“民抗”司令：任天石烈士传》 刘仁前 著
《青春永铸：晓庄十烈士传》 蒋 琏 著

《文心涅槃：谢文锦烈士传》 周新天 著
《丹心如虹：谭寿林烈士传》 刘仁前 著
《云间有颗启明星：侯绍裘烈士传》 唐金波 著
《风向与信仰：金佛庄烈士传》 李新勇 著
《栽种一棵碧桃：施滉烈士传》 蒋亚林 著
《雄关漫道：陈原道烈士传》 杨洪军 著
《忠贞：吕惠生烈士传》 辛 易 著
《红骨：黄励烈士传》 雪 静 著

《热血荐轩辕：李耘生烈士传》 张晓惠 著

《世纪守望：徐楚光烈士传》 李洁冰 著

《以身殉志：邓演达烈士传》 王成章 著

《逐潮竞川：孙津川烈士传》 肖振才 著

《生命的荣光：朱务平烈士传》 吴万群 著

《信仰无价：许包野烈士传》 裔兆宏 著

《金子：杨峻德烈士传》 蒋亚林 著

《血花红染胜男儿：张应春烈士传》 李建军 著

《青春祭：邓振询烈士传》 吴光辉 著

《任凭风吹雨打：罗登贤烈士传》 龚 正 著

《红灯永远照亮中国：吴振鹏烈士传》 曹峰峻 著

《青春的瑰丽：陈理真烈士传》 薛友津 著

《长淮火种：赵连轩烈士传》 王清平 著

《青春绝唱：贺瑞麟烈士传》 刘剑波 著

《逐梦者：刘亚生烈士传》 李洁冰 著

《抱璞泣血：石璞烈士传》 杨洪军 著

《新生：成贻宾烈士传》 周荣池 著